Wir greifen nach allem,
aber fassen nur den Wind.
MICHEL DE MONTAIGNE,
ESSAIS

Thomas, Philipp und Bea gewidmet,
denn sie machen immer noch den besten Wind.

Stephan Cartier

DER WIND
oder **Das himmlische Kind**

Eine Kulturgeschichte

: TRANSIT

© 2014 by : TRANSIT Buchverlag GmbH
Postfach 121111 | 10605 Berlin
www.transit-verlag.de

Umschlaggestaltung und Layout:
Gudrun Fröba, Berlin
Druck und Bindung:
Pustet, Regensburg
ISBN 978 3 88747 302 0

INHALT

7 *Vorspiel auf der Ebene von La Mancha*

9 *Einleitung: Das himmlische Kind*
Wildes Märchen / Die Erfindung des Windes

18 *Windstärke 0: Über allen Wipfeln ist Ruh*
Antriebslos / Windstille der Seele / In der Ruhe liegt die Kraft

31 *Windstärke 1: Wer Wind sät*
Ausweitung der Windzone / Helfer in der Not

41 *Windstärke 2: Ein Kind der Sonne*
Tanz in den Vulkan / Und er bewegt sich doch

48 *Windstärke 3: Der Atem des Lebens*
Ausgehaucht / Furz oder Der diskrete Charme der Flatulenz / Auferstanden aus Skeletten

59 *Windstärke 4: Theorie des Wetterhahns*
Christus auf der Kirchturmspitze / Der Liebe Wind / Vom Zauber des Wetterhahns

75 *Windstärke 5: Gegenwind*
Windfüttern / Mit der Formel voran

84 *Windstärke 6: Im Ozean aus Luft*
Unter Druck / Der Zukunft entgegen

94 *Windstärke 7: Tagebuch des Wetters*
Wem die Uhr schlägt / Wetterbericht in der Kutsche

101 *Windstärke 8: Vom Winde bewegt*
In der Horizontalen / Deutscher Wind

113 *Windstärke 9: Porträt eines Unsichtbaren*
Der Maler am Mast / Der Wind zeigt sein Gesicht

125 *Windstärke 10: Wind im Gemüt*
Gefühlte Kälte / Wolken und Melancholie / Wind in der Stadt

136 *Windstärke 11: Unser aerodynamisches Leben*
Ventus ex machina / Kanalarbeiten

144 *Windstärke 12: Brüder im Winde*
Das Förderband der Asche / Die Kolonisierung der Luft / Stürmische Zeiten

155 *Nachspiel: Quijotes Traum und Pansas List*
Die Rückkehr der Helden

163 Anmerkungen / 170 Literatur / 175 Bildnachweis / 176 Dank

Vorspiel auf der Ebene von La Mancha

Es treten auf: zwei merkwürdige Gestalten. Eine zu Pferde, die andere auf einem Esel, gleich dahinter. Der lange Mann trägt einen zerschlagenen Helm, ein Schild und eine verbogene Lanze. Die Ausrüstung hat schon bessere Tage gesehen, so wie der ganze Ritter. Sein Pferd übrigens auch. Der Knappe scheint ihm nur widerwillig zu folgen, gibt sich aber besorgt. Die rundliche Figur schaukelt auf seinem Tier von der einen zur anderen Seite. Er ist eben der Knappe.

Vor den beiden traurig-komischen Figuren hoch zu Esel und Pferd erstreckt sich eine weite Ebene, auf der dreißig, vielleicht auch vierzig Windmühlen zu sehen sind. Die Sonne brennt vom Himmel, es ist heiß. Kein Grund aber für den hageren Herren in seiner schweren Rüstung zu rasten, im Gegenteil. Er scheint sich mächtig aufzuregen, fuchtelt mit den Händen. Der kleinere, dickere Mann redet auf ihn ein, so sind wohl die Gesten zu verstehen, um den Waffenträger zu besänftigen. Doch mit einem Schwung klappt dieser das Visier herunter und hebt die Lanze. Man sieht keinen Gegner, dem er entgegenreiten könnte. Man sieht nur die Mühlen dort unten. Dann gibt der Mann seinem Pferd die Sporen und prescht in einem Tempo, das man weder Reiter noch Pferd zugetraut hätte, den Hügel hinunter...

Fortsetzung folgt

Einleitung DAS HIMMLISCHE KIND

*Knuper, knuper, kneischen,
wer knupert an meinem Häuschen?*
EINE BÖSE HEXE[1]

Wildes Märchen

Es war einmal … in der Marktstraße, gleich neben der SONNENAPOTHEKE in Kassel im Jahre 1808. Oder 1809. Oder vielleicht auch erst 1810. Der genaue Zeitpunkt wurde nicht zuverlässig überliefert; wie es bei Märchen nun einmal so ist.

Die Szene kann man sich indes recht genau vorstellen: In der Wohnstube sitzt man beisammen, und es wird Tee getrunken. Ein Mädchen erzählt zwei noch nicht gar so alten Herren ein Märchen, und diese hören gespannt zu. Einer von ihnen, Wilhelm Grimm, schreibt die Geschichte später aus der Erinnerung auf. Damit sind wir im Jahr 1810, das ist durch ein Manuskript belegt.[2] Sehr viel später, nämlich 1825, wird Wilhelm das märchenkundige Mädchen Dorothee Wild, genannt Dortchen, heiraten und anschließend gemeinsam mit ihr und seinem Bruder Jacob eine Wohngemeinschaft zu dritt führen. Keiner sage, dass es im deutschen Biedermeier langweilig zugegangen sei.

In dem Märchen, das Dorothee erzählte, geht es um zwei Kinder, deren Eltern die beiden aus finanzieller Not loswerden wollen. In den Wald will man die beiden führen und sie dort sich selbst überlassen. Interessanterweise kommt die Mutter auf diese Idee zur wirtschaftlichen Sanierung. Beim ersten Mal finden die Ausgesetzten noch ihren Weg zurück nach Hause, beim zweiten Mal jedoch gelingt der finstere elterliche Plan: Hänsel und Gretel verirren sich. Die hilflosen Kinder durchstreifen den Wald und kommen zu einer Hütte aus Pfefferkuchen und Zuckerguss. Das trifft sich gut, denn sie sind hungrig. Die Geschwister machen sich über die leckere Immobilie her und verraten sich dabei der darin wohnenden Hexe. »*Knuper, knuper, kneischen, wer knupert an meinem Häuschen?*«, fragt die Alte. Starr vor Schrecken erfinden die Kinder eine Ausrede, die viel mit dem zu tun hat, wovon unser Buch über die Kulturgeschichte bewegter Luftmassen handeln wird. Allerdings kamen sie nicht sofort auf die bekannte Antwort:

*Dorothee Wild –
Die Apothekers-Tochter
aus Kassel brachte Wind in
das Märchen von »Hänsel
und Gretel«.
Ludwig Emil Grimm, 1815*

»*Der Wind, der Wind, das himmlische Kind.*«[3] Für diesen Geistesblitz bedurfte es eines zweiten Anlaufs.

Die Brüder Jacob und Wilhelm sammelten viele solcher Geschichten, 1812 sollte aus ihnen die erste Auflage der KINDER- UND HAUSMÄRCHEN entstehen. Es ging den Grimms dabei nicht nur um eine Konsolidierung des heimischen Märchenbestandes. Das ganze Unternehmen war eminent politisch, denn das Kompendium nachgedichteter Märchen sollte in den Zeiten der französischen Besatzung durch Napoleon den mündlich verstreuten deutschen Volksgeist sammeln und zur allgemeinen Erbauung bereitstellen. Es galt zu klären, was denn nun überhaupt noch deutsch sei an diesem zersplitterten Land aus Königreichen, Herzog- und Fürstentümern, Grafschaften und freien Städten. Im Herzen waren die Grimms eben Patrioten – auch wenn Jacob sein Geld vorübergehend in französischen Diensten verdiente. Gemeinsam mit den Studienfreunden Clemens Brentano und Achim von Arnim, die durch Volksliedsammlungen bereits den hohen Tonfall deutschkultureller Einigkeit vorgegeben hatten, entwarfen die Grimms noch zu ihren Studienzeiten in Marburg den Plan, die poetischen Lehrstücke durch volkstümliche Märchen zu komplettieren.

Für diese Aufgabe hatten die Brüder nach ihrer Übersiedlung nach Kassel 1805 nicht nur die kleine Dorothee Wild als sprudelnde Quelle für Geschichten entdeckt. Der Kreis ihrer meist weiblichen Zuträger von deutschen Märchen war beachtlich groß – und darunter eben auch Dortchen Wild und ihre drei Schwestern Marie Elisabeth, Gretchen und Lisette. Von den Wild-Schwestern wissen wir, dass sie ihren Fundus an Geschichten zum großen Teil einer Witwe, der »alten Marie«, zu verdanken hatten, die über der Wohnung der Familie Wild lebte, in »*der Sonnenapotheke mit ihren vielen Gängen, Treppen, Stockwerken und Hinterbaulichkeiten, die ich selbst noch als Kinde durchstöberte*«, wie sich Wilhelm Grimms Sohn Herman später erinnerte. Das Ganze hört sich an wie der Beginn eines Grimm'schen Märchens. »*Von ihr hat der erste Band der Märchen seine schönsten Märchen erhalten. (…) Man fühlt sogleich, dass Dortchen und Gretchen wahrscheinlich nur weitergaben, was die alte Marie ihnen eingeprägt hatte.*«[4]

Und so wird es auch mit der Geschichte von Hänsel und Gretel gewesen sein. In der ersten Auflage der KINDER- UND HAUSMÄRCHEN, die passend zu Weihnachten 1812 in einer Stärke von neunhundert Exemplaren und zum Preis von einem Taler und achtzehn Groschen erschien, sucht man indessen vergebens nach der Antwort der Kinder, dass es »der Wind, der Wind, das himmlische Kind« sei, der das Häuschen der Hexe anknabbert. Auch in der handschriftlichen Fassung Wilhelms

Wilhelm und Jacob Grimm sammelten deutsche Märchen, um Kinder zu erfreuen und die Nation zu einen.
Ludwig Emil Grimm, 1843

bleibt die Frage der menschenhungrigen Waldbewohnerin unbeantwortet. Erst sieben Jahre später, in der zweiten Auflage der KINDER- UND HAUSMÄRCHEN, taucht der uns heute vertraute Spruch auf: »*Der Wind, der Wind*«. Höchstwahrscheinlich war es Dorothee Wild, die auf dieser Ergänzung bestand. Es gibt sogar Anlass zu dem Verdacht, dass sie selbst die neue Pointe am 5. Januar 1813 in das Handexemplar der Märchen-Erstausgabe Wilhelms hineingeschrieben haben könnte;[5] auch wenn es schwer vorstellbar ist, dass die Grimms eine knapp zwanzigjährige junge Dame in ihren Büchern herumpfuschen ließen.[6] Interessant ist aber für uns, wie der Wind hier eingeführt wird, nämlich als Verbündeter der Kinder. Die hinterlistige Hexe wird sich zwar nicht durch diese Finte in die Irre führen lassen, aber der Luftzug ist für die bedrohten Geschwister mehr als ein meteorologisches Phänomen, das zufällig zur Tarnung taugt. Er ist ein Kind des Himmels, und dieser Himmel reichte weiter als bis zum Blau über ihren Köpfen. Der Ehrentitel des himmlischen Kindes weist immerhin auf einen Gottessohn.

In der Weihnachtshistorie wird Jesus als Kind des Himmels in die Geschichte der Menschen eingeführt. Etwa dreißig Jahre später verlässt er sie wiederum gen Himmel – wenn auch nur vorübergehend, wie viele noch heute hoffen. In der theologischen und volksfrömmigen Literatur findet sich die Wendung vom himmlischen Kind durchgängig, und auch zu jener Zeit, als die Grimms ihre Märchen sammelten, war sie noch präsent. Im selben Jahr, in dem die zweite Auflage der KINDER- UND HAUSMÄRCHEN herauskommt, erscheint beispielsweise der zweite Band von Friedrich Adolf Krummachers FESTBÜCHLEIN, für das der umtriebige und volksnahe Prediger eine Parabel über das Schicksal der ersten Menschen und deren schweres Leben nach der Vertreibung aus dem Paradies verfasste. In ihr findet sich auch eine Verbindung zwischen dem Wind und dem Kinde im Himmel. Denn plötzlich erscheint über den Köpfen der Gemeinde eine Wolke und verheißt ein besseres Leben: »*Oh Du tröstender Bote des Himmels, wer bist Du denn und wie ist Dein Name? fragten die Menschen. Ich bin des Glaubens und der Liebe Tochter! Mein Name ist Hoffnung! So war die Antwort. Und das rosenfarbige Wölkchen zerrann und umfloss die Sterblichen, daß sie das himmlische Kind nicht erkannten. Aber ihre Seele ward heiter.*«[7]

Mit Jacob Grimm wies einer der Märchenbrüder selbst sogar nach, dass die metaphorischen Verbindungen zwischen dem Wind und dem Göttlichen noch bedeutend älter waren als das christliche Erbe. Mit Bienenfleiß untersuchte er Märchen und Mythen nach Motiven und

»Knuper, Knuper, Kneischen…«
Hänsel und Gretel geraten in Gefahr.
Ludwig Richter, 1853

sprachlichen Verwandtschaften quer durch die ganze Welt. Die Arbeit veröffentlichte er als DEUTSCHE MYTHOLOGIE erstmals 1835 und wies hier auch auf die Bedeutung des Windes hin. Interessanterweise ergänzt Grimm erst in der zweiten Auflage – so wie auch bei den KINDER- UND HAUSMÄRCHEN – 1844 die Einträge zum Artikel *Wind* um das bekannte Bild aus Hänsel und Gretel: »*Ebenso wird im märchen und von morgenländischen dichtern der wind redend und handelnd eingeführt: ›der wind, das himmlische kind!‹*«[8] Jacob Grimm verweist auf die Episode des Königs Nalus aus dem indischen Epos MAHA-BHARATI, das zwischen 400 v. Chr. und 400 n. Chr. zusammengestellt wurde. In ihm spricht der Wind als göttliches Medium. Wenn die Grimms bei der zweiten Auflage ihrer Märchen also Dorothees Drängen nachgaben, und den beiden Kindern den Wind als Helfer schickten, so folgten sie damit einer Tradition, die im bewegten Luftzug einen göttlichen oder zumindest freundlichen Helfer sahen. Durch sein segensreiches Wirken erschien der Wind als Bote höherer Mächte.

Um einen letzten Zeugen aus jener Zeit für diese Verbindung von Wind und Himmelsmacht herbeizuzitieren, ist kein Geringerer als Johann Wolfgang von Goethe zur Stelle, und wir werden ihm in späteren Kapiteln noch mehrfach als einem unserer besten Windtheoretiker begegnen. In seinem Roman DIE WAHLVERWANDTSCHAFTEN lässt Goe-

Wahlverwandtschaften mit tragischem Ausgang: Ottilie und der ertrunkene Knabe auf dem See. Wilhelm von Kaulbach, um 1865

the 1809 die etwas einfältig wirkende Ottilie – eine der vier Verliebten seiner chemischen Versuchsreihe in Sachen Liebe – gemeinsam mit dem Kind ihrer Tante Charlotte in eine gefährliche Situation geraten. Auf einem See treibt sie hin und her, nachdem das Kind bereits im Wasser ertrunken ist. Es bleibt ihr nur der Blick nach oben. »*Knieend sinkt sie in dem Kahne nieder und hebt das erstarrte Kinde an ihre unschuldige Brust, die an Weiße und leider auch an Kälte dem Marmor gleicht. Mit feuchtem Blick sieht sie empor und ruft Hülfe von daher, wo ein zartes Herz die größte Fülle zu finden hofft, wenn es überall mangelt. Auch wendet sie sich nicht vergebens zu den Sternen, die schon hervorzublinken anfangen. Ein sanfter Wind erhebt sich und treibt zu den Platanen.*«[9]

Die Heldin und Heilige, zu der sie der Erzähler hier macht, hat es geschafft. Mit ihrem Gebet konnte sie den Himmel erweichen, ihr selbst als Retter in der Not seinen Boten zu schicken: den Wind.[10] Goethe verleiht Ottilie nur wenige Seiten nach diesem ungewollten Abenteuer mit wenig glücklichem Ausgang einen Ehrentitel, den wir nun schon hinreichend kennen. Ottilie, so schreibt er, sei wahrlich »*ein himmlisches Kind.*«[11]

Für wen der Wind sich dreht, darf hoffen – solange er ihm nicht ins Gesicht bläst.

Die Erfindung des Windes

Der Wind, das himmlische Kind, ist also ein ständiger Begleiter des Menschen – nicht nur im Märchen, nicht nur im Roman oder Gedicht. Der Wind gehört zu den wenigen Wetterphänomenen, denen wir uns nicht entziehen können und die beständig unser Leben beeinflussen. Wolken ziehen vorüber, Regen hört irgendwann auf (wenngleich auch immer zu spät!), selbst das Sonnenlicht macht in der Nacht Pause – der Wind dagegen weht vierundzwanzig Stunden am Tag. Wir spüren diesen Wind durch die feinen Härchen der Haut, und immerhin ist diese »Windhaut« das größte Organ, das wir besitzen. Vielleicht gibt es Flauten, oder man sitzt geschützt hinter der Glaswand auf der Terrasse eines Cafés in den Dünen der niederländischen Nordseeküste. Aber der Wind ist dennoch immer da.

Seit mehr als einem Jahrzehnt kann die Menschheit vom Wind nicht genug bekommen und setzt geradezu utopische Hoffnungen auf ihn. Windkraft gilt neben der Solar- und der Wasserenergie als die sauberste unter den regenerativen Energien. Ganze Landstriche voller Windkraftanlagen und immer neue Windparks vor den Küsten oder in hoch gelegenen Regionen sollen Strom für die Zukunft unseres industriellen Wachstums und die Bequemlichkeit unseres energiehungrigen Lebensstandards erzeugen. Doch obwohl all dies nach einem Naturphänomen erster Güte klingt, gehe ich in diesem Buch von einer anderen Annahme aus: *Wind ist eine Erfindung des Menschen.*

Auch ohne uns würde es zweifellos bewegte Luftmassen in der Atmosphäre geben. Es würden auch Stürme über die Erde brausen, die Bäume fortrissen oder riesige Flutwellen erzeugten, und es würde sanfte Luftzüge geben, die den Sand der Dünen vor sich hertreiben und immer neue Landschaften entstehen ließen. Aber *der Wind, le vent, the wind, ventus* oder welche Sprache auch immer man bemüht, weht nur, weil es den Menschen gibt. Das ist zumindest die These unseres Buches, und damit ist schon eine Menge über das gesagt, worum es gehen wird: eine Kulturgeschichte.

Nur in diesem Kontext kann man einen Satz wie »*Wind ist eine Erfindung des Menschen*«, schreiben, ohne den Verdacht zu provozieren, den Menschen in seiner Bedeutung für den Planeten zu überschätzen. Es geht nicht darum, dem fröhlichen Eroberungs- und Ausbeuterwillen des Menschen gegen die Natur eine Geschäftsgrundlage zu verschaffen. Aber der Wind, so wie ihn die Brüder Grimm besingen und so wie sich die Menschen seit der Antike bis in unsere Tage hinein über die Luftströme verständigen, bleibt ein Phänomen der Kultur. Der banalste Beleg ist, dass der Mensch den Winden Namen gegeben hat: *Zephyr, Typhon, Bora, Föhn, Monsun, Mistral, Levantis, Namib, Scirocco* ... und die Liste ist damit gerade erst eröffnet. Der Wind hat sprichwörtlich tausend Namen. Regional unterscheidet man auf dem Globus mindestens eintausendzweihundert Winde mit einer eigenen Bezeichnung; wahrscheinlich wären es noch einmal doppelt so viele, wenn man alle Berichte aus dem hintersten Indien und dem vordersten Orient zusammenzählen würde. Namen zu vergeben ist aber spätestens seit dem biblischen Adam, der die Tiere benennen durfte, der Inbegriff kultureller Inbesitznahme und des Versuchs, die Phänomene der Natur in den Nahbereich des Menschen zu übersetzen, damit er mit ihnen umgehen kann. So wie er den Wind nutzte, um mit ihm über die Meere zu segeln, so fing er ihn auch sprachlich ein und fand in seinem Schatten die Möglichkeit, Bilder und Metaphern seiner Selbstdeutung zu produzieren. Wenn vom *Gegenwind* oder dem *Wind im Rücken* die Rede ist, vom *Wind des Zufalls*, der *Windmacherei* oder dem frischen *Wind des Fortschritts*, dann sind dies Umschreibungen, die mehr über den Menschen als den Wind verraten. Günther Bien hat den schönen Satz geprägt: »*Natur ist zunächst im Kopf*«[12]. Und da ist etwas dran.

Wir stellen vier existenzielle Fragen an »unseren« Wind:
Erstens: Was muss ich wissen, um nicht vom Wind fortgeweht zu werden?
Zweitens: Wie darf ich hoffen, mich durch den Wind fortzubewegen?
Drittens: Was muss ich tun, um stehen zu bleiben und dennoch die Kraft des Windes zu nutzen?
Viertens: Was ist der Wind?

Immanuel Kant stellte ähnliche Fragen an den Menschen, um dessen Wesen zu erkennen, und sein Vorbild ist nicht das schlechteste für ein Porträt des Windes. Entlang dieses Fragenquartetts werden wir uns durch die Kulturgeschichte des Windes bewegen.

Es wäre ein Leichtes, die vielen Theorien über den Wind, die es seit der Antike gab, mit den heute angesagten meteorologischen Modellen zu vergleichen und dabei festzustellen, wie lächerlich doch so mancher Gedanke war – oder wollen wir wirklich noch glauben, dass der Nordwind von einem Wesen mit Pferdekörper stammt, das seine Backen aufbläht? Wahrscheinlich nicht. Aber warum glaubte man vor zweitausendfünfhundert Jahren in Griechenland an so etwas? Und warum tat man es tausend Jahre später nicht mehr? Das sind unsere Fragen ohne jeden Hochmut. Wer kann schon mit Sicherheit sagen, dass sich Meteorologen in fünfhundert Jahren nicht köstlich darüber amüsieren, dass Menschen Anfang des dritten Jahrtausends glaubten, tatsächlich zu wissen, was der Wind ist?

Die Frage, was der Wind ist, wäre – heute – naturwissenschaftlich schnell beantwortet: der Ausgleich von Druckverhältnissen in der Atmosphäre. Aber ist das wirklich die Antwort darauf, was der Wind für den Menschen bedeutet und welche Erkenntnisse sich über die Kultur der Menschen gewinnen lassen, wenn man ihren Umgang mit eben diesem Phänomen Wind beschreiben möchte? Nein! Und deswegen entstand dieses Buch.

Windstärke 0 ÜBER ALLEN WIPFELN IST RUH

No wind! No wind!
CHARLES SEALSFIELD[13]

Antriebslos

Wenn man wissen möchte, was etwas ist, kann es helfen, mit dem zu beginnen, was es nicht ist. Sprechen wir also über die Windstille.

Am dritten Tag der Seereise, es war ein Mittwoch und der 15. Mai des Jahres 1787, wurden die schlimmsten Befürchtungen der Passagiere wahr. Dem Kapitän und seinem Steuermann hatten sie schon vor der Abfahrt nicht viel zugetraut. Es ging sogar das Gerücht, beide besäßen nicht einmal ein Patent. Aber Johann Wolfgang von Goethe wollte sich nicht die Hoffnung auf eine rasche Überfahrt vom sizilianischen Messina nach Neapel durch das Tyrrhenische Meer verderben lassen und bat die Unkenrufer, »*ihre Besorgnisse geheimzuhalten*«[14]. Doch der fromme Wunsch, dass es schon gut gehen würde, erfüllte sich nicht. Die Schiffsgesellschaft geriet in Todesangst.

Dabei hatte Goethe das Schiff, das unter französischer Flagge fuhr, gezielt ausgewählt, um damit die türkischen Piraten, denen man im Golf von Messina zu jener Zeit begegnen konnte, abzuschrecken. Die Fahne der Bourbonen galt als deutliches Signal, dass ein Angriff böse Folgen haben könnte. Die französische Krone ließ hier nicht mit sich spaßen. Auf Piraterie standen hohe Strafen, und die Übeltäter wurden konsequent verfolgt. Man war in diesen Tagen Räubern zur See allerdings gar nicht begegnet, doch den Seglern drohte eine weitaus größere Gefahr: der Verlust des Windes.

Goethe hatte Sizilien als südlichste Etappe seiner Italienreise besucht – die für ihn schönste: »*Ich befinde mich wohl und bin vielleicht in meinem Leben nicht 16 Tage hinter einander so heiter und vergnügt gewesen als hier*«[15], schrieb er aus Palermo an Charlotte von Stein nach Weimar. Die Hofdame hatte ihm zwar seinen plötzlichen Aufbruch nach Italien nicht restlos verziehen, doch Goethe hielt die ehemals Geliebte gleichwohl über seine Erlebnisse auf dem Laufenden. Fluchtartig hatte er nach Jahren der Verwaltungs- und Regierungsarbeit die Weimarer Gesellschaft hinter sich gelassen, um einen Schnitt in seinem Leben zu setzen. Durch die langersehnte Reise ins italienische Arkadien wollte er sich selbst einer Antwort auf die Frage näher bringen, was er literarisch noch erreichen wollte – und konnte. Spätestens nach 655 Tagen wird er es wissen.

Nachdem in Sizilien der geographische Scheitelpunkt der Reise erreicht war, sollte es zurück nach Neapel gehen. Von dort aus würde die Reise erneut nach Rom führen, um schließlich wieder in Weimar zu enden. Doch ob er das eine wie das andere Ziel noch erreichen würde, schien Goethe in dieser Nacht auf dem Schiff ungewiss – zumindest in der dramatisierten Rückschau seiner literarischen Verarbeitung. Denn während der Fahrt geriet das Schiff vor der Insel Capri in einen Korridor der Windstille und drohte wegen des fehlenden Antriebs unmanövrierbar zu werden – was die Passagiere in Angst und Schrecken versetzte. »*Wir erkundigten uns nach der Ursache dieser Unruhe, indem wir nicht begriffen, daß bei völliger Windstille irgendein Unheil zu befürchten sei. Aber eben diese Windstille machte jene Männer trostlos: wir befinden uns, sagten sie, schon in der Strömung, die sich um die Insel bewegt und durch einen sonderbaren Wellenschlag so langsam als unwiderstehlich nach dem schroffen Felsen hinzieht*«[16], schreibt Goethe später.

Da der Wind schweigt, können Kapitän und Steuermann nichts gegen die Abdrift unternehmen. Schon bei schönem Wetter waren ja beide überfordert gewesen. So fühlt sich die geborene Autoritätsperson Goethe genötigt, vertretungsweise das Kommando zu übernehmen und die verängstigten Gemüter der Mitreisenden kraft seiner Worte zu beruhigen. »*Mir aber, dem von Jugend auf Anarchie verdrießlicher gewesen, als der Tod selbst, war es unmöglich länger zu schweigen. Ich trat vor sie hin und redete ihnen zu, mit ungefähr eben so viel Gemüthsruhe als den Vögeln von Malcesine. Ich stellte ihnen vor, daß gerade in diesem Augenblick ihr Lärmen und Schreien denen, von welchen noch allein Rettung zu hoffen sei, Ohr und Kopf verwirrten, so daß sie weder denken noch sich untereinander verständigen könnten.*«[17] Man möchte sich die Szene hinter dieser literarischen Camouflage zwar kaum anders vorstellen, als sie Goethe in seinem Bericht der ITALIENISCHEN REISE rund ein Vierteljahrhundert nach den Ereignissen nicht zu seinen Ungunsten modelliert hat. Wahrscheinlich wird er seine Intervention dennoch etwas weniger umständlich vorgetragen haben: »›*Was Euch betrifft*‹*, rief ich aus,* ›*kehrt in euch selbst zurück und dann wendet euer brünstiges Gebet zur Mutter Gottes, auf die es allein ankommt, ob sie sich bei ihrem Sohne verwenden mag, daß er für euch thue, was er damals für seine Apostel gethan, als auf*

Wenn bei Capri das Schiff im Meer zu versinken droht: Goethe beruhigt die Mitreisenden auf dem Schiff während einer Windstille bei der Überfahrt nach Neapel.
Hermann Junker, 1880

dem stürmischen See Tiberias die Wellen schon in das Schiff schlugen, der Herr aber schlief, der jedoch, als ihn die Trost- und Hülflosen aufweckten, sogleich dem Winde zu ruhen gebot, wie er jetzt der Luft gebieten kann sich zu regen, wenn es anders sein heiliger Wille ist‹.«[18] Wundertaten sind aber dem professionellen himmlischen Personal vorbehalten. So muss sich Goethe damit abfinden, dass der Wind nach wie vor ausbleibt und die Situation des Schiffes sich nicht bessert.

Auch die Versuche, die Kollision mit den Klippen durch Rudern zu vermeiden misslingen; die Lage spitzt sich zu: »*Gebet und Klagen wechselten ab, und der Zustand wuchs um so schauerlicher, da nun oben auf den Felsen die Ziegenhirten, deren Feuer man schon länger gesehen hatte, hohl aufschrien: da unten strande ein Schiff!*«[19] Goethe vermutet dahinter weniger Mitgefühl und Sorge als vielmehr die freudige Aussicht der armen Bauern auf Strandbeute am nächsten Morgen. Zu allem Unglück übermannt den Dichter auch noch seine Seekrankheit, die durch das hilflose Schaukeln des Schiffes begünstigt wird. Goethe besitzt die Größe zu schildern, dass er sich angesichts der Malaise in seine Kajüte zurückziehen musste und erst erwachte, als die Rettung gekommen war, wie sein Mitreisender ihm berichtet: »*Wie lange ich so in halbem Schlafe gelegen, wüßte ich nicht zu sagen, aufgeweckt aber ward ich durch ein gewaltsames Getöse über mir (...) nach einer Weile sprang Kniep herunter und kündigte mir an, daß man gerettet sei, der gelinde Windhauch habe sich erhoben.«*[20] Das Schiff kann nun an den Klippen vorbei gesteuert werden und seine Fahrt nach Neapel sicher fortsetzen.

So war es wieder der Wind, dessen Kraft die Rettung bringt. Man wird unwillkürlich an die Passage aus Goethes WAHLVERWANDT-SCHAFTEN über die Bedrängnis Ottilies auf dem See erinnert, über die wir in der Einleitung etwas erfuhren. Auch ihr Boot wurde von den Wellen hin und her geworfen, und erst der einsetzende Wind trieb die Nussschale ans Ufer. Goethe mag bei dieser Szene des Romans an sein eigenes unfreiwilliges Abenteuer bei Capri, knapp zwanzig Jahren zuvor, gedacht haben.

Goethe selbst hat noch zwei weitere Hinweise auf diese Seereise hinterlassen. In einer kleinen, schematischen Vorarbeit, dem TAGESREGISTER EINER ITALIENISCHEN REISE, das wohl während der Fahrt als Index der Erlebnisse entstand, schreibt Goethe: »*Abreise mit einem französischen Kauffahrer. Widriger Wind*«.[21] Das Kalendarium NEAPEL UND SIZILIEN, 1814 verfasst, wiederholt diese Wendung, diesmal im Plural: »*Bei der nächsten Abfahrt eingeschifft mit Kniep, widrige Winde*«.[22] Diese Formulierungen sind deswegen so bemerkenswert, weil Goethe die Windstille hierdurch als eine Variante des Windes deutet und nicht als Urzustand unbewegter Atmosphäre, wie man sie natürlich auch verstehen könnte. Die Windstille ist für ihn kein Ort des Nicht-Windes, sondern sie ist ein schlechter und ungünstiger Wind. So begegnet uns in Goethes Weltbild also *Wind* als ein universeller Begriff für eine Kraft, die den Menschen stets bewegt. Auch wenn er nicht vom Fleck kommt.

Der Dichter hat seinem Erlebnis in der ITALIENISCHEN REISE ein literarisches Kleid übergezogen. Doch mit seinen Erfahrungen zu den Risiken des Windentzugs steht er in einer langen Reihe. »*Nicht allein Sturm aber, und ungünstiger Wind machen dem Seefahrer das Leben oft schwer, sondern auch Windstillen sind ihm höchst gefährlich; und bringen ihm, wenn sie lange anhaltend sind, gewisser noch Verderben als der Sturm*«[23], schreibt beispielsweise Carl Gottfried Wilhelm Vollmer, einer der meistgelesenen populärwissenschaftlichen Autoren der Epoche, 1837 in seinem Buch über DAS MEER, SEINE BEWOHNER UND WUNDER, also fünf Jahre nach Goethes Tod. Unter dem Pseudonym W.F.A. Zimmermann verfasste Vollmer eine Vielzahl geografischer Sachbücher, von denen Karl May und seine erfundenen Helden enorm profitierten. Als genauer Rechercheur bot er eine verlässliche Quelle, und sein Bericht spiegelt die angeborene Furcht der Seefahrer vor der Windstille fraglos genau wieder. Aus gutem Grund verzeichnete man in Logbüchern und Windkarten jene Gebiete, in denen ein solcher Abriss des Luftförderbandes häufig vorkam. »*Darum vermeiden die Schiffe auch gerne einen großen Raum vor den Bermudas zwischen dem zwanzigsten und dreißigsten Grade nördlicher Breite, welcher den Namen Windstillensee führt, darum besonders eine Gegend in der Nähe des Aequators zwischen Amerika und Afrika, woselbst fast immer Windstille herrscht, sodass derjenige, welcher dahin geräth, den höchsten Gefahren ausgesetzt ist, und man deßwegen Umwege um die gefährlichen Stellen macht.*«[24]

Der Mensch mied diese Orte der erzwungenen Immobilität. Zum einen, weil sie ihn an das Normalmaß seiner wenig beeindruckenden Eigengeschwindigkeit und seine beschränkte Reichweite erinnerten. Zum anderen, weil er durch sie sich selbst näher kam, als ihm lieb war.

Windstille der Seele

Wie bedrohlich und existenziell verheerend die Einschränkung der Bewegungsmöglichkeiten während einer Windstille empfunden wurde, zeigt sich dort, wo dieses Bild der maritimen Flaute mit dem Zwang der Seele zu einer Rast verbunden wird. Um dies zu verstehen, stechen wir zu einem weiteren literarischen Ausflug erneut in See.

Sein Autor gehört zu den heute nur noch wenig bekannten, gleichwohl interessantesten Gestalten der Abenteuerliteratur des 19. Jahrhunderts. Geheimniskrämerei um seine Person gefiel ihm schon immer. Seinen Geburtsnamen Carl Anton Postel hielt er beispielsweise für weniger anspruchsvoll als das Pseudonym Charles Sealsfield. Und bis heute ist nicht restlos geklärt, weshalb der Theologe, Priester und Abenteurer aus den damaligen österreichischen, heute tschechischen Landen 1829 in die Vereinigten Staaten von Amerika fliehen musste. Möglich wäre, dass er nach den ersten zaghaften vorrevolutionären Ereignissen in Deutschland ins Visier der um bürgerliche Ruhe bemühten Behörden geraten war. Sein Lehrer, der Theologe und Mathematiker Bernard Bolzano, hatte bereits die Durchsetzungsfähigkeit der österreichischen Zensurbehörden am eigenen Geist und Leib erfahren dürfen. Wegen seiner pazifistischen Ideen, seiner Kritik an der kaiserlichen Politik und wegen vermeintlicher theologischer Abschweifungen wurde mehrere Jahre bis 1825 gegen Bolzano ermittelt; seinen Lehrstuhl in Prag hatte er bereits sechs Jahre zuvor verloren.

Seinem Schüler Postel drohte anscheinend ähnliches Ungemach. Sogar per Steckbrief wurde er gesucht, und so reiste Postel mit Hilfe freimaurerischer Gönner in die USA.

Sealsfield, wie sich Postel nach seinem ersten Amerika-Aufenthalt nannte, entwickelte eine rege journalistische und schriftstellerische Tätigkeit, schrieb für Zeitungen und verfasste Abenteuerromane. Nach vielen Jahren des Pendelns zwischen Europa und den Vereinigten Staaten ließ er sich 1856 endgültig im schweizerischen Solothurn nieder. Die Erfahrungen seiner Atlantiküberquerungen flossen in den Roman NEUE LAND- UND SEEBILDER ein, dessen Untertitel nicht nur wie eine Reverenz an Goethe klingt, sondern auch wie ein Lebensmotto: DIE DEUTSCH-AMERIKANISCHEN WAHLVERWANDTSCHAFTEN. Das Buch beschreibt das Leben einer Familie aus New York zwischen Tradition und großstädtischem Aufbruch. Ein Handlungsstrang führt aber auch einen preußischen Junker aus der Alten in die Neue Welt. Dies natürlich per Schiff, und das Kapitel, in dem Sealsfield die Überfahrt schildert, ist mit »No Wind! No Wind!« überschrieben. Der junge Adelige leidet, denn während der Atlantikpassage gerät das Schiff in eine Flaute: *»Dieses Seeleben fängt an, allgemach langweilig zu werden. Diese ewige Himmels- und Wasserperipherie, von der eure Schiffe der Mittelpunkt – oder der blaue wolkenlose Aether, unten die blaue, wie gläserne See – vor euch die Draperie der Taue, Strickleitern und Segel, jetzt schlaff, wie zum Trocknen aufgehängte Wäsche herabflatternd – und auf allen Gesichtern tödtliche Langeweile – jeder Mund nach Wind seufzend, schmachtend, wie der Fisch nach Wasser, seit drei Tagen aber kein Wind, kein Lüftchen, auch nur so stark – um die Federfähnchen oben am Dache des Hauses zu fächeln, – der Kopf wird euch allmälig müde, dumm stolid, stupid – ihr zum Idioten.«*[25]

Das Problem ist hier nicht mehr nur, dass das Schiff wegen der Windstille auf der Stelle dahin dümpelt. Hier ist es die Psyche der Passagiere, die an der Bewegungsunfähigkeit Schaden zu nehmen droht. Die Schilderung ist so plastisch, so lakonisch exakt, dass man annehmen darf, Sealsfield wird eine solche Situation selbst erlebt haben. *»Diese fünfundfünfzig oder sechzig Stunden Windstille haben mehr gethan, euch das Seeleben zu verleiden als die dreißig Tage, die ihnen vorangegangen, sammt steifen und leichten Winden und Regenwinden. Jetzt gehört kein geringer Grad von Energie dazu, diesen Stillstand längere Zeit auf sich einwirken zu lassen, und nicht angegriffen zu werden. (…) Zehn Mal lieber Sturm, als* diese trostlos unausstehliche Windstille...«[26], lässt Sealsfield seinen Protagonisten flehen.

Die Gleichsetzung von Sturm und Windstille in ihren Auswirkungen auf den Menschen, der sich auf das Meer begeben hat, ist ein alter Topos, dem man bereits in einer Sammlung antiker griechischer Epigramme, der ANTHOLOGIA PALATINA, begegnen kann. Hier wird beispielsweise von einem Nicophemos berichtet, der bei Windstille auf dem Meer verdursten muss, weil die Winde sich verschworen haben – was für Seeleute genauso schlimm sei wie ein Sturm.[27] Ähnliche Gefahren, die eine Flaute heraufbeschwören konnte, waren Mutlosigkeit, die Furcht vor Piraten sowie die Trunksucht, durch die man dem unerträglichen Zustand zu entfliehen versuchte.[28] Die Trostlosigkeit des Stillstands ist absolut. Kein entflohener Gott könnte grausamer sein als dieser *ventus abscoditus*. Johann Georg Sulzer beispielsweise, einer der einflussreichsten Ästhetiker der preußischen Aufklärung am Hofe Friedrichs II., nutzt die nautische Metapher präzise, um die fehlende Inspiration durch die fürchterliche Leere der Seele zu entschuldigen: »*Ich muß es nur gestehen, daß es nicht immer nur Geschäfte sind, die mich am Schreiben hindern. Bisweilen ist es Trägheit, Unmuth, oder wie das Ding sonst zu nennen ist. Häufige und anhaltende Zerstreuungen setzen mich so sehr aus der Fassung, in welcher ich meine Gedanken sammeln kann, heraus, als die gänzliche Windstille dem Seefahrer. Alles, was sonst in der Seele sich zu regen pflegt, wird als denn schlaff, und bleibt es so lang, bis der Geist, durch die Last seiner eigenen Trägheit gereizt, sich wieder aufraffet.*«[29]

Das Zusammenspiel von Körper, Gemüt und Umwelt macht aus einer Windstille nicht nur ein Transportproblem, sondern es hinterlässt auch eine lädierte Psyche. Zumindest vermutete dies Vollmer in seinem bereits zitierten Buch über das Meer: »*Die üblen Einwirkungen der trockenen Luft zeigt sich bald in einer außerordentlichen Niedergeschlagenheit, der auch die Stärksten unterlegen; die Matrosen werden zuerst von einer drückenden Schwermuth ergriffen.*«[30] Windstille verwirrt also die Sinne, weil der Stillstand des Körpers den Geist ermüden kann. Wenn Vollmer die »trockene Luft« als Auslöser der Lethargie nennt, dann unterstellt er einen physiologischen Zusammenhang. Dies klingt zwar etwas naiv nach der antiken Säfte- und Temperamenten-Lehre, aber der Grundgedanke besticht. Die Beziehung zwischen Windstärke und Wahrnehmung hat in der Tat auch eine naturwissenschaftliche Seite. Denn bei absolut ruhiger Luft zeigt sich eine besondere Form der Täuschung: die Fata Morgana, also eine Spiegelung, die dem Betrachter

*Fata Morgana im Watt
bei Eckwarderhörne.
Heinrich Birnbaum, 1859*

Dinge vorgaukelt wie zum Beispiel schwebende Schiffe über dem Horizont, Bäume weit draußen im Wasser, Inseln, verdoppelte Wolken oder im wahrsten Sinne Luftschlösser. Wer von einer Fata oder Fee Morgana hört, der denkt heute vor allem an Irrbilder in der Wüste. Doch das Phänomen, das seit dem 14. Jahrhundert bekannt ist, hat seinen Ursprung in einer Luftgeburt über dem Wasser.

Wieder spielt dies im Golf von Messina, der schon Goethe so in die Bredouille brachte. Hier wurde regelmäßig eine Insel gesichtet, die aber auch genauso regelmäßig wieder verschwand. Sie blieb Legende, so wie die Insel Avalon, auf der die Fee Morgana in der Artus-Sage lebte. Als Namensgeberin taugte die gute Morgana aber allemal; *Fata* ist das italienische Wort für Fee.

Am Golf von Messina herrscht häufig jene Windstille, die zur Entstehung einer solchen optischen Doppelung führt. Für die ungewöhnliche Brechung des Lichtes, die eine Spiegelung weit entfernter Objekte erzeugt, bedarf es zusätzlich einer scharfen Grenze zwischen der warmen und kalten Luftschicht. Kein Windzug darf die Linie, entlang derer sich die Dinge spiegeln, in Bewegung bringen, sonst verschwindet das Trugbild. Für den Betrachter sieht es aus, als gäbe es das Objekt hinter dieser windstillen Temperaturscheide zweimal. In der flirrenden Luft verschwimmen die Grenzen, und die Schemen verdichten sich zu einer merkwürdig symmetrischen Phantasmagorie, die das Gehirn als reales Bild interpretiert.

Die Täuschung kann jeden treffen, die windstillen Erscheinungen sind kein Privileg entlegener oder exotischer Weltgegenden. Eine Fata Morgana kann man beispielsweise auch an einem der unromantischsten Orte der Welt erleben, dem norddeutschen Wattenmeer. Es mag verwundern, aber an der Budjadinger Küste bei Eckwarderhörne am Jadebusen entstehen Fata Morganen so häufig wie nur selten sonst in Europa. Der aus Leipzig stammende Naturforscher Heinrich Wilhelm Brandes beschrieb dieses Phänomen Anfang des 19. Jahrhunderts ausführlich: »*Er wohnte zu Eckwarden am Jadebusen, von hieraus sah er an heiteren Frühlings- und Sommerabenden, wenn nach sehr warmen Tagen die untere Luft sich schnell abgekühlt hatte, die am gegenüberliegenden Ufer des Busens nahe am Wasser gelegenen Häuser stark zusammengedrückt, während das ganz dahinter liegende Land mit all seinen Dörfern, Häusern und Bäumen sich so stark empor hob, als wäre sein Standpunkt plötzlich auf einen hohen Berg versetzt.*«[31] Dieses Himmelsschauspiel war eine flüchtige Angelegenheit, wie Brandes wusste. Die Doppelungen ließen sich durch physikalische Gesetze erklären, »*sobald sich ein frischer Wind erhob, waren alle diese Erscheinungen verschwunden; das alte wohlbekannte Ufer lag deutlich da, ohne daß eine Spur von dem zurückblieb, was noch eben so fremd und täuschend dem Auge vorgeschwebt hatte.*«[32]

Der windstille Raum markiert also einen Ausnahmezustand. Das, was normalerweise immer dort ist: der äußere Anstoß zur Bewegung durch den Wind, fehlt und macht einem Vakuum der Eigenwahrnehmung Platz. Selbst wenn man unterstellt, dass es in der freien Natur nie absolut windstill sein kann, reicht dieser Verlust an vorantreibender Kraft, um zum Beispiel Menschen auf Schiffen so auf sich selbst zurück zu werfen, dass sie an dieser Überdosis Ruhe schwermütig und melancholisch werden. Die Fata Morgana erscheint da wie eine Übersetzung der inneren Verwirrung in eine optisch spektakuläre Form der äußeren Reflexion. Bekommt das Individuum keinen Impuls von außen, droht eine Einzelhaft im Windschatten seiner selbst. »*Das Gute also ist Bewegung für Seele und Leib, und umgekehrt das Gegenteil davon?*«[33], lässt Platon den Lehrer Sokrates in einem seiner Dialoge fragen. Die Antwort fällt leicht: Die Ruhe ist das Böse!

In der Ruhe liegt die Kraft

Allerdings kann dieselbe Metapher aus dem Sprachbilderbogen des Windes auch zur gegenteiligen Interpretation genutzt werden. Die Windstille taugte nämlich ebenso als semantischer Vorrat, um zur Selbsterkenntnis oder Besserung aus eigener Kraft aufzufordern. In dieser Konfrontation mit sich selbst konnte das eigene Ich auch an Statur gewinnen.

Die schönste Formulierung zu diesem Lob der mentalen Flaute findet sich bei Sextus Empiricus bereits Ende des zweiten nachchristlichen Jahrhunderts. In seinem GRUNDRISS DER PYRRHONISCHEN SKEPSIS spricht er von der »*Ungestörtheit und Windstille der Seele*« und meint damit jenen Zustand, in dem der Mensch unbedrängt von äußeren Kräften nachdenken kann und dabei im Idealfall einen Zustand der inneren Ruhe findet. Es ist eine Haltung, die die griechische Philosophie im Anschluss an den Hedonisten Epikur seit einem halben Jahrtausend kannte und unter dem Begriff der *Ataraxie* verbucht. Dieser Gedanke behält seine Attraktivität über die Jahrhunderte hinweg. Ausgerechnet Friedrich Nietzsche, der Wüterich und Verächter aller Kontemplation, wird diesen atmosphärischen Ruhewinkel am Ende des langandauernden 19. Jahrhunderts aus der antiken Philosophie wieder ins Bewusstsein seiner Zeit holen.

Das Sprachbild der Windstille taucht schon früher bei ihm auf, nämlich zu jenen Zeiten, als es zwischen Nietzsche und dem von ihm angebeteten Komponisten Richard Wagner noch harmonisch zuging. Nietzsche hatte Richard Wagners Frau Cosima die zweite Auflage seiner GEBURT DER TRAGÖDIE AUS DEM GEIST DER GRIECHEN gewidmet und bedankte sich nun artig bei ihr in einem Brief vom April 1873 für die Annahme dieser kleinen Ehrung. Dabei bemerkte Nietzsche, als ob er sich für den Erfolg seines Buches entschuldigen wollte, »*daß an diesen sofortigen Erfolge jene schlechte Welt, mit ihren krähenden und kreischenden Zeitungen und Litteraturblättern als Herolden keinen Antheil hat, daß vielmehr von dieser Seite aus eine behutsame Stille für gut befunden worden ist. Ich halte mich, nach dieser Erfahrung hin, und allen andren für den beglücktesten Autor: denn gerade jene Windstille ist für die Fahrt meiner Schiffe das beste Anzeichen. Warum leben Sie nicht in der gleichen Windstille?*«[34]

In dieser kleinen Frage kündigen sich der spätere Bruch zwischen Nietzsche und Wagner an, der aus dem Verehrer einen der größten Verächter des Komponisten werden lässt. Der Satz klingt wie ein Vorwurf an den Meister. Warum suchten Wagner und seine Frau so dringlich

*Halkyone, die Tochter des Wind-Königs Aiolos, vor ihrer Verwandlung in einen Eisvogel.
Herbert James Draper, 1915*

die Öffentlichkeit, statt sich mit ihren Gedanken und ihrer Kunst in die Windstille zurückzuziehen, wo das Geniale gedeihen konnte?

Diejenigen unter den Zeitgenossen, die es verdient hatten, von ihm in die Zukunft geführt zu werden, adelte Nietzsche denn auch als »*Halkyonier*«, Freunde der Windstille. Halkyone war die Tochter des Aiolos', dem König der Winde. Die unglückliche Frau hatte sich aus Trauer um ihren ertrunkenen Mann, den thrakischen König Keyx, in die Meeresfluten gestürzt, war aber von der mildtätigen Göttin Thetis gemeinsam mit dem geliebten Toten in Eisvögel verwandelt worden. Fortan durften beide weiterleben. Zur Brutzeit dieser Vögel, der Halkyonen, im Dezember ließ ihr Vater Aiolos die Winde ruhen, um sie nicht zu stören. Für die Griechen waren die sogenannten HALKYONISCHEN TAGE, etwa zwei Wochen um die Wintersonnenwende herum, eine Phase der Entspannung, während der der raue Wind nicht blies.

Nietzsche nutzt diesen Mythos, um sein Ideal der Gelassenheit gegenüber aller Hysterie einer dekadenten Gesellschaft an eine intellektuelle Tradition anzuschließen, und die Pyrrhonische Skepsis klingt laut nach, wenn er an seinen Freund Franz Overbeck im Dezember 1888 schreibt, dass das Ende der Selbstfindung und der Selbstzweifel »*die vollkommene Windstille der Seele*«[35] sei.

Im selben Jahr, kurz vor seinem geistigen Zusammenbruch, bilanzierte er in seiner letzten noch zu Lebzeiten selbst herausgegebenen Schrift, DER FALL WAGNER, sein Verhältnis zum Meister des musikalisch-dramatischen Gesamtkunstwerks in eben diesem windstillen Winkel des Denkens: »*Sie haben recht, diese deutschen Jünglinge, so wie sie nun einmal sind: wie könnten sie vermissen, was wir Anderen, was wir Halkyonier bei Wagner vermissen – la gaya scienza; die leichten Füsse; Witz, Feuer, Anmuth; die grosse Logik, den Tanz der Sterne; die übermüthige Geistigkeit; die Lichtschauder des Südens; das glatte Meer – Vollkommenheit.*«[36] Das klingt nach Ruhe, nicht nach Askese. Es darf auch getanzt werden.

Die Windstille diente also kulturell als Leerstelle für zwei ganz entgegengesetzte Deutungen zur Antriebsbedürftigkeit des Menschen. Die Flaute ist beide Male der Moment, in dem es keinen Impuls von außen gibt, keinen Wind. Für Seeleute auf Segelschiffen war es die Hölle; die Negation dessen, womit sie ihrem Dasein Sinn gaben. Ihr Auftrag war die Fahrt vom Heimat- in den Zielhafen. Die Verzweiflung, die sie ergriff, wenn man in eine Passage des Windstillstands geriet, bestimmte – das darf man nicht unterschätzen – bis zum Ende des 19. Jahrhunderts das Marinehandwerk. Erst 1889 wurde mit der TEUTONIC der erste, gänzlich ohne Segel ausgerüstete Hochseedampfer in Dienst gestellt.

Wo man darum bangen musste, dass der Geist nicht von der Stelle kommt, dort drohte der mentale Burn-out, wie viele literarische, aber auch autobiographische Berichte nahelegen. Hier bot der Wind die einzige Rettung. Jenen dagegen, die befürchteten, dass der Einzelne durch die permanente Drift am eigentlichen Sinn seines Daseins vorbeisegelte, diente die Windstille als Zufluchtsbild. Hier galt es eben nicht, eine Distanz zwischen zwei Orten zu überbrücken, sondern den Abstand zur Welt zu vergrößern, indem man blieb, wo man war. In beiden Fällen aber erkennt man im Wind die Metapher für eine äußere Macht, die über das Schicksal des Menschen oder wenigstens über die Bedingungen, unter denen er mit ihm hadern kann, entscheidet.

Windstille und Sturm, die beiden Extreme, liegen im Kern ihrer kulturellen Begrifflichkeit also dichter beisammen, als es auf den ersten Blick zu vermuten wäre. So wie übrigens Flauten und starke Winde auch in der Natur tatsächlich häufig aufeinander folgen: »*Ein ruhiger Zustand der Luft heißt Windstille. Die Luft kommt indes nie wirklich, sondern bloß scheinbar zur Ruhe, und die sogenannte Windstille entsteht meistens durch das Zusammentreffen zweier entgegengesetzter Winde, welche sich gegeneinander stämmen, bis einer das Übergewicht erhält und den anderen überwindet, daher jene häufig einem Sturm vorangehen oder folgen«*,[37] beschreibt Theodor Friedrich Maximilian Richter 1840 diesen Effekt. Lassen wir uns also zum anderen Wetterextrem wehen, dem Sturm, um mehr über die Anfänge der Geschichte des Windes zu erfahren. Und dazu gäbe es kaum einen besseren Begleiter als Odysseus. Nach dem Bericht Homers bekam es der glücklose Heimkehrer aus dem Trojanischen Krieg auf seiner Reise nämlich mit allen Windstärken zwischen Stille und Sturm zu tun.

Windstärke 1 　　　　　WER WIND SÄT

> Geist: Fuhr im Sturm die Pest herunter?
> Oder tobt der Zwietracht Wut?
> Artossa: Das nicht, aber unser ganzes Heer
> ward bey Athen vertilgt.
> AISCHYLOS, DIE PERSER[38]

Ausweitung der Windzone

Man sollte auf Götter und ihre Helfer hören. Besonders dann, wenn sie einen Sack voller Winde verschenken. Der weise Odysseus wusste dieses Präsent zu würdigen, aber seine Gefährten auf der langen und gefährlichen Reise zurück aus dem Krieg um Troja nach Ithaka hatten Probleme mit der Disziplin. Gerade war man dem einäugigen Zyklopen Polyphem entwischt und hatte sich zur Insel Aiólia des Windkönigs Aiolos gerettet. Homer berichtet im zehnten Gesang der ODYSSEE, also ungefähr zur Mitte des 8. Jahrhunderts v. Chr., von dem freundlichen Herrscher, der Odysseus helfen will. Auf dessen Bitte, ihm die rasche Heimkehr zu ermöglichen, häutete Aiolos zunächst ein Rind »(...) und machte

> gleich einen Sack, worein er die Pfade der heulenden Winde
> Bannte; den gab er mir. War er doch Windwart, dem der Kronide
> Rechte verliehen zu hemmen, zu jagen, welchen er wollte.
> Diesen Sack aber band er unten mit silbernen Schnüren
> Fest im geräumigen Schiff; kein Lüftchen sollte entschlüpfen.«[39]

Damit waren die widrigen Winde im Sack eingesperrt, und statt ihrer ließ Aiolos den friedlichen Westwind Zephyros für die Griechen wehen. Dieser trug die zwölf Schiffe des Ithaker-Königs nach zehn Tagen bis an die Küste der Heimat. Ein Ende der Reise war in Sicht, das Epos hätte sein Finale. Zu früh, befand Homer und ließ einige der Seefahrer auf den Gedanken kommen, in dem geheimnisvollen Sack des Windhüters könnten sich Gold und Silber befinden:

> »Es kam zum Verrat der Gefährten, und diese
> Lösten den Sack, heraus aber brausten die sämtlichen Winde;
> Sturmwind raffte sogleich sie hinaus in das offene Wasser.
> Weinen mußten sie da, denn es schwanden die Fluren der Heimat.«[40]

Odysseus und seine habgierigen Gefährten fanden sich plötzlich wieder zur Insel Aiólia zurückgeworfen. Der erzürnte König der Winde er-

Der Westwind hilft Odysseus und seinen Gefährten bei der Heimfahrt – bis es zum Verrat kommt. Theodor van Thulden, 1640

hörte die Bitte nach einer zweiten Chance nicht mehr, und so bedurfte es noch vierzehn weiterer Gesänge der ODYSSEE, bis die Griechen den Weg nach Hause fanden und Odysseus wieder auf seinem Thron saß.

Diese Episode aus der zehnjährigen Irrfahrt quer durch das Mittelmeer führt mehrere wichtige Motive der antiken Windpoetik vor Augen. Zum einen zeigt sie, dass man nicht von einem einheitlichen Phänomen, *dem* Wind, sprach, sondern von einer Vielzahl verschiedener Winde, deren wichtigstes Merkmal die Richtung war, aus der sie wehten. Zum anderen ist es bezeichnend, dass Aiolos zwar vom obersten Gott Zeus, dem Sohn des Kronos (daher die Bezeichnung *Kronide* bei Homer), eingesetzt worden war, um die Winde zu beaufsichtigen. Doch die Figur des Aiolos selbst ist eine synthetische Erscheinung aus Mythologie und Epik. Aiolos wird nur aufgrund der Nachdichtung späterer Jahrhunderte in Lexika heute meist als Windgott geführt. In den Geburtsregistern der griechischen Götter taucht er dagegen nicht unter den Unsterblichen auf. Hesiod erwähnt ihn in seiner THEOGONIE, die ungefähr zur selben Zeit wie die ODYSSEE entsteht und so etwas wie das Adelsverzeichnis der griechischen Götter war, mit keinem Wort. Auch Homer nennt ihn nur »*Sohn des Hippotes, des Lieblings der Götter*«, und es ist mit dem Geographen Strabo sogar noch ein Autor des ersten nachchristlichen Jahrhunderts, der in seiner ERDBESCHREIBUNG die Mythologie ganz historisch deutet. In Verehrung für sein großes Vorbild als Geschichtsschreiber, Polybios, erinnert Strabo daran: »Wahrlich (...) kann sowohl die Menge der eben dasselbe erzählenden Geschichtsschreiber, als auch die in den Orten einheimischen Sagen lehren, dass es nicht Empfindungen der Dichter oder Geschichtsschreiber sind, sondern Spuren wirklicher Personen und Begebenheiten (...) Aiolos zum Beispiel (...) wurde, sagt er, Verwalter der Winde genannt, und für einen König gehalten. Dieses vorauseinleitend lässt er weder den Aiolos noch die ganze Insel des Odysseus für Fabelgebilde halten.«[41] Das heißt: Ein Mensch ist der erste Herr der Winde!

Dies wirkt umso überraschender, da die beiden anderen wichtigen Naturkräfte, mit denen es die Menschen zu tun haben, nämlich Sonne und Wasser, in der klassischen griechischen Mythologie je mit einem mächtigen Gott »besetzt« sind: Helios und Poseidon. Der Wind als Phänomen der unteren Luftschichten wurde dagegen einem Sterblichen zur Verwaltung anvertraut; das gilt es mit Blick auf die weitere Beziehung zwischen Wind und Mensch festzuhalten. Dass Aiolos besondere, geradezu göttliche Fähigkeiten besaß, ist der Schwere seiner Aufgaben geschuldet. Ihm selber widmen die (Mit-)Menschen aber konsequenterweise keinen eigenen Kult. Ihm wird nicht geopfert und kein Altar geweiht.[42] Dies ist ein früher Hinweis auf das paradoxe Verhältnis des Menschen zu »seinem« Wind. Einerseits will er sich dessen oft widerspenstige Kräfte untertan machen, andererseits ahnt er, dass er es mit mächtigen Mitspielern zu tun hat. Die einzelnen Winde selbst galten den Griechen nämlich – anders als ihr Herrscher – als Götter oder göttergleiche Wesen, die sie Anemoi nannten.

Zunächst gab es nur drei Anemoi, gemäß der Hauptwindrichtungen: Boreas (Nordwind), Zephyr (Westwind) und Notos (Südwind). Dieses Trio taucht in Hesiods THEOGONIE auf, Homer wird später noch Euros (Südostwind) als vierten Wind hinzufügen. Die Anemoi sind gemäß der Chronologie der griechischen Mythen älter als ihr »Adoptivvater« Aiolos. Ihre leiblichen Eltern waren der Titan Astraios, Gott der Abenddämmerung, und Eos, die Göttin der Morgenröte. Die Titanen wurden nach der Erzählung des Hesiod von der Göttergeneration der Olympier verdrängt, so dass Aiolos gewissermaßen die »Erziehung« der einzelnen Winde übernahm, nachdem Astraios und seine Titanen in die Unterwelt vertrieben worden waren.

Und es gab Zuwachs. Zu den vier Winden aus den Haupthimmelsrichtungen gesellten sich vier Nebenwinde, die aus den »Zwischenräumen« des Nord/Süd/Ost/West-Kreuzes bliesen. Die Familie umfasste nun: Boreas (Norden), Kaikias (Nordosten), Apheliotes (Osten), Euros (Südosten), Notos (Süden), Lips (Südwesten), Zephyros (Westen) und Skiras (Nordwesten). Seinen bildmächtigsten Ausdruck fand dieses Oktett während der Antike im Athener TURM DER WINDE. Die genaueste Beschreibung des Turmes gibt der römische Baumeister Marcus Vitruvius Pollio, der zur Zeit des Kaisers Augustus in seinem Buch DE ARCHITECTURA die Hintergründe des auffälligen Turmes erläuterte: »Einige haben die Ansicht aufgestellt, dass es vier Winde gäbe. (...) Aber diejenigen, die sorgfältigere Untersuchungen angestellt haben, haben überliefert, dass es acht seien. Und zwar vornehmlich Andronikus Cyrresthes, welcher auch als Beweis seiner Ansicht in Athen einen marmornen achteckigen Thurm errichtete.«[43] Dreizehn Meter hoch ragt der achteckige Turm auf der Römischen Agora am Nordabhang der Akropolis. Auf der Außenseite des Turmes, dessen Überreste noch heute zu sehen sind, befanden sich Reliefs, die die acht Winde in ihren Personifizierungen und mit den dazugehörigen Insignien zeigten. Notos beispielsweise taucht als Mann auf, der eine Kanne entleert, Skiron trägt einen Behälter mit glühenden Kohlen, und Boreas, der Nordwind, hält eine Tritonsmuschel, auf der er bläst.

Der Turm der Winde auf dem Forum in Athen, 1762.

Der aus Syrien stammende Architekt Andronikus hatte zudem eine besondere Vorrichtung installiert: »*Oben auf dem Turm baute er eine marmorne Spitze und brachte darauf einen ehernen Triton an, der mit seiner rechten Hand einen Stab ausstreckte; er richtete ihn so ein, dass er vom Wind herumgedreht wird, und stets dem Wind entgegensteht und seinen Stab als Zeiger über das Bild des gerade wehenden Windes hält*«[44], beschreibt Vitruv den Zeichenmechanismus, der vielsagend ist. Denn es wäre ein Leichtes gewesen, einen Mechanismus auf dem Turm zu installieren, der wie eine Windfahne ohne Umschweife die Richtung des Windes anzeige. Dieses Verfahren ist ein deutlicher Hinweis auf jenes mythische Verständnis der Winde, das den Einzelwind und seine Verkörperung als den wahren *Wind* verstand, und eben nicht das spürbare Phänomen des profanen Luftstroms.

Der TURM DER WINDE war ein wichtiges Instrument zur gesellschaftlichen Orientierung in Athen. Er diente dazu, gleichermaßen die Macht der Winde im kollektiven Bewusstsein gegenwärtig zu halten, als auch die Uhrzeit anzuzeigen, denn unter jedem Windrelief war eine Sonnenuhr angebracht. Zu dieser chronologischen Komponente passte auch, dass die Winde bei den Griechen symbolisch mit einer Jahreszeit verbunden wurden, in der sie jeweils vorherrschten. Aus dem Norden kam die Kälte, die Boreas im Winter herantrieb. Notos dagegen, der Bote des Südens, kam im Sommer mit Stürmen und Gewittern. Der Westwind Zephyros stand für den Frühling, und Euros aus dem Südosten kündigte den Herbst an.

Die Verbindung der Dimensionen Zeit und Raum macht deutlich, wie wichtig die Kenntnis der Winde war. Dass der griechische Turm anderthalb Tausend Jahre später in Rom mit dem *Torre dei Venti* einen ebenbürtigen Nachfolger bekam, spricht darüber hinaus für die Kontinuität, mit der die Beobachtung der Winde betrieben wurde. Er steht in der Heiligen Stadt an einem Ort, der himmlischer nicht sein könnte, inmitten des Vatikanischen Palastes. Nach seiner Fertigstellung 1580 bot der *Turm der Winde* der päpstlichen Sternwarte Raum und wurde seinem Namen dadurch gerecht, dass man in dem 73 Meter hohen Bau meteorologische Forschungen betrieb. So stand der Wind auch unter kirchlicher Observanz.

Noch lange bevor man in der Ewigen Stadt den TORRE DEI VENTI errichtete, wird sich die Schar der Winde erheblich ausgeweitet haben. Immer dichter wurde die Skala der Himmelsrichtungen mit eigenen Windgottheiten besetzt. Die römischen Brüder der *Anemoi* waren die *Venti*, und von ihnen gab es bereits zwölf, wie Vitruv erzählt. Die achteckige Architektur des Windturms ließ sich im Grundriss wie eine Windrose lesen, die nur verfeinert werden musste. Versetzte man sich ins Zentrum einer solchen Rose, dann gab es nun alle 30 Grad einen neuen Wind, der einem ins Gesicht blies. Der Vollständigkeit halber, und um keinen Gott zu verärgern, seien sie hier aufgezählt, mit dem Nordwind an der Spitze und dann jeweils einen zwölftel Kreisbogen im Uhrzeigersinn weiter gedacht: Septentrio, Supernas, Boreas, Solanus, Eurocircias, Vulturnus, Auster, Libonotus, Subvesperus, Favonius, Circius, Corus.

Dieses Prinzip der immer feineren Skalierung der Windrichtungen böte Raum für 360 Götter, einen für jeden Grad des Kreises. Dies schien aber weder Griechen noch Römern eine sinnvolle Übervölkerung des Götterhimmels zu sein. Das Bedürfnis nach Unterscheidbarkeit von Windrichtungen für die Schifffahrt und die Landwirtschaft erreichte mit dieser Zwölftelkreis-Lösung ihre praktikable Grenze. Zwar gab es zu Zeiten Vitruvs tatsächlich auch noch Einteilungen mit 24 und sogar 32 getauften Winden, doch waren diese nicht gebräuchlich.[45]

Die geographische Differenzierungsleistung durch die Vielzahl von Windgöttern ist dennoch beachtlich, denn sie zeigt, wie sich die vom Wind besonders abhängigen Menschen, seien es Seefahrer oder Bauern, einen metaphorischen Ausdruck ihrer Erfahrungen verschafften. Die Idee, dass der Wind ein einheitliches, kontinuierliches Wetterphänomen sein könnte, kam dabei nicht auf. Die alltägliche Erfahrung, dass der Wind aus vielen verschiedenen Richtungen blies, übersetzte man in die Vorstellung eines großen, aber dennoch aus einer begrenzten Anzahl von Sängern bestehenden Himmelschores von Windgöttern. Und diese hatten häufig ihren eigenen Kopf.

Helfer in der Not

Es gab Winde, die dem Menschen das Leben schwer machten. Und es gab gute Winde, die ihm nützlich waren. So entstand eine Ethik der Winde, wie man in der Geschichte um die allzu große Neugier der Seeleute des Odysseus lernen kann.

Denn der Wind ließ mit sich reden. So wie sich der Windverwalter Aiolos bei seinem ersten Treffen mit Odysseus großzügig zeigte und ihm die schlechten Winde im Ledersack übergab, so verweigerte er ihm beim zweiten Mal seine Hilfe, weil er enttäuscht war. An anderer Stelle aber ließen sich die einzelnen Winde herbeirufen, um ihre Arbeit nicht nur im Mythos zu versehen, sondern auch in der realen Geschichte – was für das antike griechische Denken übrigens nicht immer zu trennen war. Herodot, der Übervater der europäischen Geschichtsschreibung, berichtet in seiner Historie der Perserkriege mehrfach von der Gunst, die der Nordwind Boreas den Griechen vor der Seeschlacht von Salamis erwies.

Die Übermacht der persischen Flotte war erdrückend. Unter Xerxes I. versuchte sie im September 480 v. Chr., die überwiegend aus athenischen Schiffen bestehende Streitmacht der Hellenen zu besiegen. Auf der Tagesordnung stand nichts Geringeres als die Eroberung ganz Griechenlands. Herodot übertreibt die Zahlen der Beteiligten zwar mit großzügigem Gestus, aber selbst nach neueren Schätzungen fuhren knapp dreimal so viele Schiffe auf persischer Seite in die Schlacht, ungefähr eintausendzweihundert an der Zahl, als für die Hellenen. Die von Themistokles und Eurybiades befehligte griechische Flotte aus 370 Schiffen hatte also eigentlich keine Chance. Dieses Szenario der überwältigenden Fülle an Menschen und Rüstungsmaterial durchzieht die gesamte Geschichte der persisch-griechischen Auseinandersetzungen, die sich schon unter Dareios, dem Vater des Xerxes, zugespitzt hatten. Nach dessen Tod 486 v. Chr. hatte der Sohn die Vision eines persischen Großreiches, das sich nach Westen ausdehnte, geerbt und stand sechs Jahre danach, an diesem Tag im September, kurz davor, sie zu verwirklichen. Ein Sieg über das griechische Heer hätte nicht nur die Vorherrschaft der Perser über die Stadtstaaten des Peleponnes oder Attikas bedeutet. Eine Einverleibung Griechenlands in die persische Herrschaft hätte die Koordinaten der sogenannten abendländischen Kultur verändert. Platon lässt in seinem Dialog NOMOI drei weise alte Männer auftreten, und der Gewährsmann aus Athen spricht darin von einer Zeit, »*da der persische Angriff auf Griechenland, vielleicht muss man sagen, auf die Gesamtbevölkerung von Europa stattfand*«[46]. Doch der Wind blies für Europa und das gleich mehrfach.

Auch wenn Xerxes in der Schlacht noch immer deutlich mehr Schiffe zu Verfügung standen als den Griechen, so hatte ihn ein Sturm zuvor schon rund vierhundert Schiffe gekostet. Eine entscheidende Schwächung, wie sich später zeigen wird, denn beim Kampf Schiff gegen Schiff kam es auf jeden Teilnehmer am. Vier Tage lang wütete das Unwetter, bevor es – so schreibt Herodot – von persischen Magiern beschwichtigt werden konnte. Wie sein Ende, schien auch die Herkunft des Sturmes menschengemacht. In den HISTORIEN schreibt Herodot: »*Man erzählt sich, die Athener hätten den Nordwind aufgrund eines Götterspruches herbeigerufen. (…) Während sie bei Chalkis bei Euboia vor Anker lagen und erfuhren, dass das Unwetter zunehme, oder auch schon früher, opferten und beteten sie zu Boreas und Oreithya, ihnen beizustehen und die Schiffe der Barbaren zu zerstören, wie einst am Athos. Jedenfalls behaupteten die Athener, Boreas habe ihnen früher schon beigestanden und sie auch jetzt erhört.*«[47] Die Schlacht vor Salamis ging an die Griechen, und nach dem Rückzug gab Xerxes seine Eroberungspläne endgültig auf.

Herodot spielt mit dem letzten Satz etwas beiläufig auf den Untergang von dreihundert persischen Schiffen im Jahr 492 bei der Umfahrung des Berges Athos an. Damals war es noch Dareios, der zum Angriff auf das griechische Festland blies. Durch einen Sturm des Boreas erlitt auch dessen Kriegsflotte empfindliche Verluste, bevor es überhaupt zum Kampf mit den Hellenen kommen konnte.

Bereits am Anfang des gesamten Feldzuges hatte Xerxes nach dem Bericht Herodots eine unangenehme Begegnung mit dem Wind gehabt. Um seine Landtruppen aus dem Inneren des persischen Reiches auf das griechische Festland zu bringen, mussten die Soldaten die Einfahrt zu den Dardanellen am Hellespont überwinden. Hier begegnen sich Asien und Europa auf Sichtweite; etwa eintausenddreihundert Meter misst die Meerenge, die Xerxes durch eine Schiffsbrücke zu überwinden hoffte. Es müssen knapp siebenhundert Schiffe gewesen sein, die hier aneinander geseilt das schwimmende Fundament für zwei Straßen aus Holzbohlen bildeten, über die das Heer marschieren sollte. Kaum waren diese Pontonbrücken geschlossen, kam jedoch der uns schon bekannte Nordwind auf und verwandelte den Hellespont in einen Hexenkessel, so dass die Brücken zerrissen wurden, das Unternehmen der Überquerung im ersten Anlauf scheiterte und wiederholt werden musste. So liest sich die Darstellung jedenfalls bei Herodot. Und er setzt dieser Niederlage noch eine weitere Absurdität hinzu, indem er den Bericht zuspitzt. Xerxes sei dermaßen über den Frevel des Windes erzürnt gewesen, dass er tatsächlich das Wasser des Hellespont von Soldaten mit Ketten auspeitschen ließ.

Leider macht die moderne Geschichtsschreibung diese schöne Anekdote über despotischen Größenwahn durch Fakten zunichte. Der erste missglückte Übertritt über den Hellespont scheint erfunden zu sein, um Xerxes in der Erzählung nachträglich dem Spott Preis zu geben.

Legende mit Tiefgang – Der Perserkönig Dareios ließ das Wasser des Hellespont auspeitschen, nachdem ein Sturm seine Armee dezimiert hatte. Darstellung von 1909

Nach allen Rekonstruktionen wäre der zweite Versuch eines solchen Großprojektes nicht innerhalb der wenigen Monate zu bewerkstelligen gewesen, die Herodot für das Unternehmen ansetzt.[48] Also hatte es nur einen, und zwar erfolgreichen Übertritt des persischen Heeres über die Meeresenge gegeben. Dennoch fügte Herodot dieses erste Auftreten des Nordwindes zu Gunsten der hellenistischen Seite in seine Bücher ein. Für unser Verständnis einer modernen Kulturgeschichte ist nicht entscheidend, ob die Quellen den tatsächlichen Ablauf der Geschichte wiedergeben, sondern woher der Autor die Gewissheit nehmen konnte, dass ihm seine Leser diese doch recht offensichtliche Übertreibung abnehmen würden.

Diese Sicherheit bot wohl ein Fundus an Mythen über die Winde, der den Hellenen einen gemeinsamen Erzählraum bot. Selbst einer, der bei den Schlachten von Marathon und Salamis gegen die Perser selbst gekämpft hatte, verbreitete diese Legende. Aischylos, der älteste der großen Tragödiendichter Griechenlands, war als Soldat an beiden Unternehmungen beteiligt und verarbeitete sie in seinem Drama DIE PERSER, das acht Jahre nach der Schlacht vor Salamis seine Uraufführung erlebte. Hier taucht die Hellespont-Episode in der Erinnerung von Xerxes' Mutter Atessa auf: »*Was erlitten da die Unsern und wes seufzet Ihr so tief?*«, fragt ein Geist, und Atessa antwortet: »*Nach vertilgtem Schiffsheer ward vertilget auch des Landheers Macht.*«[49] Der griechenfreundliche Wind hatte bei seinem vermeintlichen ersten Zerstörungswerk also nachhaltig Anteil an der Niederlage der Perser. Diese Intervention bot das Leitmotiv für die spätere Deutung des Windes als Verbündeter Hellas'. Das ist der Subtext dieser Passage in den HISTORIEN des Geschichtsschreibers Herodot: Der Wind gehörte als Teil der Götterwelt auch zur Welt der Menschen und war damit ihrem Einfluss nicht gänzlich entzogen.

Warum nun war aber ausgerechnet Boreas den Griechen – oder genauer den Athenern – immer so wohl gesonnen und ihren Feinden ein penetranter Gegner? Herodot verrät das Geheimnis der hilfreichen Verbindung zwischen Griechen und dem Nordwind: Es sind Familienbande, die einander so vertraut machen. Boreas hatte die Nymphe Orythia entführt, eine Tochter des mythischen Königs Erechtheus aus Attika, und sie zur Frau genommen. Das machte den Nordwind rein formal zum Schwiegersohn aller Athener. Der Wind hatte also allen Grund, den Griechen gewogen zu sein, zumal seine Heimat in Thrakien lag, das als erste griechische Region von den Persern angegriffen worden war. Fühlten sich die Windgötter persönlich bedroht, war mit ihnen nicht zu spaßen.

Wenn wir nun die Geschichte des Windkönigs Aiolos in Homers ODYSSEE und die HISTORIEN Herodots über die Hilfe des Boreas betrachten, dann ergibt sich das Bild eines überaus symbiotischen Verhältnisses zwischen Mensch und Wind. Die Winde haben ihren eigenen Kopf, doch immerhin kann der Mensch in der dramatischen Welt des Epos und Mythos seinen Einfluss auf den Wind geltend machen. Es bleibt als nächstes zu fragen, ob der Wind auch im Denken der antiken Wissenschaft, die schon vor mehr als zweieinhalbtausend Jahren nicht alles den Göttern überlassen wollte, auf ähnliche Weise dem Menschen verbunden war.

Windstärke 2 EIN KIND DER SONNE

> *Ha! Jupiter Befreier! Näher tritt*
> *Und näher meine Stund. Und vom Geklüfte*
> *Kommt schon der traute Bote meiner Nacht,*
> *der Abendwind zu mir, der Liebesbote.*
> FRIEDRICH HÖLDERLIN,
> DER TOD DES EMPEDOKLES[50]

Tanz in den Vulkan

Es war kein schönes Ende, das der Philosoph und Mystiker Empedokles für sein irdisches Leben gewählt hatte. Selbst wenn man den Mann wegen seines klaren Verstandes rühmte, macht dies seinen Sprung in den Krater des Vulkans Ätna auf Sizilien weder verständlicher noch nachahmenswert.

Vielleicht war aber auch alles ganz anders. Selbst die klassische Quelle für diesen Freitod, der Bericht über LEBEN UND MEINUNGEN BERÜHMTER PHILOSOPHEN des Diogenes Laertius betont, dass es mehrere Versionen über den Tod des Empedokles gibt. Gleichwohl bleibt es möglich, dass Empedokles mit seinem Tanz in den Vulkan um das Jahr 435 v. Chr. herum die letzte Stufe einer selbst gewählten Himmelfahrt antrat.

Die Vorgeschichte dieses finalen Sprungs begann recht optimistisch. Empedokles war zu einer begüterten Frau, Pantheia aus Akragas, gerufen worden, die man nach einem Anfall von Luftnot für tot gehalten hatte. Dem Mann gelang es jedoch, sie wieder zum Leben zu erwecken. Daraufhin lud er mehr als achtzig Freunde und Anhänger zu einer Opferfeier für diese gelungene Heilung auf das Landgut seines Gönners Peisianax. Man bot den Göttern Geschenke dar, aß und trank, diskutierte; schließlich begaben sich die Gäste zur Nachtruhe. Empedokles jedoch blieb bei Tische liegen. Als sich die Runde am nächsten Morgen wieder sammeln wollte, fehlte jemand: Empedokles. Alles Suchen führte nicht zum Erfolg, der Heiler blieb verschwunden. Erst als man die Sklaven befragte, tauchte eine Spur auf, denn einer von ihnen erklärte: »... *um Mitternacht habe er eine mächtige Stimme vernommen, die nach Empedokles rief; da sei er aufgestanden und habe ein himmlisches Licht und Fackelschein gesehen, sonst aber nichts.*«[51] Dies klingt schon

Empedokles soll sich in den Krater des Ätna gestürzt haben. Winde aus der Erde schleuderten einen seiner Schuhe wieder aus dem Schlund des Vulkans.
Thomas Stanley, 1655

sehr nach himmlischer Entrückung. In der Variante, die Diogenes Laertius nach einem anderen Zeugen über diese merkwürdige Feier erzählt, findet Empedokles dagegen in der entgegengesetzten Richtung seine Erlösung. Denn der befragte Hippobotos vermutete, Empedokles »*sei, nachdem er sich erhoben, in der Richtung auf den Ätna gewandert, und bei den Feuerschlünden angelangt, sei er hineingesprungen und verschwunden, in der Absicht, den über ihn verbreiteten Glauben, er sei zum Gott geworden, zu stärken; weiterhin sei aber die Wahrheit zutage gekommen, als eine seiner Sandalen aus dem Krater herausgeschleudert worden sei; denn er pflegt eherne zu tragen.*«[52]

Doch wie war dieser Schuh dorthin gelangt? Die kriminalistische Spurensuche wird noch verwirrender, wenn man eine weitere Beschreibung des Tatorts heranzieht, die sich in der im Jahr 7 v. Chr. erschienenen GEOGRAPHICA des uns schon bekannten Historikers Strabo findet. Hier erzählt er von zwei Männern, die den Kegel des Ätna bestiegen hatten und dort eine unwirkliche, heiße Landschaft vorfanden. Dieser unwirtliche Ort nährte Zweifel bei den beiden Vulkanbesteigern, ob die dramatische Geschichte über den Freitod des Philosophen vor mehr als vier Jahrhunderten wahr sein könnte. »*Sie glauben aber bei solcher Ansicht des Berges, dass viel gefabelt werde, und Besonders was Einige von Empedokles erzählten, dass er in den Schlundbecher hinabgestürzt sei, und als Spur seines Erleidnisses den einen der ehernen Schuhe, welche er trug, zurückgelassen habe.*«[53] Zum einen sei es um den Krater viel zu heiß, als dass man sich ihm hätte nähern können, ohne bereits hundert Meter vor der Kante zum Schlund gegart worden zu sein. Dann sprach noch etwas anderes aus Sicht der kritischen Geister gegen die Legende – und dies interessiert uns ganz besonders: »*Und sie vermutheten, dass nicht einmal etwas hineingeworfen werden könne, wegen des Entgegenwehens des Windes aus der Tiefe. (...) Dass zwar zuweilen die Winde und das Feuer nachlassen, wenn zuweilen der Brennstoff abnehmen, sei nicht unwahrscheinlich, aber gewiss nicht zu solchem Grade, dass gegen so große Gewalt einem Menschen die Annäherung erreichbar wäre.*«[54]

Interessant ist der Zusammenhang, den hier sowohl Diogenes Laertius wie auch Strabo und noch eine Vielzahl anderer Autoren zwischen dem Erdinneren und dem Wind herstellen. Laertius, dessen Leben man nur sehr ungenau ins dritte nachchristliche Jahrhundert datieren kann, berührt mit seiner Vermutung, der Schuh des Empedokles sei von einem Luftstrom aus dem Krater geschleudert worden, indirekt die wichtigste Windtheorie der Antike und des Mittelalters: die des Aristoteles. Nach dieser waren die Winde weniger ein Phänomen der Luft, sondern der Erde. In seiner um das Jahr 340 v. Chr. entstandenen METEOROLOGICA versammelt der Philosoph und Naturforscher eine Fülle von Beobachtungen zum Wetter und versucht Phänomene wie Regen, Hagel oder eben auch den Wind zu erklären. Bei Letzterem handelt es sich für ihn um Ausdünstungen, die am Erdboden entstehen, indem die Sonne das Areal erwärmt und so die Luft dazu bringt, kraftvoll aufzusteigen. Auch aus der Erde selbst – wie am Ätna – konnten diese Winde entweichen, wenn die Luft nur stark genug erwärmt wurde. Über die Art und den Charakter des Windes entschied zusätzlich noch sein Verhältnis zur aufsteigenden Feuchtigkeit aus Seen, Flüssen und Meeren.

Die Richtung des Windes wurde für Aristoteles durch den Stand der Sonne sowie die Drehung des Himmels bestimmt.[55] Aristoteles argumentiert hier ganz mechanistisch. Wandert die Sonne zur Frühlingsnachtgleiche in die nördliche Hemisphäre, entstehen Südwinde, und umgekehrt treibt die Sonne die Luft vor sich her gen Norden, wenn sie zur Herbstnachtgleiche immer südlicher über das Firmament zieht. Diese aristotelische Theorie der Winde hält sich bis weit in die Renaissance hinein. Es ist mit Georg Agricola kein kleiner Geist und schon gar kein Mystiker, der sich diese Erklärung noch 1546, also großzügig gerechnet fast tausendneunhundert Jahre später, zueigen machen wird: »*Aristoteles Hypothese hat die Wahrheit und die Erfahrung auf ihrer Seite.*«[56] Georg Pawer oder Georg Bauer, wie der fähigste Mineraloge und Bergwerkspraktiker seiner Zeit eigentlich hieß, war überzeugt, dass »*... die Winde, sowohl die, in den Untiefen der Erde verborgenen und gebundenen, als die, welche, aus ihren Gefängnissen entlassen, frey und ungebunden wehen, nichts anders, als möglichst ausgedehnte, mit voller Kraft wirkende, und unumschränkt ausübende Dämpfe*«[57] sind.

Und er bewegt sich doch

So »falsch« uns heute dieser Erklärungsansatz vorkommen mag, so berechtigt ist es, diese Überlegungen als reine Wissenschaft zu bezeichnen. Aristoteles versucht, das Phänomen des Windes ganz aus natürlichen Faktoren heraus zu erklären, die in immer gleicher Weise wirken und daher sogar eine gewisse Berechenbarkeit besitzen. Und er war beileibe nicht der einzige Philosoph und Forscher, der den Wind auf diese Weise gedanklich einzufangen versuchte. Schon in den Fragmenten der sogenannten Vorsokratiker, also der Dichter und Denker der ersten griechischen Intellektuellengeneration aus dem 7. Jahrhundert v. Chr., finden sich immer wieder Passagen über den Wind. Anaximandros, der um das Jahr 610 v. Chr. in Milet geboren wurde, erklärte beispielsweise, »*der Wind sei ein Fließen der Luft, indem die feinsten und feuchtesten Teile in ihr von der Sonne in Bewegung gesetzt oder zum Schmelzen gebracht werden.*«[58] Auch Hippokrates verstand in seiner Schrift ÜBER WINDE, WASSER UND ORTSLAGEN mehr als hundertfünfzig Jahre später Wind schlichtweg als bewegte Luft, so wie sein Zeitgenosse Anaxagoras, wenn dieser schreibt, »*die Winde entständen, wenn die Luft von der Sonne verdünnt wird und die von ihr erhitzten Luftteilchen nach dem (Nord) Pol zu entschwinden und von da wieder abgestoßen würden.*«[59] Theophrast entwickelte diese Überlegungen zum Wind weiter und brachte sie in seiner Schrift DE VENTIS auf die Formel: »*Die Sonne ist der Agent.*«[60] Theophrast verlegte allerdings die Wiege der Winde wieder in die oberen Regionen des Himmelsgewölbes. Die Sonne erwärme die Luftmassen über der Erde und bringe sie hierdurch in Fluss. Damit kehrte Theophrast zu den Modellen der Vorsokratiker zurück,

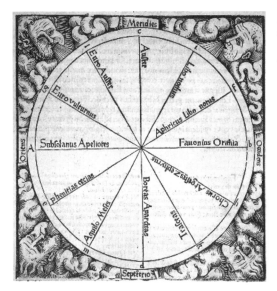

Das antike Diagramm zeigt die Einteilung der Windrichtungen. Aristoteles, De Caelo, 1559

die sein Lehrer Aristoteles überwinden wollte, als er den Wind zu einer Ausgeburt der erdennahen und sogar unterirdischen Region machte.

Es mag ein wenig Trost spenden, dass diese aufsteigenden Winde dem armen Empedokles bei seinem Sturz in den Ätna, von dem eingangs die Rede war, gerettet haben könnten. Der Dichter Lukian entwirft in seinen LÜGENGESCHICHTEN UND DIALOGEN aus der römischen Kaiserzeit des zweiten Jahrhunderts aus dieser Windtheorie heraus ein Happy End für den unglücklichen Philosophen. In dem phantasiereich fabulierenden Dialog zweier Männer berichtet einer von seiner Gedankenreise zum Mond, auf dem ihm eine Gestalt entgegenkommt und ihn anspricht: »*Ich bin der bekannte Naturforscher Empedokles, den, als er sich in den Krater des Ätna stürzte, der aufsteigende Rauch mit sich emporzog und hierher führte. Seit dieser Zeit wohne ich in dem Monde, wo ich mich von bloßem Thau nähre, und mir die Zeit mit Luftreisen vertreibe.*«[61] Der Wind hätte sich einmal mehr als wahrlich himmlisches Kind erwiesen.

Die frühen Naturphilosophen versuchten die Erfahrung, dass erwärmtes Wasser oder erhitzte Luft zu sprudeln oder zu flirren begann, auf das große Ganze des Wettersystems zu übertragen. Dort, wo die Luft durch die Sonne aufgeheizt wurde, geschah im Grunde ja nichts anderes, als auch über einer offenen Feuerstelle zu beobachten war. Es entstanden Rauch, Dampf und Luftwirbel. Was lag also näher, als im Umkehrschluss die bewegte Luft der Winde auf eine Erwärmung der Luft zurückzuführen? Hinter diesen Reden über den Wind findet sich die frühe griechische Naturphilosophie in ihrer Suche nach einfachen Kausalitäten. Der Wind bot ein ideales Experimentierfeld dafür, dass sich Erkenntnis aus Erfahrung ableiten ließ.

In Johann Samuel Traugott Gehlers PHYSIKALISCHES WÖRTERBUCH aus dem Jahr 1842 findet sich noch ein harscher Satz über all diese frühen Erklärungsversuche: »*Eine Theorie der Winde dürfen wir bei den Schriftstellern des Alterthums nicht suchen, deren Dichter diese zu Söhnen der Riesen und der Götter machten und ihnen wie Homer, Vergil und andere, ihre speciellen Sitze an besonderen Orten, namentlich auf den aeolischen und liparischen Inseln, anwiesen.*«[62] Ein Urteil, dem wir widersprechen. Denn wenn man nicht den Maßstab moderner Naturwissenschaften anlegt, dann erfüllen die hier beispielhaft angeführten Philosophien über den Wind allemal den Tatbestand der Theorie.

Wenn im Kapitel zuvor von den vielen mythischen Vorstellungen über die Winde gesprochen wurde, so entsteht durch die gleichzeitig zirkulierenden wissenschaftlichen Modelle eine paradoxe Situation: Ein und dasselbe Phänomen existierte in der Gedankenwelt der griechisch-römischen Antike auf ganz unterschiedliche, ja sogar gegensätzliche Weise. Einmal als Teil des religiösen Weltbildes mit all seinen Absonderlichkeiten, ein anderes Mal als Teil eines nach festen Gesetzen funktionierenden wissenschaftlichen Weltganzen. Wie wäre es, wenn wir gerade in dieser Flexibilität, die vermeintliche Widersprüchlichkeit von Theorie und Mythos auszuhalten, die eigentliche kulturelle Leistung dieser Erzählungen über die Winde sähen? Augenscheinlich konnte ein griechischer Bürger des Jahres 480 v. Chr. in Athen damit leben, dass ihm einige Denker den Wind als Folge recht nüchterner physikalischer Prozesse erklärten, während Dichter, Dramatiker, Priester und Geschichtsschreiber hinter den Winden göttliche Mächte am Werke sahen. Je nach Situation ließ sich mal das eine, mal das andere glauben oder wissen; je nach familiärer oder sozialer Herkunft konnte mal das eine, mal das andere ausgeblendet oder belächelt werden; je nach Bildungsgrad ließen sich auch Wege finde, beiden Erklärungen die Widersprüchlichkeit zu nehmen und sie gleichermaßen wahr erscheinen zu lassen. Mit einem Wort: Der antike *Wind* war ein Phänomen von großer Ambiguität, Mehrdeutigkeit. Der Wind konnte also Götter, Natur und Menschen versöhnen, indem er Anknüpfungspunkte für viele Deutungen seiner Entstehung und Bestimmung bot.

Eine Möglichkeit, diese mythisch-naturwissenschaftliche Doppelnatur des Windes mit einem stabilen Weltbild in Einklang zu bringen, bot Aristoteles an. Er bestand darauf, den Wind nicht einfach als bewegte Luft zu verstehen – so, wie es doch die alltägliche Erfahrung vielleicht nahelegt. Für ihn war nicht der materielle Charakter des Windes wichtig, nicht die Luft als Element aus vielen Teilchen, denen er sogar eine messbare Schwere zubilligte. Für ihn zählte beim Wind allein die Kraft, die diese Luftmassen in Bewegung setzte und auch hielt. Dies ist weitaus weniger spirituell oder metaphysisch gemeint, als es sich anhören mag. Aristoteles trieb die Frage, was der Wind sei, wenn man alle »nicht-windigen« Elemente von dem Phänomen abzog, einfach konsequent auf die Spitze. Und so überrascht es nicht, dass er ausgerechnet in seiner rhetorischen Schrift über das logische Argumentieren, der TOPIK, den Wind als Beispiel wählt, um den Kern eines Begriffes wirklich zu erfassen und dabei Wesentliches vom Nebensächlichen zu trennen: *»Man fehlt auch, wenn man das Subjekt oder den Träger einer Eigenschaft zur Gattung der Eigenschaft macht, z.B. den Wind als bewegte Luft bestimmt. Der Wind ist vielmehr Bewegung der Luft. Dieselbe Luft bleibt, wenn sie bewegt wird und wenn sie still steht. Somit ist der Wind überhaupt keine Luft. Es müsste ja Wind sein, auch ohne daß die Luft bewegt wird, da ja dieselbe Luft bleibt, die Wind sein sollte.«*[63]

Wenn Aristoteles hier davon spricht, dass der Wind reine Bewegung sei, ermöglicht er es, den Wind gleichermaßen abstrakt und konkret zu verstehen. Die Macht des unsichtbaren Windes, diese eigentümliche Kraft, treibt das feste Element Luft vor sich her und bewegt durch diese indirekt so viele andere irdische Dinge wie Bäume, Schiffe und Menschen. Der Wind schien etwas zu sein, das lebendig machte – aber auch das Leben mit sich fort nehmen konnte.

Windstärke 3   DER ATEM DES LEBENS

> »*So wie ein Wind, im Darm gepresst,*
> *ein F--z wird, wenn er niederbläst;*
> *sobald er aber aufwärts steigt,*
> *neu Licht und Offenbarung zeugt.*«
> SAMUEL BUTLER, HUDIBRAS[64]

Eingehaucht

Ein leicht verwester Körper, der am öffentlichen Henkersgalgen im Winde hin und her baumelte, überzeugte nachhaltig jeden vom Wert des Rechts. In den Marktflecken, Dörfern und Städten des Mittelalters und der Frühen Neuzeit war die Richtstätte ein kostenloses Theater zur moralischen Festigung. Oft wurden Galgen so gesetzt, dass Durchreisende an ihnen vorbeiziehen mussten. Das Signal war eindeutig: Hier wusste man Gerechtigkeit zu üben und die göttliche Ordnung zu wahren. Der Schriftsteller Jean Paul wird in seinem Roman TITAN noch im Jahr 1800 mit nur mäßiger Übertreibung schreiben: »*Eine Stadt und ein Galgen sind – nicht bloß topographisch – so nahe aneinander, daß alle Kriminalisten diesen nur für die fernste Pforte und den Vorposten derselben ansehen; sein Pilaster-Dreizack ist die trinomische Wurzel der städtischen Sittlichkeit und bildet die drei Staatsinquisitoren, auf denen alles ruht. Wer einen Galgen sieht, erfreuet sich, weil er weiß, daß eine Stadt sogleich nachkommt nach diesem dreibälkigen Telegraph oder sechseckigen Bierzeichen derselben.*«[65] Um die Kraft der Mahnung zu erhöhen, ließ man die toten Leiber oft Tage und Wochen am Galgen hängen.

Selbst in Fällen, wo man dem Delinquenten den im Empfinden der Zeitgenossen ehrenvolleren Tod durch ein Richtschwert gewährte, kam noch der Galgen zum Einsatz – nachträglich. Das Gerichtsprotokoll vom 19. November 1663 über die Hinrichtung des verurteilten Diebes Simon Hammer im niederösterreichischen Scheibbs berichtet von dieser besonders gründlichen Tötung, nämlich: »*... dass der malefikant seines verbrechens halber von dem lebem zu dem todt durch das schwerdt hingerichtet; der todt körper aber hernach auf das radt gelegt, wider zum zaichen der begangenen diebstähl ein galgen auf das radt gemacht werden solle.*«[66] Der Körper sollte zur Schau gestellt werden, und der Galgen war das richtige Instrument, das ihm den Rest an Leben nehmen sollte, der noch in ihm war: seine Seele. Diese musste aus ihm herauswehen, ansonsten drohte aus ihm ein Untoter zu werden. Es gibt zahlreiche Berichte in deutschen und österreichischen Dorfchroniken, dass sich ein starker Wind oder Sturm erhob, nachdem ein Verurteilter am Strang gestorben war. Mit diesem letzten Luftzug erst schien sein Geist den Körper verlassen zu haben. Seine »*Windseele*« ging, wie die Quellen berichten. Die Vorstellung, dass die Seele aus einem Gehängten entschwindet und sich in einem Windzug davonmacht, rührt noch aus vorchristlichen, germanisch mythischen Zeiten.[67] Odin war sowohl der Gott des Windes wie auch der Gehängten – keine zufällige Doppelfunktion! Jeder Erhängte brachte seine Seele durch den Wind zurück zu Odin, weshalb germanische Richtstätten häufig an zugigen Orten lagen und nicht selten den Namen »*Windeck*« trugen. Oft wurden die Verurteilten an langen, entrindeten Ästen aufgeknüpft, um sie wortwörtlich im Wind baumeln zulassen.

Dieser Hauch, der den Gehängten entweicht und als Wind ein letztes vitales Zeichen setzt, markiert im christlichen Volksglauben die Rückkehr der Seele zu ihrem Ursprung. Denn alles Leben hatte mit dem Wind begonnen, sechs Tage nachdem der Gott des Alten Testaments aus einer Laune und dem Nichts die Welt erschaffen hatte. Aus einem Klumpen Lehm formte er den Körper Adams. Doch auf Dauer wäre dies eine kurze Geschichte der Menschheit geworden, also bedurfte es noch einer göttlichen Eingabe, um diese trostlose Materie zu beseelen. Es ließen sich viele poetische Wege denken, auf denen Gott sein Geschöpf mit Leben hätte erfüllen können: durch eine Berührung, durch einen einfachen Gedanken oder ein Wort. Aber die Mythen, die Moses in seinem Bericht zusammenfasst, sprechen von einer merkwürdigen Art der Animation, denn Gott »*... hauchte in seine Nase den Atem des Lebens, so wurde der Mensch eine lebende Seele.*«[68] Dieser Odem ist ein Luftzug, und so steht in der theologischen Auslegung der Wind als Sinnbild des Lebens schlechthin. Der Wind ist gleichermaßen Medium dieser Gabe Gottes wie auch selbst Träger des Lebens.

Das amtlich verwaltete Christentum konnte mit diesem luftigen Leitmotiv der Lebensspende mühelos an die antiken Lehren vom sogenannten Pneuma anknüpfen. Platon und Aristoteles hatten dies als Charakterkern eines Menschen beschrieben, das als luftiger Geist durch das Blut im ganzen Körper wirken konnte. Das Pneuma wurde so zu einer Schnittstelle heidnischer und christlicher Vorstellungen über die Beseelung des Menschen. Befördert von Fehlern bei der Übersetzung ein-

Das Leben kam nach der Genesis durch den Atem Gottes in den Menschen.
Skulptur von Gustav Eberlein, um 1898

zelner Bibelstellen aus dem Griechischen ins Lateinische, bei denen *pneumata* und *anemoi*, also Geist und Wind, gleich gedeutet wurden, verfestigte sich die göttliche Rolle des Windes.

Diese Verbindung von Metapher, Metaphysik und Meteorologie fand ihren skurrilen Höhepunkt in der Vorstellung, dass es dieser innere, seit den Tagen der Schöpfung wirkende Wind im Körper sei, der die Weitergabe des Lebenssamens im Liebesakt ermögliche, indem er für die Erektion des Penis sorgte. Der Gedanke war gleichermaßen hochsymbolisch wie auch zutiefst mechanisch. Das Glied wurde demnach wie ein Ballon aufgeblasen, um genügend Standfestigkeit für den Koitus zu besitzen. Constantin der Afrikaner, ein gelehrter Mediziner aus Tunesien, der im italienischen Kloster Montecassino lebte, verfeinerte in seinem LIBER DE COITU Mitte des 11. Jahrhunderts die Idee dadurch, dass Hitze und Wind gemeinsam die Erektion bewirkten, denn Wärme sei der Ursprung aller Bewegung. Noch im 16. Jahrhundert finden sich solche Theorien in populären medizinischen Traktaten in England. Man glaubte fest daran, dass durch die Öffnung in der Eichel Wind und Samen gelangten, und der Wind hierbei das Glied steif werden ließ.[69]

Furz oder Der diskrete Charme der Flatulenz

So musste man also froh sein, dass der Wind in den Menschen gefahren war, denn durch ihn erhielt er seinen Lebensgeist. Dies schloss allerdings nicht aus, dass es bisweilen auch zu viel des Windes sein konnte, der im Körper rumorte. Es mag despektierlich erscheinen, in der Nähe des Heiligen von Blähungen zu sprechen – aber es muss sein. Nur so lässt sich erklären, warum das meist so emphatisch verwendete Wort Wind ausgerechnet auch für die Druckverhältnisse im Darm von Mensch und Tier dienen konnte. Die *Windsucht* oder die *Darmwinde* sind seit der Antike Thema der medizinischen Literatur. Schon der Urvater aller Ärzte, Hippokrates, hatte seine Erfahrungen mit den Winden im Körper in die Schrift DE FLATIBUS einfließen lassen und damit die Tradition einer umfangreichen abendländischen Literatur über Blähungen begründet.

Zudem hat der Furz in seiner Kulturgeschichte – ja, auch diese gibt es! – noch bis weit in die Frühe Neuzeit hinein einen durchaus guten Ruf. Der Flatus ist nicht nur Abwind und Spur von körperlichen Verfallsprozessen. Seine Macht reichte weit über das Signal hinaus, dass es dem Gast am Esstisch gut geschmeckt hatte und seine Verdauung funktionierte, wie es der Martin Luther – übrigens zu Unrecht – zugeschriebene Gastgebervorhalt »*Warum rülpset und furzet Ihr nicht, hat es euch nicht gemundet?*« nahelegt. Doch nicht selten trat der Darmwind als das auf, was er vice versa nach dem Bericht der Genesis sein durfte: ein Lebensspender im Rückwärtsgang.

Man unterschied grundsätzlich zwei Formen der Windsucht, die der Gedärme, *Tympanites* oder *pneumatosis intestinalis,* und die des Bauches, *Tympanites abdominalis*. In beiden Fällen ging es um einen Überdruck im Körper, der Unbehaglichkeit und Schmerzen verursachte. Bei Verstopfungen konnten diese Winde zu einer Qual werden. Die Beschreibungen der Abläufe im Abdominalbereich sind häufig von nüchterner Präzision, sprechen aber gerade in ihrer Detailtreue für die Bedeutung des Problems. 1762 veröffentlichte der brandenburgisch-culmbach'sche Hofrat Heinrich Friedrich Delius seine ABHANDLUNG VON BLÄHUNGEN ALS EINER ÖFTERS VERBORGENEN URSACHE VIELER SCHWEREN ZUFAᴱLLE und ließ hier ganz im Tonfall seiner Zeit keinen Wunsch nach Realismus offen: »*Oder so der Schmerz nur von den Winden, ohne Materia des Mastdarms herkommt, fühlen die Kranken mehr eine Aufblehung, so auf= und niedersteigen, als welche den Ausgang suchen und nicht finden können. (...) Derowegen ohne den Schmerzen, der die Gleichheit eines einge-*

Der Prophet Ezechiel berichtet von den vier Winden, die Skelette auf dem Schlachtfeld wiederbelebten.
Quinten Massys der Jüngere, um 1580

schlagenen Pfahls hat, und von der Kaᵉlte der vitrieae et pituitae oder durchsichtigen Rotzes herruᵉhret, wird auch noch ein heftiger Schmerz gefuᵉhlet von der Aufblehung, welche durch den ganzen Leib gehet, und bisweilen den Magen mitsamt denen Daᵉrmen, viel zu schaffen machet.«[70]

Die Gründe für eine solch ungesunde Ansammlung von Luft im Darm sehen die Autoren dieser Flatulenz-Literatur zum einen in blähungsfördernden Nahrungsmitteln. Aber auch in der Art und Weise, wie man sein Leben führt, konnte der Hang zum Darmwind liegen. Manche Diagnose klingt wie eine Vorwegnahme moderner Gesundheitsratgeber. So scheint es zum Beispiel schon vor geraumer Zeit das gesellschaftliche Problem mangelnder sportlicher Betätigung gegeben zu haben; zumindest wird vielfach als Ursache der Windsucht »*eine sitzende Lebensart*«[71] angeprangert.

In einigen besonders widrigen Fällen konnten die *Windsucht* oder der *Magenwind* sogar zum Exitus führen. Umso mehr überrascht die Namensgebung. Der Wind, den wir weiter oben mit dem Odem des Lebens und dem spirituellen Pneuma in Verbindung bringen konnten, taucht nun als pathologisches Phänomen auf. Doch es scheint tatsächlich ein Anschluss an den alten, beseelenden Odem zu sein, der hier neben der banalen physikalischen Ähnlichkeit von Außen- und Innendruck durch einen Luftstrom den Ausschlag gab. Der Hofrat Delius erinnert gleich zu Beginn seines Buches an Hippokrates, denn dieser »... *hielt nach der damaligen Theorie die Winde oder das geistige Wesen, welches er theils die*

Ursache des Lebens, theils der Krankheiten zu seyn glaubte, vor die durch das Athmen eingesogene und ausgehauchte Luft, welche folglich in dem Blute und seinen Gefäſsen, in den fleischigen Theilen und in den Gelenken, enthalten wäre, auf verschiedene Art ausgedehnt und verdünnet, bald zusammen gepresst würde.«[72]

Die größte literarische Freude an der Flatulenz findet sich aber fraglos bei François Rabelais. Sein grotesker Roman GARGANTUA UND PANTAGRUEL ist ein Hohelied des Furzes und aller anderen Ausscheidungen, die ein gesunder Körper von sich geben kann. Oft dient der Flatus als Waffe. Rabelais schreibt zum Beispiel vom »*Darmschuß*«, durch den einem »*armen Gefangnen der Kopf zerspalten war und sein Gehirn verprüßet. Denn er fazte so ungestüm, daß der aus seinem Leib ausstoßende Wind drey Wagen mit Heu umwarf und von einem Fist, der ihm entfuhr, vier Windmühlen füglich mahlen konnten.*«[73]

Als Rabelais die Abenteuer des Riesen Pantagruel und seines Vaters 1532 veröffentlichte, hätte man angesichts des absurden, teils gotteslästerlichen und stets zweideutigen Humors einen Sturm der Entrüstung erwarten können. Tatsächlich taten einige Theologen an der Pariser Sorbonne dem Dichter auch den Gefallen und wetterten gegen das Werk. Suspekt war Rabelais, der nach frühen theologischen Studien sein Geld als Arzt verdiente, sowohl den katholischen Oberen wie auch den protestantischen Reformern. Vor allem aber geschah eines: Das Buch wurde ein riesiger Erfolg bei den Lesern! Die abstrusen Geschichten um das Riesenpaar trafen so sehr den Geschmack der Leserschaft, dass Rabelais noch vier weitere Romane mit den Helden Gargantua und Pantagruel schrieb. Der letzte erschien posthum elf Jahre nach seinem Tod im Jahr 1564.

Der Wind wurde zu Rabelais' großem Thema – in beiderlei Gestalt als Darmwind und als äußeres Phänomen der Atmosphäre. Den absonderlichsten Einfall hatte er mit der Erfindung des Landes Ruach, in dem die Bewohner sich doch tatsächlich vom Wind ernährten: »*Sie leben euch von gar nichts weiter als dem Wind; sie essen nichts, sie trinken nichts als eitel Wind. Statt Häusern sieht man nur Wetterhähn. (...) Gemeine Leut führen zu ihrer Nahrung, Wedel von Federn, von Papier, oder Leinwand, wie's Jeder haben und zahlen kann. Die Reichen leben von Windmühlen: wenn sie ein Tractement oder Schmäuslein geben, schlägt man die Tafel unter ein oder zwey Windmühlen auf; da schmausens dann so lustig wie die Hochzeitsleut, und disputiren über Tisch von Güt, Gesundheit, Herrlichkeit und Rarität des Windes.*« Die beiden Kapitel, in denen

Der Furz als Waffe. François Rabelais ließ keine Gelegenheit aus, seinen Helden Gargantua Darmwinde fahren zu lassen. Gustavé Doré, 1854

Rabelais die Reise der beiden Helden durch das Land Ruach schildert, sind gespickt mit Anspielungen auf biblische und mythologische Spuren des Windes. Schon der Name des Landes musste Rechtgläubige das Schlimmste ahnen lassen, ist *Ruach* doch das hebräische Wort für den Geist und Odem Gottes. Und Rabelais enttäuschte niemanden.

Selbst das Leben dieser so scheinbar bedürfnisarmen Einwohner des Luftlandes war nicht perfekt, denn der Vogt des Staates wusste, »*... daß leider in diesem irdischen Leben kein Glück vollkommen ist! Oft, wenn wir uns eben über Tisch an einem guten scharfen Wind Gottes recht wie an einem Manna, froh wie Prälaten erlustigen, flugs kommt ein kleiner winziger Regen und stiehlt uns vorm Maul weg, und legt ihn lahm.*« Solche Festspiele des Unartigen, wie sie Rabelais zelebriert, zeigen nicht nur die überschießende Phantasie eines für das Vulgäre talentierten Autors. Sie verdeutlichen vor allem, wie kulturell und theologisch bedeutsam das Motiv des Windes als Sinnbild göttlicher Omnipotenz zu jener Zeit war. Kein Provokateur arbeitet sich an Dingen ab, die es nicht wert sind.

Im zweiten Band imaginiert Rabelais bei seinem Spiel mit den Körperwinden weit oberhalb einer pubertären Freude an Fäkalmetaphern. Hier zeigt sich die wahre Macht der Flatulenz, denn es zeugt der Furz des Riesen Pantagruel tatsächlich neues Leben – wenngleich merkwürdiges. Sein Abwind war dermaßen gewaltig, es »*... erbebte die Erde neun Meilen weit in der Runde und erzeugte mit der verdorbenen Luft zu-*

sammen aus sich mehr als dreiundfünfzigtausend winzige, mißgestaltete Zwerge, mit einem Fist aber, den er hinterherschickte, ebensoviel Zwerginnen, allesamt verhutzelte kleine Dinger (...) ›Donnerwetter‹, sagte Panurg. ›Wie fruchtbar eure Fürze sind!‹«

Hier persifliert einer, der selbst einmal die Priesterweihen empfangen hatte, die Schöpfung des Menschen durch eine rektale Umkehrung des ehemals göttlichen Odems. Das ist zunächst ein Gedanke unweit der Blasphemie. Doch selbst wenn man gänzlich von Rabelais' literarischer Lust auf Pöbelei und Provokation absieht, die ihn zu drastischen Schilderungen trieb, bleibt ein simples Faktum: Seine Leser konnten ihn in diesen heute fast surreal anmutenden Passagen sofort verstehen, weil ihnen der Wind als Sinnbild vertraut war; egal, ob dieser ein- oder ausgehaucht wurde. Wind bedeutete Leben.

Aus solchen Passagen bei Rabelais ließe sich auch die Beziehung ablesen, die das Höchste mit dem Niedrigsten vereint. Ausgerechnet der lebensspendende Gott oder das Pneuma wären die Grundlage des üblen Magendrucks mit all seinen Folgen. Krankheit und Tod finden hier ebenso ihr Medium wie die Gesundheit und das Vitale, eine bemerkenswerte Karriere für die Metapher des Winds, die die Totalität des Lebens umfasst. So wie der Gott der Bibel den ersten Windhauch in den Menschen blies, so wirkt das Prinzip in dessen Körper weiter, macht sich durch allerlei Äußerungen im wahrsten Sinn des Wortes Luft und signalisiert zum Finale den Tod durch den letzten Auszug des Windes aus dem Körper – wie am Galgen.

Auferstanden aus Skeletten

Auch wenn all diese Beispiele wie aus einer weit entfernten Epoche nachklingen mögen, so haben sich die großen Linien dieser Windmetaphorik über mehr als zweitausendfünfhundert Jahren weiter fortgeschrieben. Der Gedanke, dass der Wind Bote des Lebens sei, beschäftigte nämlich auch die Heroen der Aufklärung wie Gotthold Ephraim Lessing. Hier ging es allerdings schon nicht mehr um das Leben eines einzelnen Menschen, sondern um den Geist und den seelischen Zusammenhalt eines ganzen Volkes. Lessing schrieb nicht nur Dramen und Gedichte, als Sohn aus protestantischem Pastorenhaus befasste er sich auch mit theologischen Fragen und hinterließ neben eigenen Schriften die Fragmentensammlung AUS DEN PAPIEREN DES UNGE-

NANNTEN zu allerlei Problemen der Bibelauslegung. Der geheimnistuerische Titel weist auf einen scheinbar brisanten Autor, und tatsächlich steckt hinter den Texten der Freigeist und Orientalist Hermann Samuel Reimarus aus Hamburg. Dessen kritisch-historischer Zugang zu allen heiligen Dingen verstörte viele Zeitgenossen und trug ihm bei manchem den Ruf eines Ketzers ein. Nach seinem Tod übergaben seine Kinder dem wohlbeleumundeten Lessing, der mit ihnen befreundet war, viele der hinterlassenen väterlichen Schriften mit der Bitte, sie zu publizieren. Lessing, der zeitweise auch leitender Bibliothekar in der berühmten Herzog August Bibliothek in Wolfenbüttel war, edierte die Schriften zwischen den Jahren 1774 und 1778 in der Überzeugung, hierdurch die Aufklärung der Gläubigen in Europa voranzutreiben.

Im vierten Fragment schreibt Reimarus über die Vision des Propheten Ezechiel, der von der Wiederbelebung verstreut herumliegender Gebeine berichtet. Der Text ist ein Meisterstück früher Horrorprosa, das in Gänze genossen werden sollte. Gott führt den Propheten auf ein Totenfeld, das übersät war mit verwesten Leichen. Dort befiehlt Ezechiel im Namen Gottes: »*Siehe, ich will Odem in euch bringen, so dass ihr wieder lebendig werdet (…) Und siehe, es regte sich und die Gebeine rückten zusammen, Gebein zu Gebein. Und ich sah, und siehe, es wuchsen Sehnen und Fleisch darauf, und sie wurden mit Haut überzogen; es war aber noch kein Odem in ihnen. Und er sprach zu mir: Weissage zum Odem; weissage Du Menschenkind, und sprich zum Odem: So spricht Gott der Herr: Odem komm herzu von den vier Winden und blase diese Getöteten an, dass sie wieder lebendig werden!*«[74] Und – man ahnt es – die Menschen leben wieder. Sie bilden ein Heer und werden beim Propheten Ezechiel zu einem Sinnbild für das zerstreute Volk Israel, dem wieder Leben eingehaucht werden muss, um zu alter Stärke zu finden. Lessing, der sich in seinen theologiekritischen Schriften immer darum bemühte, die biblische Erzählfreude auf ihren historischen oder natürlichen Kern zu reduzieren, machte in seinem Kommentar Schluss mit dem narrativen Schauder. Allerdings kam er bei der Frage nach dem Wesen dieses Leben spendenden Luftzugs dadurch auf eine im Grunde noch unglaublichere, meteorologische Schlussfolgerung: »*Es ist also ein materieller Wind, Hauch oder Odem.*«[75]

Fraglos werden weder Reimarus noch Lessing geglaubt haben, dass ihnen mit jedem Windzug, den sie spürten, sogleich der Odem Gottes entgegenwehte. Aber das alltägliche Erlebnis des Windes machte für sie diesen Akt des Lebenstransfers immer wieder sinnlich erfahrbar. Zudem ist an der Geschichte des Propheten Ezechiel auf dem Leichenfeld bemerkenswert, dass sich hier der menschliche Einfluss auf den Wind wiederfindet, dem wir schon in der Figur des Windkönigs Aiolos in der ODYSSEE begegneten, die etwa hundertfünfzig Jahre vor der Niederschrift des BUCHES EZECHIEL entstand. Die Macht über den Wind und mit diesem auch über das Leben liegt bei Ezechiel, delegiert durch Gott. Der Mensch wird für würdig befunden, die Kraft des Windes zu nutzen, der ihn selbst einmal hervorgebracht hat. Durch ihn findet er den Anschluss an seinen eigenen Ursprung. Und das macht ihn stark.

Noch beim Philosophen Johann Gottlieb Fichte findet sich in der dritten seiner REDEN AN DIE DEUTSCHE NATION die Geschichte Ezechiels auf dem Leichenfeld. So wie der Körper des jüdischen Volkes verstreut vor Ezechiel lag, so sah auch der Patriot Fichte die deutsche Nation dezimiert durch Napoleons Eroberungen. In den flammenden Appellen an das in Kleinstfürstentümer zerstückelte Deutschland übte sich Fichte im Dezember 1807 und im Folgejahr in Berlin als Rhetor nationaler Größe – zur selben Zeit also, als in Kassel die Brüder Grimm jungen Damen dabei lauschten, wie sie ihnen Märchen erzählten, um ebenfalls dem deutschen Geist näher zu kommen. Karl August Varnhagen von Ense, Schriftsteller, Diplomat und einer der rührigsten Chronisten seiner Zeit, erinnerte sich an die öffentlichen Vorträge Fichtes vor dem Berliner Publikum, zu denen der Redner nur knapp zwei Taler Eintritt nahm, um möglichst viele Patrioten zu erreichen und dennoch etwas dabei zu verdienen. Die französische Besatzung ließ diese geordnete Insubordination durch den berühmten Philosophen zwar zu, blieb aber immer präsent, indem sie »… *durch die Trommeln vorbeiziehender Truppen mehrmals dem Vortrag unmittelbar hemmend und aufdringlich mahnend wurde.*«[76]

Die Zerrissenheit der Nation, die einige Kleinfürsten mit Napoleon paktieren ließ, während andere Regionalpotentaten sich gegen ihn erhoben, war für Fichte das eigentliche Übel. Diesem Wirrwarr der Einzelinteressen setzte Fichte den Aufruf und die Hoffnung entgegen, dass sich alle Gliedmaßen des Nationalkörpers wieder zusammenfügen und mit einem neuen Geist der Gemeinschaft füllen ließen. Hierzu zitiert er genau jenen Passus, den auch schon Reimarus und Lessing aus dem BUCH EZECHIEL anführten. So wie hier das Volk Israel einen Neuanfang als Nation fand, so könne auch Deutschland eine Chance erhalten: »*Lasset unter Stürmen, Regengüssen und sengendem Sonnenschein mehrerer Jahrhunderte dieselben gebleicht und ausgedorrt haben; – der belebende Odem der Geisterwelt hat noch nicht aufgehört zu wehen. Er wird auch un-*

sers Nationalkörpers erstorbene Gebeine ergreifen und sie aneinanderfügen, daß sie herrlich dastehen in neuem und verklärtem Leben.«[77]

Der Wunsch Fichtes fand fünf Jahre später durch die Niederlage Napoleons in der Völkerschlacht bei Leipzig seinen Widerhall. Kurz zuvor hatte der Freiheitskämpfer und -dichter Theodor Körner in seinem Poem MÄNNER UND BUBEN noch einmal den Wind als nationalen Bruder beschworen und heftig drauflos gereimt: »*Das Volk steht auf, der Sturm bricht los! / Wer legt noch die Hände feig in den Schoß?*«[78]. Erleben wird Körner den Sturm indes nicht mehr, er lässt sein Leben wenige Wochen zuvor bei einem Gefecht mit den Franzosen im Wald von Rosenow. Dass das Zusammenwachsen der deutschen Nation während der kommenden hundert Jahre einen übelgelaunten und schwierigen Riesen in Europa erzeugen würde, dessen Übermut der Welt nicht gut tun würde, ahnten er und Fichte nicht. Der hellsichtigere Heinrich Heine prophezeite eine Generation später dem Sturmwind aus dem Teutonenlande dagegen schon die verheerende Wirkung, die sich einstellen wird: »*Der Gedanke geht der Tat voraus wie der Blitz dem Donner. Der deutsche Donner ist freilich auch ein Deutscher und ist nicht sehr gelenkig und kommt etwas langsam herangerollt; aber kommen wird er, und wenn ihr es einst krachen hört, wie es noch niemals in der Weltgeschichte gekracht hat, so wisst: der deutsche Donner hat endlich sein Ziel erreicht. (...) Es wird ein Stück aufgeführt werden in Deutschland, wogegen die französische Revolution nur wie eine harmlose Idylle erscheinen möchte.*«[79]

Auch die Vollender dieser Prognose Heines nutzten die Tradition für ihre Zwecke. Es gehört zum perfiden Genius des Propagandisten Joseph Goebbels, dass er zur Motivation der deutschen Lust am Eroberungskrieg ausgerechnet jene Windmetapher variierte, die Theodor Körner als Weckruf seiner Landleute gegen die Napoleonische Besatzung gemeint hatte – und deren Ursprung, in der Vision eines jüdischen Propheten lag. Der letzte Satz von Goebbels Rede am 18. Februar 1943 im Berliner Sportpalast klingt vor diesem Hintergrund wie ein Hohn auf die eigene Ideologie. »*Nun, Volk steh auf, und Sturm brich los!*« Der *Totale Krieg* war kurz zuvor vom Publikum bereits unter Jubel beschlossen worden.

Goebbels verschiebt die rhetorischen Akzente nur minimal, aber die Wirkung ist gewaltig. Aus dem erweckenden, schöpferischen Wind wird nun der Sturm der Rache, der sich dann allerdings fürchterlich gegen die richtete, die ihn 1943 beschworen.

Windstärke 4   THEORIE DES WETTERHAHNS

> *Scheißt der Gickel Richtung Rhein,*
> *wird morgen Regenwetter sein.*
> MAINZER SPRICHWORT

Christus auf der Kirchturmspitze

Nach dem, was wir bislang über den Wind erfahren konnten, verstand man ihn über Jahrhunderte und Jahrtausende hinweg als kulturelle Kraft. Mal wurde durch ihn Leben geschaffen, mal gerettet, mal getötet. Mal entschied er Kriege oder diente Völkern als Bild ihrer Einheit und Allmacht. Es blieb also stets wichtig zu wissen, aus welcher Richtung der Wind wehte. Was wir zum weiteren Verständnis des Windes benötigen, ist also offensichtlich: eine Theorie des Wetterhahns.

Auf dem TURM DER WINDE in Athen sind wir ihm in der Figur des Gottes Triton bereits begegnet. Die Plastik ließ sich vom Luftstrom drehen und wies mit einem Stab auf das Fresko des jeweiligen Windgottes und der Richtung, aus der er wehte. Neben der Fülle von natürlichen Zeichengebern wie Bäumen, Schilf oder auch Wolken, deren Neigung und Vorbeiziehen auf die Windrichtung schließen ließ, gab es seit der Antike viele Varianten von Windfahnen und mechanischen Vorrichtungen. Das Prinzip war stets dasselbe: Ein Stück Stoff oder eine Metallplatte wurden an einem Mast so angebracht, dass sie frei beweglich blieben. Die Fahne flatterte also mit dem Wind, dessen Ursprung folglich in der entgegengesetzten Richtung lag.

In Europa sind Wetterfahnen seit dem achten Jahrhundert nachweisbar. Es liegt nahe, dass sie vor allem bei seefahrenden Völkern wie zum Beispiel den Wikingern Skandinaviens von besonderem Interesse waren. Um möglichst sicher und schnell zu den nächsten Stationen ihrer Überfälle segeln zu können, war die Beobachtung des Windes hilfreich. Die ältesten erhaltenen Wetterfahnen aus Bronze finden sich, wenig überraschend, in Schweden und Norwegen.

Dass man solche Wimpel auf Segelschiffen nutzte, erklärt sich von selbst. Warum sich aber Windfahnen überall im Binnenland auf Kirchtürmen finden, ist weniger einsichtig. Denn wen interessierte mitten in einer Stadt oder einem Dorf die Windrichtung? Bauern vielleicht, deren Arbeit und Ertrag vom Wetter abhing, konnten einen alltäglichen Nutzen aus solch einem Instrument ziehen. Auch dem einen oder anderen Bürger diente der Wetterhahn als Prognoseinstrument, wie der Spruch aus Mainz zeigt: Der Gickel, von dem im Sprichwort die Rede ist, ist seit 1767 der Wetterhahn auf dem Westturm des Doms. Wenn der Wind aus Westen kommt, dreht sich der Hahn so zum Rhein, dass er ihm sein Hinterteil zuwendet, und Westwind bedeutet je nach Jahreszeit oft Regen. Die Gleichung zwischen der Position des tierischen Hinterteils und dem aufziehenden Wetter war also schnell aufgestellt. Aber hatte die Kirche seit dem frühen Mittelalter tatsächlich die Türme ihrer Gotteshäuser mit Wetterhähnen ausgestattet, nur um sich als meteorologischer Dienstleister zu profilieren? Der Gedanke wirkt komisch und unkatholisch bescheiden. Tatsächlich hält die Historie eine andere Erklärung parat, und man kann sie in einem ungewöhnlichen Geschichtsbuch aus Stoff sogar sehen.

Die Szene ist auf dem fast neunundsechzig Meter langen Tuch nicht leicht zu erkennen. Es ist nur eine Fußnote in dieser Geschichte, die in Stoff und buntem Garn auf dem sogenannten TEPPICH VON BAYEUX von der Eroberung Englands durch die Normannen erzählt. Aber was der kleine Mann da auf dem Dach macht, ist für uns von größter Bedeutung. Das riesige Geschichtsbuch entstand in der zweiten Hälfte des 11. Jahrhunderts, wahrscheinlich in Südengland im Umfeld der für ihre Textilkunst bekannten Klöster Canterburys. Meter um Meter illustriert es den Weg der Normannen unter Wilhelm dem Eroberer aus Frankreich auf den englischen Thron, der 1066 mit der Schlacht von Hastings sein Ziel erreicht hatte. Das Personal des Teppichs ist kaum zu überblicken; Soldaten, Könige, Kleriker, Bauern, Seeleute – alle spielen ihre Rolle. Achtundfünfzig einzelne Szenen dieses Dramas sind erhalten, nur die Schlussbilder fehlen heute. Fast genau zur Mitte des knapp einen halben Meter breiten Teppichbandes findet sich nun in der Ferne eine kleine Figur, die in einer ziemlich verrenkten Haltung über eine Art Brücke zwischen dem Königspalast und der Kirche steht und einen Wetterhahn auf den Turm der Westminster Abbey setzt.

Die Aktion sieht beiläufig aus. Doch sie ist zu einem wichtigen Moment in der Erzählung platziert, denn hier stirbt eine der zentralen Gestalten im Ringen um England, König Edward der Bekenner. Den Schöpfern des Teppichs war diese Wendung in der Geschichte sogar ein Bruch der Erzählrichtung wert, um sie angemessen herauszuheben. Fast alle Szenen des Teppichs sind in konventioneller Leserichtung

Eine Szene am Rande der Weltgeschichte: Der Wetterhahn auf der Westminster Abbey, wie ihn der Teppich von Bayeux zeigt.

von links nach rechts entworfen. Für ein paar Zentimeter springt der Fluss des Berichts jedoch an dieser Stelle nach vorn und muss dann von rechts nach links gelesen werden. Edward wird zunächst auf seinem Krankenbett dargestellt, wie er mit Gefolgsleuten spricht. Der nächste Schritt zeigt dann schon den Zug seines Sarges in Richtung Westminster Abbey links von ihm – alles unter der Hand Gottes, die vom Himmel herunter zeigt. Die Bögen der Abtei schließen sich an, und am Ende steht dann der Mann und setzt den Wetterhahn auf den Kirchturm. Er beschließt das Kapitel mit seiner Aktion.

Edwards Gesundheit hatte sich innerhalb eines Jahres rapide verschlechtert, so dass er nicht einmal mehr die Einweihung der von ihm selbst gestifteten Westminster Abbey am 28. Dezember 1065 miterleben konnte. Eine Woche später, am 5. Januar 1066, stirbt er und wird einen Tag danach begraben. Er ist der erste König, der in Westminster zwischen Themse und Tyburn begraben wird. All dies berichtet der Bilderreigen minutiös. Und am Ende dreht sich ein Wetterhahn.

Unwillkürlich fragt man sich, warum in diesem hochpolitischen Heldenepos des Teppichs von Bayeux ausgerechnet ein kleiner Mann seinen Auftritt bekommt, um einen Wetterhahn auf eine Kirchturmspitze zu setzen? Noch dazu unter dem direkten Einfluss der Hand Gottes. Die Antwort mag verblüffen, aber es war dieser Wetterhahn, der als Symbol die Vollendung der neuen Hauptkirche Londons signalisierte.[80] So wie bei jeder anderen Kirche der Christenheit seit dem neunten Jahrhundert, denn mit Nikolaus I. hatte einer der bedeutendsten Päpste des frühen Mittelalters per Dekret 860 festgelegt: von nun an gehöre auf jede Turmspitze ein Hahn.

Um die Bestimmung der Windrichtung ging es dabei nicht, dieser meteorologische Hinweis war eine Zugabe. Was Nikolaus zu seinem Entschluss bewog, war reinste Theologie. Der einfachste Grund war noch, dass der Hahn jeden neuen Morgen begrüßt und mit ihm das Licht für die Menschen in den Tag hineinlässt – so wie Jesus auch. Der Spanier Aurelius Prudentius, einer der rührigsten frühchristlichen Dichter an der Schwelle zum fünften Jahrhundert, dessen Werke während des Mittelalters eifrig studiert wurden, gab in seinem LIBER CATHEMERINON, dem TAGESZEITENBUCH, den poetischen Impuls für die Gleichsetzung Jesu mit dem Hahn. Im ersten Hymnus AD GALLI CANTUM, also ÜBER DEN HAHNENGESANG, heißt es:

»*Der Hahn, des Tages Bote kräht.*
Er kündet laut das nahe Licht.
Uns weckt im Herzen Christi Ruf.
Treibt nun zum wahren Leben an.«[81]

Der Hahn ist ein Bild für Christus, der sein Licht auf das Symboltier fallen lässt und dieses zu einem Glücksbringer macht. Dieses positive Bild ändert sich allerdings, wenn der Wind ins Spiel kommt.

Denn im Dekret des Papstes Nikolaus I. wird der Hahn zum Symbol eines Verrates und der Wind zum Medium, das diese Tat vor Augen führt. Der Evangelist Matthäus berichtet über die letzten Stunden Jesu im Garten von Gethsemane auch von einer wenig rühmlichen Szene. Jesus sagt seinem Lieblingsjünger Petrus voraus, dass dieser ihn verrät, noch ehe der Hahn dreimal gekräht haben wird. Die Häscher sind gerade in den Garten unterhalb des Ölbergs eingedrungen und verhaften Jesus, um ihn dem Hohepriester Kaiphas vorzuführen. Jesus verbietet seiner Gefolgschaft, ihn mit Waffen zu verteidigen, und auch der großsprecherischen Unterstützung traut er nicht. Petrus, der sich stets durch besondere Treueschwüre hervorgetan hatte, wird denn auch seinen Meister, wie erwartet, enttäuschen. Er verleugnet ihn, um selbst der Haft zu entgehen. Als er am Morgen nach dem Gemenge und der Verhaftung Christi im Garten einen Hahn dreimal krähen hört, erkennt er beschämt sein Versagen.

Dass Papst Nikolaus nun mit dem Hahn auf den Kirchtürmen ausgerechnet an diese unrühmliche Szene erinnern wollte, folgt der unter-

Der Wetterhahn ruft den Verrat des Petrus an Christus in Erinnerung.
Wetterhahn Heimatmuseum Eversberg, Stadt Meschede, Sauerland-Westfalen

gründigen Logik der Heilsgeschichte. Denn ohne die Furcht des Petrus – wie auch den zuvor begangenen Urverrat des Judas Ischariot, als er Jesus für 30 Silberlinge auslieferte – hätte der Gottessohn nicht den Tod am Kreuz gefunden und damit seinen Erlösungsauftrag verfehlt. Der Wankelmut des Petrus war kein positiver Ausweis für die Standhaftigkeit des Menschen, aber wenigstens ein Beleg für seine Erlösungsbedürftigkeit. Diese Bilder der Fehlbarkeit des menschlichen Daseins sind symptomatisch für den christlichen Fundus an Symbolen. Es gibt nur wenige Religionen, die als zentrales Zeichen ihres Glaubens ein Hinrichtungsinstrument wie das Kreuz setzen.

Vereinzelte Vorbilder von Hähnen aus Metall waren bereits vor Nikolaus' Intervention auf bedeutenden Kirchen wie der Alten St. Petrus Basilika und der Constantinischen Basilika installiert worden. Der älteste Wetterhahn ist heute im Museo di Santa Giulia in Brescia zu sehen. Die Inschrift verrät seine Herkunft: »*Dominus, Rampertus Episc. galluni hunc fieri praecepit an. 820.*«[82] Im Jahr 820 hatte also Bischof Rampertus das symbolträchtige Tier auf dem Turm der Kirche S. Faustino Maggiore anbringen lassen. Während des ganzen Mittelalters finden sich Hinweise auf solche *galli* oder *ventilogia* genannten Windfiguren in den Quellen.[83] Übrigens wird nur eine einzige Kirche in ganz Europa von einer Wetterhenne, statt einem Hahn beschirmt. Die Alte St. Alexander Kirche im niedersächsischen Wallenhorst erhielt der Sage nach 772 eine goldene Henne aufs Dach. Karls der Große habe dies so gefordert, um die Fruchtbarkeit des Christentums vor Augen zu führen. Kurz zuvor hatte er das wichtigste Heiligtum der Sachsen, den Weltenbaum Irminsul, zerstören lassen, um Überzeugungsarbeit für den neuen Glauben zu leisten.

Nun wäre der religiösen Symbolik genüge getan, wenn man auf den Kirchtürmen die metallenen Hähne fest installiert hätte, ganz so, wie ja

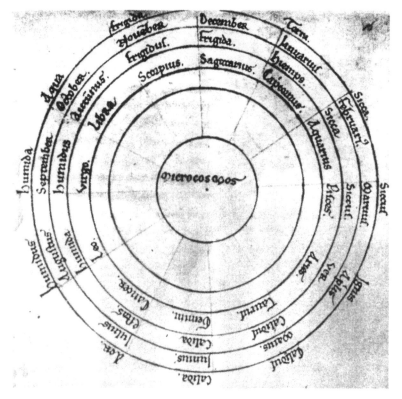

Alles hängt mit allem im mittelalterlichen Denken zusammen, wie hier bei Wilhelm von Conches: die Himmelsrichtungen, die Winde, die Charaktere der Menschen, 13. Jh.

auch das Kreuz unbeweglich ist. Doch der Wind, der den Wetterhahn dreht, erzeugt das Bild des Wankelmutes immer wieder aufs Neue und warnt vor ihm umso dringlicher, je schneller der Wind das Objekt bewegt. Der Wind als verlockende Kraft, der den Menschen vom rechten Weg abbringen kann, wehte aus der Vergangenheit ins Heute hinein. Er machte den Wetterhahn zu seinem Spielball.

Den Winden billigte man im Mittelalter und der Frühen Neuzeit eigene Temperamente zu sowie die Fähigkeit, diese auf die Menschen, die sie umwehten, übertragen zu können. Jean Gerson, der einflussreiche französische Theologe und Mystiker des frühen 15. Jahrhunderts, beschrieb diese Windrose der Stimmungslagen so: Aus dem Osten weht die Freude, aus dem Westen die Sorge, der Wind aus dem Norden bringt Traurigkeit, der aus dem Süden Hoffnung.

Diese Kombination der Himmelsrichtungen mit Winden, Menschenaltern, chemischen Elementen, Edelsteinen, Pflanzen, Tieren oder Planeten hielten die Gelehrten in sogenannten ROTABILDERN fest. Dies waren konzentrische Ringe, in die man zusammengehörige Elemente untereinander schrieb, so dass sich Kolumnen von sechs oder acht Begriffen bildeten. Diese Rotabilder übten eine starke visuelle Argumentationskraft aus, weil sie die Strukturen des Makro- und Mikrokosmos offenlegten und geheime Zusammenhänge aufdeckten. Alles hing mit allem zusammen. Je nachdem, aus welcher Richtung der Wind wehte, veränderten sich die Konstellationen und Chancen für das Schicksal und wandelten sich zum Beispiel die Einflüsse der Planeten auf das irdische Leben. In einer Mischung aus Astrologie, Alchemie, Mystik und christlichem Vertrauen auf den inneren Zusammenhalt der Welt boten solche Rotascheiben einen Kompass für das Leben zwischen Geist und Gosse.

Diese bisweilen abstrus wirkende Kombinatorik der Lebenselemente, deren äußere Antriebskraft die Winde waren, wirkte bis zur Reformation und noch weit darüber hinaus. Auch Martin Luther ging noch von einer engen Verbindung zwischen Winden und Affekten aus. Vom Osten sah er gleichermaßen Hoffnung und Vermessenheit heranwehen, vom Westen Furcht und Sorge. Traurigkeit und Grämen gab es aus dem Norden, Sicherheit und Freude dagegen aus der Gegenrichtung Süden. Stets kamen die Impulse auch hier von außen, war es der Wind, der die Richtung für den Menschen auf seinem Weg vorgab. »*Denn ein menschlich Hertz ist wie ein Schiff auff eim wilden Meer, welchs die Sturmwinde von den vier örtern der Welt treiben. (...) Solche Sturmwinde aber leren mit ernst reden vnd das hertz öffenen und den grund heraus schütten*«[84], schreibt Luther in seiner Vorrede zu den PSALTERN. Der Gläubige ist allen möglichen Anfeindungen und Einflüssen der Winde ausgesetzt, die Luther in der Tradition mittelalterlicher Mystiker beschreibt.

Katholische Theologen griffen dieses Bild der einflüsternden Winde gern auf, um allen rechten Christenmenschen zu empfehlen, sich nicht von äußeren Verlockungen verwirren zu lassen, sondern stets gerade ihren Weg zu Christus zu nehmen. Die Metapher des Wetterhahns ließ sich nämlich glänzend für einen Angriff auf den größten Verwirrer der Menschheit nutzen, den übereifrigen Augustinermönch Doktor Martin Luther. Die kleine Schmähschrift DER EVANGELISCHE WETTERHAN des Jesuiten Sigmund Ernhoffer übte sich 1587 in der Kunst, dem Denken und Reden Luthers nachzuweisen, dass es vom rechten Weg des Glaubens abgekommen sei und kein festes Fundament an Ideen besitzt. Stattdessen richte er sich immer an neuen Moden und Bedürfnissen aus – wie ein Wetterhahn:

»*Der zu eim Ding sagt Ja und Nein /*
Bey dem ist Glaub un Trawn klein.
Ein solcher Mann der Luther war /
Wie diß Bueͤchlein beweist klar.
So er dann nur ein WetterHan /
Vor ihm sich hueͤte jederman.«[85]

Das Titelbild des Buches ziert ein Hahn, der zwei Köpfe besitzt und wie ein gefiederter Janus wirkt. Ernhoffer erklärt seinen Lesern gleich in der Vorrede, wie das Bild des evangelischen Wetterhahns zu verstehen sei: »*Denn gleich wie die Wetterhanen / mit Ihren eisenen Stirne / Stacheln / Flügeln und Flüssen / nach dem der Wind weet / hin und her faren / und sich nie steiff füllen können: Also die falsche Lehser bleiben nie auff einem Sinn oder meynung (...) wie augenscheinlich an Martino Luthero.*« Was dann folgt, ist eine durchaus kenntnisreiche Auflistung und Auseinandersetzung mit scheinbaren Widersprüchen und Ungereimtheiten aus den Schriften und Reden Luthers. Ein wahrer Christ – und das meinte natürlich den Katholiken – hatte sich nach dieser Auffassung besser zu verhalten als Petrus, der sich eben wie ein Spielball vom Wind hatte hin und her treiben lassen.

Doch auch unter Protestanten wusste man den Wetterhahn als pädagogisches Wappentier zu nutzen. Gott war der Inbegriff der Beständigkeit, der nur nach eigenem Willen entschied, nie, weil eine äußere Kraft wie der Wind es verlangte. »*Er nimmt nicht heute einen zum Kinde und verwirft ihn morgen bald wieder. Oh nein, das ist ferne von seiner göttlichen Ernsthaftigkeit und Bestaeͤndigkeit. Er ist kein Wetterhahn und behandelt uns betrueͤglich*«, versichert den evangelischen Gläubigen DAS GEISTLICHE SCHATZKAESTLEIN, ein Brevier zur Stärkung des Glaubens, das durch mehrere Theologen wie Stephan Praetorius und Johann Arndt im 17. Jahrhundert angefüllt wurde.

Der Wetterhahn, so bürgerte es sich über Jahrhunderte in der deutschen Sprache ein, blieb ein Schmähwort, das es schlussendlich sogar zu lexikalischen Ehren brachte. Im ersten und über Generationen nachwirkenden wissenschaftlichen Sammelwerk der deutschen Sprache, Johann Christoph Adelungs GRAMMATISCH-KRITISCHES WÖRTERBUCH DER HOCHDEUTSCHEN MUNDART, findet sich zu Beginn des 19. Jahrhunderts der lapidare Eintrag, der den Hahn zur Strecke bringt: »***Der Wêtterhahn**, des -es, plur. die -hähne, eine Wetterfahne in Gestalt eines Hahnes. Figürlich, ein veränderlicher, unbeständiger Mensch.*«[86]

Wer bei dieser Bewertung schlecht davon kommt, ist der Mensch

– nicht der Wind! Dieser ist unschuldig und tut, was er eben tut. Er weht.

Die literarischen Verarbeitungen dieses Motivs tauchen vor allem im 17. und 18. Jahrhundert vielfach auf und sind vom Gedanken getragen, dass der Mensch, der sich als Wetterhahn entpuppt, entweder zu schwach für die Prüfungen der Welt ist, die die Winde bieten, oder er folgt charakterschwach ihren Impulsen. Typisch hierfür ist Gotthold Ephraim Lessings Jugendkomödie DER JUNGE GELEHRTE aus dem Jahr 1747. Dessen Vater Chrysander macht sich Sorgen um den sprunghaften Filius Damis, den er mit einer schönen, aber armen Dame verheiraten will. Der Titelheld wird wenig schmeichelhaft als ein Typus ohne eigene Gemütsart gezeichnet: »*Die Bücher und die Exempel, die er liest, sind die Winde, nach welchen sich der Wetterhahn seiner Gedanken richtet*«,[87] erklärt Anton, der Diener und Vertraute des jungen Mannes. Der Wind der Ideen ist stark, ihm zu trotzen oder ihn wenigstens selbstbestimmt als Antrieb zu nutzen, wäre die Aufgabe des jungen Gelehrten Damis. Es spricht gegen den Charakter eines Menschen, so muss die Lästerei des Dieners verstanden werden, wenn er mit der äußeren Kraft, die sich ihm als Impuls für seinen Lebensweg anbietet, nichts anfangen kann. Der Wind weiß immer, was er will. Der Mensch nicht.

Bestenfalls bleibt ihm die Illusion, dass er es sei, der entscheidet, in welche Richtung er sich dreht – obwohl andere doch sehen, wie er getrieben wird. Der französische Philosoph und Enzyklopädist Pierre Bayle wählte bezeichnenderweise den Wetterhahn als Beispiel dieser Interpretation, die den Menschen in seiner eigenen Unentschlossenheit etwas entschuldigte. Es liege schlicht außerhalb seiner Möglichkeit zu erkennen, ob es sich selbst dreht, oder ob ihn ein Wind bewegt, so Bayle in seiner RÉSPONSE AUX QUESTIONS D'UN PROVINCIAL im Jahr 1704: »*Sieht man nicht klar ein, dass ein Wetterhahn, dem man immer plötzlich (...) die Bewegung nach bestimmten Punkten des Horizontes eingäbe, mit der Lust, sich dahin zu drehen, überzeugt sein würde, dass er sich von selbst drehe, um seinen vorhabenden Wunsch zu erfüllen? Er dürfte natürlich nicht wissen, dass es Winde giebt und dass eine äussere Ursache allein sowohl seine Richtung, wie seine Wünsche wechseln mache. In solch einem Zustande befinden wir uns von Natur; wir wissen nicht, ob nicht eine unsichtbare Ursache es bewirkt, dass wir der Reihe nach von einem Gedanken zu dem andern übergehen. Es ist deshalb natürlich, dass die Menschen von ihrer Selbstbestimmung überzeugt sind.*«[88]

Bayle spricht hier mit Milde von der menschlichen Hilfsbedürftigkeit. Für das christliche Weltbild, an dem er trotz aller intellektuellen Schärfe festhielt, ist die Abhängigkeit der Geschöpfe von ihrem göttlichen Ursprung eben kein Makel. Der Wind erscheint auch hier wieder als Medium einer Macht, und diese Macht ist so geschickt geworden, dass sich ihr der Mensch gern ergibt, weil sie ihm das Selbstbewusstsein ermöglicht, autonom zu handeln. Der freie Wille wäre also die Freiheit das zu tun, was getan werden muss. Es ist ein Schritt über die mittelalterliche Theorie der Affekte hinaus, in der die Menschen noch direkt vom Wind gesteuert werden. Aus dem Symbol des Verrats und der Unentschlossenheit wird in der Aufklärung ein Zeichen, dass die Emanzipation des Menschen im Rahmen des Glaubens möglich sein kann. Hinter diesem Perspektivwechsel in der Theorie des Wetterhahns und des Bildes vom Wind zeigt sich ein verändertes Selbstverständnis des Menschen, der über seine Belange nun selbst entscheiden will.

Der Liebe Wind

Um dies zu illustrieren, nehmen wir einen kleinen Umweg über den Himmel der Liebe, in dem sich ja auch Wetterhähne drehen.

So wie die meisten seiner Zeitgenossen sah der Schriftsteller Heinrich von Kleist den Wind als einen schwer zu kalkulierenden Faktor, mit dem man sich arrangieren musste, um dort zu landen, wo man wollte. Besonders, wenn man im Ballon fuhr. Gleichmut war gefragt, auch die Bereitschaft zur Frustration, wenn sich nicht gegen den Wind steuern ließ. Oder man musste versuchen, ihm technisch ein Schnippchen zu schlagen.

So wie jener begüterte Wachstuchhändler, über den Heinrich von Kleist als Herausgeber und gleichzeitig sein bester Korrespondent der leicht boulevardesken BERLINER ABENDBLÄTTER am 15. Oktober 1810 für die Zeitung berichtete. Die Stadt feierte den Geburtstag des Kronprinzen. Gegen elf Uhr morgens nun wollte besagter Tuchhändler, ein Herr Claudius, mit einem Ballon in die Höhe fahren und hierdurch den Hohenzollern-Spross ehren. Der Aufstieg eines Ballons allein wäre zu jener Zeit vielleicht nicht mehr der besonderen Rede wert gewesen, doch Claudius hatte sich für diese Ehrenluftfahrt noch etwas historisch Bedeutendes vorgenommen. Er wollte den Ballon »*vermittels einer Maschine, unabhängig vom Wind, nach einer bestimmten Richtung hinbewegen*«,[89] wie Kleist schreibt. Er ist skeptisch, hält den Mann aber für ehrenwert und erstzunehmend, der »*während mehrerer Jahre im stillen dieser Erfindung nachgedacht hat.*« An anderer Stelle habe Hr. Claudius bereits sein technisches Talent bewiesen. Zudem scheint der Mann von sich und seiner Kunst, den Ballon zu lenken, überzeugt zu sein. Auf gedruckten Zetteln hatte Claudius bereits den Ort seiner Ankunft verraten und am Ziel aushängen lassen. Über vier Meilen wollte er entlang der Potsdamer Chaussee in den Luckenwaldschen Kreis in der Luft fahren. Die Berliner mussten jedoch auf das Spektakel warten. »*Der Wind aber war gegen 12 Uhr so mächtig geworden, daß er noch um 2 Uhr mit der Füllung des Ballons nicht fertig war, und es verbreitete sich das Gerücht, daß er vor 4 Uhr nicht in die Luft gehen würde.*« Und es kam noch schlimmer. Auch um vier Uhr drückte der Wind den Ballon noch immer zusammen, so dass die Zuschauer schon ungeduldig wurden. Kleist quittierte dies mit gebremster intellektueller Überheblichkeit: »*Das Volk ist, bei solchen Gelegenheiten, immer wie ein Kind.*«

Die Situation eskalierte und man musste den wagemutigen Wachstuchhändler Claudius von der Polizei in Sicherheit bringen lassen. Statt seiner sollte nun ein erfahrener Luftschiffer den Versuch wagen und trotz der ungünstigen Windverhältnisse den Ballon zum Ziel manövrieren. Auch dies scheiterte kläglich, und so schien Herrn Claudius nichts anderes übrig zu bleiben, als den Ballon ohne Besatzung aufsteigen und vom Wind davontreiben zu lassen. Damit wäre das Volk wenigstens durch diese kleine Attraktion für den entgangenen Genuss entschädigt, einem historischen Augenblick der Luftfahrtgeschichte beigewohnt zu haben. Das Schauspiel war denn auch nicht von langer Dauer: »*In weniger als einer Viertelstunde, war derselbe nunmehr den Augen entschwunden; und ob man ihn wiederfinden wird, steht dahin*«, berichtete Kleist. Unter dem Rubrum NEUESTE NACHRICHT konnte der Reporter dann später vermelden, dass man den Ballon nach Aussage eines Reisenden dann doch in Düben entdeckt habe.

Heinrich von Kleist, den die Nachwelt vor allem als Erzähler und Dramatiker kennt, hat sich vielfach mit naturwissenschaftlichen, zumal meteorologischen Themen befasst und auch einige mutige Vorschläge für Erfindungen gemacht – wie eine Bombenpost, die von einem Ort zum anderen mit einer Kanone geschossen werden könnte. Insoweit war es ihm ein echtes Anliegen, sich mit dem tragikomischen Fall der ambitionierten Ballonfahrt ins Ungewisse zu beschäftigen. Bemerkenswerterweise lässt er sich an keiner Stelle darüber aus, wie die Maschine funktionieren sollte, die den Ballon gegen alle widrigen Winde ganz nach dem Willen des Fahrers hätte steuern sollen. Schon in seinem Bericht vom Tage selbst meldete er Bedenken gegen einen solchen Versuch an. Die Luftschiffer, so erinnerte er, hätten doch schon ihre Techniken, um den Ballon in Maßen steuern zu können. »*Denn da in der Luft alle nur möglichen Strömungen (Winde) übereinanderliegen: so braucht der Aeronaute nur vermittelst perpendikularer Bewegungen, den Luftstrom aufzusuchen, der ihn nach seinem Ziel führt.*« Der Versuch eines Monsieur Garnerin habe diese Methode vor einiger Zeit in Paris erneut und deutlich vor Augen geführt. Wie in einem Aufzug – Kleist konnte dieses Bild natürlich noch nicht benutzen – konnten die Ballonfahrer doch die für sie passende Luftschicht ansteuern. Einer wie auch immer gearteten Maschine zum Navigieren bedürfte es also nicht unbedingt.

Dieser Einwand spricht zum einen für die beachtliche Kenntnis Kleists über den Stand der zeitgenössischen Atmosphärologie (auch wenn er an anderer Stelle die Ursache des Windes in chemischen Zersetzungsprozessen vermutet). Zum anderen zeigt sich von Kleist auch an der Praxis solcher Luftfahrten interessiert. Trotz aller Bedenken gegen die ominöse Lenkungsmaschine sieht er den Nutzen einer solchen Erfindung durchaus und erörtert das Problem in einem Artikel, der zwei Wochen nach dem Vorfall erscheint. Damit antwortete er auf einen anderen Artikel in der konkurrierenden HAUDE- UND SPENERSCHEN ZEITUNG, was dafür spricht, dass die Lenkbarkeit von Ballons ein durchaus bewegendes Thema jener Zeit war. Heinrich von Kleist widerholt seine Empfehlung zwar, dass Ballons auch durch die Ausnutzung der natürlichen Windschichten zu steuern seien, doch das gescheiterte Experiment sei kein Beweis für alle Zeiten, dass eine solche Maschine nicht tatsächlich irgendwann fähig sei, »*den Widerstand ganz konträrer Winde aufzuheben*«.[90] Denn man dürfe nicht vergessen, dass »*der Luftschiffahrer, aller dieser Hülfsmittel ungeachtet, tage- und wochenlang auf den Wind, der ihm passend ist, warten müßte derselbe sich mit dem Seefahrer zu trösten hätte, der auch wochen- oft monatelang, auf günstige Winde im Hafen harren muß.*« So wäre es also ein Glücksfall, wenn sich eine Maschine wie die des Herrn Claudius konstruieren ließe, die dem Menschen den zielgenauen Flug ermöglichen würde, da ein Kreuzen gegen den Wind so wie auf See in der Luft nicht möglich war. Das aerodynamische Leben war bis dato also nur gut zu bewältigen, wenn man mit dem Wind zog. Doch die Ambitionen, dem Wind ganz technisch Paroli zu bieten, und sich von ihm nicht mehr die Richtung seines Fortkommens vorschreiben zu lassen, ließen auch die

Hoffnung keimen, in allen Lebenslagen das Steuer in die Hand nehmen zu können.

Man versteht Kleists ausführliche Reflexionen zu diesen speziellen, aeronautischen Problemen aber erst wirklich, wenn man seine Schwierigkeiten bei der Navigation im Liebesleben und der Berufslaufbahn kennt. Zehn Jahre zuvor hatte sich Kleist heimlich, still und leise in die Tochter des Frankfurter Stadtkommandanten verliebt. Wilhelmine von Zenge war nur drei Jahre jünger als ihr gestrenger Hauslehrer, den Heinrich von Kleist ihr und ihren beiden Schwestern Luise und Charlotte gegenüber spielte. Die Familie von Zenge und Kleist waren Nachbarn. Der Weg zu seiner Lieblingsschülerin war für Kleist also kurz, der zu ihrem Herzen schien indes unendlich lang. Er kümmerte sich rund herum um die Bildung der jungen Damen. Nicht nur Literatur und Philosophie standen auf dem Programm, auch Experimentalphysik, die Kleist allerdings von seinem ehemaligen Professor Wünsch unterrichten ließ.

Doch es ging dem damals zweiundzwanzigjährigen Mann nicht ganz selbstlos um die Erziehung der Frau, sondern auch um ihr Herz. In das Aufgabenheft, das er für Wilhelmine führte, schrieb er ihr nach einigen Monaten überraschend einen Heiratsantrag. Zuvor hatte er ihr in keiner Weise seine Gefühle offenbart; Kleist ging gleich aufs Ganze. Die Reaktion der jungen Dame war von ähnlicher Offenheit, indes wenig ermutigend für den sensiblen Dichter: »*Den anderen Tag schrieb ich ihm, daß ich ihn weder liebe, noch seine Frau zu werden wünsche, doch würde er mir als Freund immer recht werth sein.*«[91]

Kleist muss angesichts dieser Antwort getobt haben. Ablassen konnte er von Wilhelmine aber nicht. Seine Beharrlichkeit in der Nachstellung, sein Bombardement mit Briefen und Avancen, die man heutzutage durchaus als justiziable Belästigung sehen würde, führten jedoch zum vorübergehenden Erfolg. Es sind merkwürdige Briefe und Schriften voller Belehrungen und Selbstausdeutungen, die der Adressatin mehr über den inneren Zwist des buhlenden Kleist erzählen als über seine Liebe zu ihr. In einem Gedicht aus dem Jahr 1799, das er ihr schreibt, geht er auf hohe See und setzt sich den Winden aus:

Auch zu der Liebe schwimmt nicht stets das Glück,
wie zu dem Kaufmann nicht der Indus schwimmt.
Sie muß sich ruhig in des Lebens Schiff
des Schicksals wildem Meere anvertraun,
dem Wind des Zufalls seine Segel öffnen,

es an der Hoffnung Steuerruder lenken
und, stürmt es, vor der Treue Anker gehn;
sie muß des Wankelmutes Sandbank meiden,
geschickt des Mißtrauns spitzen Fels umgehn
und mit des Schicksals wilden Wogen kämpfen,
*bis in des Glückes sichern Port sie läuft.*⁹²

Für Kleist ist der Wind ein Sinnbild der Herausforderung. Man muss zwar bereits wissen, was man will, sonst kommt man nicht in den Hafen. Doch erst im Wind des Zufalls bewährt sich der feste Wille. Kleist hat diesen Kampf des Einzelnen mit dem Zufall selbst ausgefochten. Es ist sein Lebensthema. An seine Lieblingsschwester Ulrike hatte er im Mai des Jahres, mehr als ein halbes Jahr, bevor er Wilhelmine seine Liebe gestand, ein Plädoyer für die Souveränität über das eigene Leben gehalten: »*Tausend Menschen höre ich reden und sehe ich handeln, und es fällt mir nicht ein, nach dem Warum? zu fragen. Sie selbst wissen es nicht, dunkle Neigungen leiten sie, der Augenblick bestimmt ihre Handlungen. Sie bleiben für immer unmündig und ihr Schicksal ein Spiel des Zufalls. Sie fühlen sich wie von unsichtbaren Kräften geleitet und gezogen, sie folgen ihnen im Gefühl ihrer Schwäche, wohin es sie auch führt, zum Glücke, das sie dann nur halb genießen, zum Unglücke, das sie dann doppelt fühlen. Eine solche sklavische Hingebung in die Launen des Tyrannen Schicksals, ist nun freilich eines freien, denkenden Menschen höchst unwürdig. Ein freier, denkender Mensch bleibt da nicht stehen, wo der Zufall ihn hinstößt; oder wenn er bleibt, so bleibt er aus Gründen, aus Wahl des Bessern. Er fühlt, daß man sich über das Schicksal erheben könne, ja, daß es im richtigen Sinne selbst möglich sei, das Schicksal zu leiten.*«⁹³

Wilhelmine zeigte sich von dieser Zielstrebigkeit beeindruckt. Sie ließ zu, dass Kleist sie als seine Verlobte betrachtete und dass er sogar ihre Eltern von dem Arrangement unterrichtete. Diese goutierten die Beziehung, bestanden aber darauf, dass man erst dann offiziell werden durfte, wenn Kleist ein Amt, also einen Beruf hatte. Gerade damit haperte es aber, nicht zu Letzt quälte sich Kleist mit der Entscheidung, welche Karriere er einschlagen sollte. »*So stehe ich jetzt, wie Herkules, am fünffachen Scheidewege und sinne, welchen Weg ich wählen soll*«, schreibt er Anfang des Jahres 1800 an seine Wilhelmine. Damit folgt er genau seinem Programm. Er stellt sich den wenig ermutigenden Reaktionen seiner Angebeteten. Er lässt die Berufswahl auf sich zukommen, um sich dann zu entscheiden. Er arrangiert sich mit den skeptischen Eltern, deren Tochter er heiraten will. Man ahnt nun, warum Kleist später so offen für die Idee einer Steuerungsmaschine des Ballons von Herrn Claudius sein wird. Es gilt, sich dem Wind des Zufalls zu stellen, sich ihm aber nicht zu überlassen. Allerdings sollte man hier nicht unterschlagen, dass die Beziehung mit Wilhelmine von Zenge keine anderthalb Jahre überdauerte.

Vom Zauber des Wetterhahns

Dieser neue, selbstbewusste Umgang mit dem *Wind des Zufalls* – der ein stehender Begriff in der Literatur jener Zeit wird – trägt auch zur Ehrenrettung des Wetterhahns bei. Er taucht nun nicht mehr allein als Bild der Verwirrung und Hilflosigkeit des Menschen auf. Schon zum Ende des 18. Jahrhunderts wird Johann Christoph Lichtenberg, der größte Aphoristiker deutscher Ironie, der der Aufklärung dabei half, sich nicht allzu ernst zu nehmen, den Wetterhahn vom Verräter-Stigma befreien. In den SUDELBÜCHERN der Jahre 1796 bis 1799 notiert er: »*Zwischen den Wendekreisen ist der Wetterhahn kein Symbol der Unbeständigkeit.*[94] *Er sieht immer denselben Weg.*« Das ist weit mehr als nur Metaphernspielerei. Lichtenberg, der Philosoph wie auch Naturwissenschaftler war, wusste, wovon er hier sprach. In Göttingen hielt er Vorlesungen in Physik, Geologie – und auch Meteorologie. Der Korridor zwischen dem nördlichen und südlichen Wendekreis entlang des Äquators war für seine konstanten Windverhältnisse bekannt, die die Wetterfahne verlässlich in die stets immer gleiche Richtung weisen ließ. Er bildete auf dem Atlantik den idealen Transportweg zwischen Amerika und Europa; schon Kolumbus hatte ihn genutzt. Eine Wetterfahne weiß zwischen dem 23. Breitengrad südlicher und nördlicher Breite stets, in welche Richtung sie zu zeigen hat. Ja, es könnte der Eindruck entstehen, als würde sie aus eigenem Vermögen die Richtung anzeigen und nicht als Reflex auf die Willkür des Windes. Lichtenberg verabschiedete die Idee eines göttlichen Impetus im Luftzug, gestützt auf reichlich Forschungsliteratur: »*Trotz den Bänden meteorologischer Beobachtungen ganzer Akademien, ist es noch immer so schwer vorherzusagen, ob übermorgen die Sonne scheinen wird, als es vor einigen Jahrhunderten gewesen sein muß, den Glanz des Hohenzollerischen Hauses vorauszusehn. Und doch ist der Gegenstand der Meteorologie, so viel ich weiß, eine bloße Maschine, deren Triebwerk wir mit der Zeit näher kommen können. Es steckt kein freies Wesen hinter unsern Wetterveränderungen, kein ei-*

gensinniges, eifersüchtiges, verliebtes Geschöpf, das um einer Geliebten willen einmal im Winter die Sonne wieder in den Krebs führte.«[95] Der Wetterhahn verriet keinen mehr; weder Gottessöhne noch Naturgesetze. Scharlatane allerdings schon.

Die Geschichte um den reisenden Zauberer und Illusionisten Jacob Philadelphia gehört zu Lichtenbergs Meisterstücken in der Verachtung von Dummheit. Mit bitterbösem Humor begegnete er diesem Mann aus den ehemaligen amerikanischen Kolonien Englands. Seit seiner Ankunft in Europa 1757 schaffte er es, das einfache Publikum auf Jahrmärkten und in Stadthallen mit seinen magischen Shows aus chemischen, mathematischen und physikalischen Experimenten zu fesseln. Auch Fürsten, Könige und selbst der Kaiser in Wien verlangte es nach seinen Vorführungen. Lichtenberg empfand diese Triumphe Philadelphias als Niederlage der Vernunft, die ihn an der Beschränktheit seiner Zeitgenossen einmal mehr verzweifeln ließ. Als es der Magier – der mit bürgerlichem Namen übrigens Jakob Mayer hieß – nun wagte, in Lichtenbergs Reich, nach Göttingen, zu kommen, war der Krieg erklärt. Statt lautstarken Protests oder aufklärerischer Reden schlug Lichtenberg seinen Gegner mit dessen eigenen Mitteln.

Am 7. Januar 1777, zwei Tage bevor der Künstler auftreten wollte, hingen überall in Göttingen Plakate mit der Überschrift AVERTISSEMENT ein Anschlagzettel »Im Namen von Philadelphia«. Hier wurden ihm viele Lorbeerkränze geflochten und das Programm seines Auftritts im Kaufhaus der Stadt in höchsten Tönen angepriesen. Sieben unglaubliche Zauberwunder wurden versprochen, von denen das erste darin bestehen sollte, den Wetterhahn der Jacobikirche mit der Wetterfahne der Johanniskirche zunächst zu vertauschen, dort einige Minuten sitzen zu lassen und dann wieder beide an ihren angestammten Kirchturm zu transferieren: »Alles ohne Magnet durch die reine Geschwindigkeit«[96]. Derjenige, der da so viel Vertrauen in die Zauberkräfte des Gastes heuchelte, war natürlich kein anderer als Lichtenberg. Ob er mit seinen üppigen Ankündigungen dem Publikum vielleicht sogar nicht einmal zu viel versprochen hatte, konnte nicht geklärt werden. Jacob Philadelphia verließ Göttingen, ohne eine Zauberschau absolviert zu haben. Der Wetterhahn drehte sich weiter auf der Jacobikirche.

Windstärke 5 ## GEGENWIND

> *Gegner bedürfen einander oft mehr als Freunde,*
> *denn ohne Wind gehen keine Mühlen.*
> HERMANN HESSE

Windfüttern

Die Situation vor den hohen Herren des Gerichts war für den Bäcker und Wirt Georg Hollerspacher nicht eben behaglich. Wer den Eingang zum Tabor, also dem Kerker für Hexen und Zauberer, der Stadt Feldbach in der Steiermark heute sieht, kann erahnen, wie sich der Mann vor den Inquisitoren gefühlt haben mag. Die Treppenstufen führen hinab zu einem Tor, hinter dem es sehr, sehr dunkel aussieht.

Es war der 21. August 1674, als Hollerspacher einem Tribunal Rede und Antwort stand, das ihm Hexerei vorwarf. Der Wirt musste sich dieser unangenehmen Befragung unterziehen, weil er in den Verdacht geraten war, ganz und gar unchristlichen Gebräuchen nachzugehen. Und dies bereits zum wiederholten Male. Neben der Generalanschuldigung, der Magie verfallen zu sein, musste er sich für eine spezielle Praxis verantworten, die uns heute mehr verwundert als seine Richter damals: Er hatte den Wind gefüttert.

Dem Wind wohnte in der Vorstellung der Menschen seit den Tagen des Alten Testaments eine göttliche Macht inne. Mit dieser Kraft wollte man sich gutstellen, auch auf die Gefahr, die Grenzen des Okkulten leicht zu überschreiten. Schon die Kirchenväter hatten sich darum bemüht, Esoterisches und allzu heidnisch wirkende Rituale aus der Praxis des Christentums zu verbannen. Dem Volksglauben reichte der Gottesdienst auf Latein jedoch nicht aus, um sein Bedürfnis nach Spiritualität und Nähe zum obersten Wesen zu befriedigen. Und so versuchte man, die Kraft des Mediums Wind gnädig zu stimmen, indem man ihm auf ganz handfeste Weise Nahrung gab.

Das sogenannte WINDFÜTTERN besaß eine lange Tradition vor allem in Österreich, aber auch in vielen anderen Gegenden Süddeutschlands. Noch bis ins 19. Jahrhundert hinein finden sich Hinweise auf diese Beschwörung des Windes. Auch der für so manche Zauberei anfällige Bäckermeister Hollerspacher hatte sich die übernatürliche Unterstützung für sein Geschäft sichern wollen. Die Protokolle seiner Befragung sind im Archiv des Schlosses Hainfeld erhalten, zu dessen Herrschaft Feldbach gehörte. Der Brauch selber ist unblutig bis unspektakulär; die Akten vermerken: »*Er bekennt, dass er in der Heiligen-Drei-König-Nacht, die man die Reiche Nacht zu nennen pflegt, Brösel und andere Speisereste zusammen in einen neuen Topf getan hat. Den habe er dann am nächsten Tag in der Früh vor Sonnenaufgang auf der Weide auf einen Torpfosten gestellt, um den Wind damit zu füttern, auf dass der Wind das ganze Jahr hindurch auf seinem Grund und seinem Hab und Gut keinen Schaden anrichte.*«[97]

Im Fall des Bäckers Hollenspacher trat das Windfüttern zu einer ganzen Reihe von unchristlichen Praktiken hinzu und komplettierte das Register seiner Verfehlungen. Zu den unschönsten zählte fraglos, dass er Wasser aus den Reservoirs entnahm, »*allwo man die todtehn leithe durchführet*«[98], dieses dann unter den Teig mischte und fest davon überzeugt war, dass das Brot hierdurch besonders bekömmlich würde und sich besser verkaufen ließ. Vor einer Verurteilung schützte ihn dies aber nicht.

Die Speisegabe an den Wind sollte zum einen vor seiner zerstörerischen Kraft schützen, ihn besänftigen, noch bevor er ausbrach. Mehl spielte beim Windfüttern eine große Rolle. Als Basis für das alltägliche Brot war es besonders als symbolhaftes Opfer geeignet und erinnerte an die Einsegnung zum Abendmahl. Durch seine feine Konsistenz ist Mehl aber auch aus ganz praktischen Erwägungen die dem Wind angemessene Speise, wird es doch von ihm einfach davongeweht und mitgenommen. Selbst die Art und Weise, in der das Mehl durch den Wind aufgenommen wurde, gab dem Volksglauben Hinweise, wie das Wetter werden würde. Am Kindleintag, dem 28. Dezember, der im Gedenken an den alttestamentarischen Kindermord von Bethlehem steht, mengte man Mehl und Salz zusammen und stellte es in einer Schale auf den Dachfirst. Wehte der Wind die Masse davon, bedeutete dies, dass es keine Stürme geben würde. Im österreichischen Donnersbachwald gab es noch eine Variante dieser Wetterbeschwörung, bei der man das Mehl einfach in den Wind streute und die Zeilen sprach:

»*Wind, Wind, sei frei g'wschind
Und pack die hoam zu dein Kind.*«

Auch in dem Fall, dass der Wind bereits stürmte, vertraute man dem Windfüttern, um Abhilfe zu schaffen. Johann Praetorius schreibt in seiner WELT-CHRONIK 1668 von einer alten Frau in Bamberg, die einen Sack mit Mehl öffnete und den Inhalt zu ihrem Fenster hinauswehen ließ, um einen Sturm zu bändigen, der das Dach abzutragen drohte. Dabei gab sie ebenfalls einen »Kinder-Spruch« mit auf den Weg:

»Leg dich lieber Wind,
Bring das deinem Kind.«[99]

Die Verbindung von Wind und Kind findet sich in diesen Beschwörungsformeln des Windfütterns häufig. Das himmlische Kind erscheint hier wieder als eine Gestalt, das den Menschen aus einer bedrohlichen Situation befreit, so wie in vielen unserer Beispiele zuvor. Und der Wind erweist sich erneut als »ansprechbar« und manipulierbar. Durch das Füttern ließ er sich beeinflussen, oder man konnte ihm wenigstens eine Prognose seiner Entwicklung entlocken. Dass die Kirche über solch bunten Volksaberglauben unglücklich war, überrascht nicht.

Die scharfe Befragung des armen Bäckers Georg Hollenspacher zeigte, wie unnachgiebig man solche Praktiken verfolgte. Denn dieses Opferritual, das den Wind durch eine Gabe an den Menschen bindet, hatte seine Wurzeln nicht allein im christlichen Glauben, sondern auch in der germanischen und altnordischen Mythologie. Die eindrucksvollsten Schilderungen finden sich in den beiden Sammlungen der in Island entstandenen EDDA. Sowohl in der um 1220 geschriebenen Prosa-EDDA wie auch der rund fünfzig Jahre später zusammengestellten Lieder-EDDA ist vom Riesen Häsvelgr oder auch Hräswelg die Rede, der als Adler auftritt. Er sitzt am Nordrand der Welt, um mit seinem Flügelschlag den Menschen Wind zu schicken.

»Sag (…) woher der Wind kommt,
sodass er übers Wasser weht;
nie sieht man ihn selbst.

Hräswelg heißt er,
der am Himmelsrand sitzt,
ein Riese in Adlergestalt;
von seinen Flügeln
– so sagt man – kommt der Wind
über alle Menschen.«[100]

Beide EDDA entstanden, als Island bereits christianisiert war. Sie waren jedoch eine Rückbesinnung auf die alten nordischen Legenden, die an die ursprüngliche Kultur der Wikinger anknüpfte. Der Geist der Mythen sollte die Kraft des isländischen Volkes heraufbeschwören – eine Hoffnung, die den Bemühungen zweier Herren in Kassel Anfang des 19. Jahrhunderts um die Stimulation der deutschen Nation ähnelt.

Und so ist es auch nicht ganz verwunderlich, dass Jacob Grimm in seiner Sammlung über die DEUTSCHE MYTHOLOGIE beide Motive zusammen bringen wird, den gefräßigen Wind und den gefräßigen Riesen.[101] Der Brauch des Windfütterns bot ein Bindeglied zwischen der heidnischen und der christlichen Vision, man könne den Wind beherrschen oder ihn wenigstens besänftigen. Es waren bescheidene Versuche des Menschen, sich dem Wind nicht völlig auszuliefern, sondern ihn zu lenken.

Mit der Formel voran

Der symbolträchtigste Moment dieser Revolte – und der vielleicht aufmüpfigste Akt des Menschen in der Auseinandersetzung mit der Natur – war, als er sich aufs Meer begab und das erste Mal gegen den Wind segelte und dabei tatsächlich vorankam. Denn der Wind war allein dann ein zuverlässiger Gefährte auf hoher See, wenn er in die Richtung blies, in die die Reise gehen sollte. Kam er dagegen von der Seite, wurde das Navigieren schon schwieriger. Geradezu unmöglich erschien es, auf ein Ziel zuzusteuern, wenn doch die Kraft, die das Schiff antreiben sollte, ausgerechnet von dort gegen das Segel blies und das Gefährt also zurück zu seinem Ausgangspunkt trieb. Entweder ließ sich das Schiff erst gar nicht an sein Ziel steuern, oder – selbst für hartgesottene Seeleute eine Horrorvorstellung – der ständige Gegenwind machte nach der geglückten Landung die Rückkehr in die Heimat unmöglich.

Solche Ängste trieben die Seefahrer noch bis weit in die Neuzeit hinein um. Die berühmteste Entdeckungsfahrt nach Amerika, die des Christoph Columbus 1492, wäre um ein Haar an diesem mentalen Gegenwind gescheitert. Wenige Tage, nachdem seine drei Schiffe die Kanarischen Inseln verlassen hatten, die für die Alte Welt der letzte Stützpunkt des Vertrauten im Atlantik waren, grassierte die Angst unter den Seeleuten, nie wieder nach Hause kommen zu können. Die Stimmung auf den drei Schiffen SANTA MARIA, NIÑA und PINTA war zu dieser Zeit ohnehin nicht die beste, denn es ereigneten sich merkwürdige Dinge. Am 13. September verzeichnet das Logbuch des Hauptschiffes SANTA MARIA: »*Die Magnetnadel wies, anstatt auf den Nordpol zu zeigen, ungefähr einen halben Strich nordwestlich. Eine Erklärung? Ich weiß keine. Und ich zittere vor der Stunde, da die anderen mich mit Fragen bestürmen werden. Gewiß werden sie behaupten, der Teufel selbst lenke unsere Flot-*

te.«[102] Der Kompass spielte verrückt! Das einzige Instrument, das auf der weiten Fläche des nur von Wasser und Horizont umgebenen Schiffes Orientierung bot. Doch der magnetische Nordpol schien sich zu verändern. Kolumbus versuchte sogar zunächst, dieses Phänomen vor der Besatzung zu verbergen, aber die Anomalie blieb einem erfahrenen Kapitän wie Alonzo Pinzon, der das Begleitschiff PINTA führte, nicht verborgen. Die Verwirrung dauerte zudem mehr als vier Tage an. Und dann blies der Wind auch noch mit beängstigender Beständigkeit westwärts. Nur zwei Tage hatte man Gegenwind gehabt – gut für die Fahrt der Schiffe, schlecht jedoch für die Moral der Besatzung. Denn wenn in dieser so merkwürdigen Meeresgegend die Winde immer nur aus einer Richtung wehten, dann hätte man kaum Chancen, je wieder nach Spanien zurückzukehren. Columbus war sogar froh über die Stunden, in denen der Expedition der Wind ins Gesicht blies, denn »... *der widrige Wind war ihm notwendig, denn es war eine Gärung unter den Leuten, denn sie glauben unter diesen Himmelsstrichen wehten keine Winde, die die Rückkehr möglich machten*«,[103] notiert Columbus am 22. September im Reisetagebuch. Mit List, Versprechungen und einer ausgeprägten Gabe zur Überredung gelang es dem Admiral der spanischen Krone, die Bedenken seiner Mannschaften zu zerstreuen – so lange, bis tatsächlich knapp drei Wochen später, am 12. Oktober, Land in Sicht kam und die Freude auf festen Boden und die Erwartungen auf Reichtümer die Windverhältnisse vorerst vergessen ließen. Und bekanntermaßen gelang dem Großteil der Besatzungen tatsächlich die Rückkehr. Am 4. März 1493 erreichte Columbus Lissabon und segelte wenig später nach Palos, wo auch die zwischenzeitlich verloren gegangene NIÑA am selben Tag eintraf. Einige seiner Männer hatte Columbus allerdings auf der Insel Hispaniola zurückgelassen, nachdem die SANTA MARIA auf ein Riff gelaufen war. Der Plan, die Besatzung auf der zweiten Reise nach Amerika zu bergen, scheiterte daran, dass diese sowohl untereinander wie auch mit den Eingeborenen in Streit geraten war und keiner von ihnen die Kämpfe überlebt hatte.

Die Sorge, gegen den Wind nicht ankommen zu können und durch ihn auf See gefangen zu sein, die die Seeleute an jenem Septembertag überkommen hatte, war jedoch nicht unbegründet gewesen. Die Technik, gegen den Wind im Zick-Zack-Kurs so zu kreuzen, dass das Schiff immer leicht schräg wie ein Betrunkener hin- und herpendelnd vorankam, beherrschten die großen Seefahrernationen wie die Spanier und Portugiesen zwar seit Jahrhunderten. Doch das Verfahren brauchte viel

Zeit, die gerade auf hoher See kostbar war, denn so fuhr das Schiff ein Vielfaches der eigentlichen Wegstrecke. Zudem konnte die Technik des Kreuzens nicht jeden Gegenwind überlisten. War dieser zu stark, blieb nur übrig, die Segel zu raffen, damit das Schiff nicht zu weit zurückgetrieben wurde. Gegebenenfalls musste man zusätzlich durch Rudern eine zu starke Abdrift verhindern. Dann hieß es nur noch: auf besseren Wind hoffen.

Die großen trapezförmigen, frontal aufgehängten Rahsegel boten dem Gegenwind eine große Angriffsfläche, und der Kapitän musste sich bemühen, sein Schiff in einem sehr großen Winkel zum Wind zu halten – was den Umweg jedoch noch einmal vergrößerte. Durch die im 13. Jahrhundert aufkommenden Lateinsegel ließ sich die Fahrt gegen den Wind etwas optimieren. Die dreieckig geschnittenen Segel ermöglichten es, bis zu 55 Grad gegen den Wind Fahrt aufzunehmen. Der Schiffstypus der Karavelle, der die großen europäischen Entdeckungsreisen des 15. Jahrhunderts erst ermöglichte, besaß in der Regel beide Arten von Segeln, um für alle Windlagen gerüstet zu sein. Die günstigen Passatwinde in Richtung Westen konnten auf der Hinreise mit den dickbauchigen Rahsegeln eingefangen werden, während auf der Rückfahrt gegen den Wind die lateinische Takelage von Vorteil war.

Die Technik, gegen den Wind zu kreuzen, war schon alt. Wann genau diese zum ersten Mal erprobt wurde, lässt sich nicht mehr genau bestimmen. Zugetraut hat die frühere historische Forschung dieses Handwerk bereits den vorgeschichtlichen Besiedlern der polynesischen Inseln. In den zwanziger und dreißiger Jahren des 20. Jahrhunderts ging man davon aus, dass es mutige Seeleute aus Südostasien gewesen sein mussten, die sich etwa um das Jahr 1500 v. Chr. auf den Seeweg ins Ungewisse gemacht hatten und dabei auf die Tausenden von Inseln gestoßen waren. Sollte dies zutreffen, so hätten die wagemutigen Siedler weite Strecken gegen die Passatwinde ankämpfen müssen. Der norwegische Anthropologe und Abenteurer Thor Heyerdahl widersprach in den fünfziger und sechziger Jahren mit seinen Expeditionen auf selbstgebauten, prähistorischen Booten wie der KON-TIKI, der RA I und II dieser sehr optimistischen Deutung. Er segelte von Südamerika aus mit dem Humboldtstrom und günstigen Winden über viertausend Kilometer über den Stillen Ozean und bewies so, dass es möglich war, Polynesien mit Balsa- und Papyrusbooten von hieraus auf direktem Wege zu erreichen. Auch er hielt es aber nicht für unmöglich, dass Menschen schon zu jener Zeit mit Glück und Geschick gegen den Wind

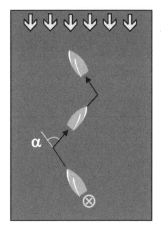

Wer gegen den Wind segeln will, muss hinterlistig sein; er fährt im Zickzack-Kurs.

hatten segeln können. Glaubt man den Berichten des römischen Historikers Plinius d.Ä. aus dem ersten nachchristlichen Jahrhundert, so beherrschten die Völker der Südsee aber spätestens zu seiner Zeit die Kunst, gegen den Wind zu segeln. Plinius erwähnt die Form der Segel, die in ihrer V-Form an Krebsscheren erinnerten, und die stabilisierenden Holzplatten zu beiden Seiten der Boote, mit deren Hilfe eine Fahrt gegen die Windrichtung möglich wurde.[104]

Der Kampf, sich nicht vom Wind die Richtung vorschreiben zu lassen, war also seit prähistorischen Zeiten eine Frage der Technik und der nautischen Erfahrung. Diese Strategie änderte sich im Laufe des 17. und 18. Jahrhunderts. Man ging wissenschaftlich gegen den Wind vor. Die Praxis des Segelns war das eine, die Erkenntnisse, die sich aus Formeln und Diagrammen ziehen ließen, das andere. Bezeichnenderweise waren es Mathematiker und Physiker wie der Engländer Robert Hooke oder die beiden Schweizer Leonhard Euler und Jean Bernoulli, die sich mit der Frage beschäftigten, wie man den Wind gegen sich selbst zur Fortbewegung nutzen konnte. Denn das Beharren darauf, entscheiden zu können, wohin man segelt, wurde auch als Kampf um die Freiheit des Menschen schlechthin begriffen. Selbst wenn es bei dieser Freiheit nicht nur um die vornehme Wahl des Zieles ging, sondern auch das Privileg, einander zu versenken: »*Es ist aber ein Vortheil, gegen den Wind zu segeln, oder den Wind zu gewinnen, nicht nur wenn man den Weg nehmen will, dem er fast gänzlich entgegen ist, sondern auch in Ansehung eines Schiffes, das man entern will, oder von dem man es vermeiden will, über den Wind kommen muß. Des Herrn Bernoulli krumme Linie zeiget den Weg, den man nehmen muß, die man dem Kiele geben müsse, und wie man den*

Wind, soviel möglich, gewinnen könne«[105], heißt es in einem Kommentar aus dem Jahr 1714 zu den Forschungen Bernoullis. Mit seinem ESSAI D'UNE NOUVELLE THEORIE DE LA MANOEUVRE DES VAISSEAUX hatte er im selben Jahr die Grundlagen für eine einheitliche Theorie der Strömungsgesetze im Wasser und in der Luft gelegt. Seine Berechnungen, wie ein Segel gegen den Wind zu stellen sei, um die optimale Ausbeute an Kraft für die Vorwärtsfahrt zu erhalten, meldeten den Anspruch an, das Jahrtausende alte Problem auf seine optimale Formalisierung gebracht zu haben.

Bernoulli wusste um die praktischen Voraussetzungen auf den Segelschiffen, aber er ging das Problem als Mathematiker rein geometrisch an. Er vereinfachte die Wirkungsweise der einander widerstreitenden Kräfte des Windes und des Wassers auf ein Schiff und entwarf hieraus ein Kräfteviereck. So ließ sich der optimale Winkel bestimmen, an dem die Kraft die Oberhand gewinnt, die das Schiff am schnellsten nach vorne treibt. Jean Bernoullis Sohn Daniel entwickelte diese Gleichung weiter und formte daraus das Bernoulli'sche Gesetz – sehr zum Schrecken seines Vaters übrigens, der sich von der Erfindungsgabe und mathematischen Kompetenz seines Sprosses bedroht sah. So ist es auch Daniel, dem in den meisten Lehrbüchern der sogenannte Bernoulli'sche Effekt zugeschrieben wird, der das Segeln gegen den Wind durch einen zusätzlichen physikalischen Trick erleichtert. Denn wenn man zwei hintereinander angebrachte Segel in einen bestimmten Winkel zueinander stellt, dann entsteht hinter dem Großsegel ein höherer Atmosphärendruck als davor, weil der Wind im Spalt zwischen den beiden Segeln hindurchschießt. Auf diese Weise erzeugt das Schiff praktisch seinen eigenen Wind und wird vorwärts gedrückt.

Jean Bernoullis zeitgenössischer Rezensent, der Mathematiker Philippe de La Hire, war von der Mathematisierung des Problems begeistert. Das Kreuzen musste nun nicht mehr mühsam stets aufs Neue erprobt werden, »*denn die Anwendung der Theorie des Herrn Bernoulli auf die Ausübung ist eine große Bequemlichkeit*«,[106] wie er schrieb. Man müsse nun nicht mehr die Fahrtlinie des Schiffes kennen, sondern könne das Segel nach einer einfachen Anleitung ausrichten: »*Der Herr Bernoulli beweiset, daß, wenn aus der Mitte jeder der beyden Seiten (...) welche das krumme Segel endigen, eine Berührungslinie gezogen wird, die Linie, welche den Winkel, wo die Tangenten zusammenlaufen, in zween gleich Theile theilet, die Achse des Gleichgewichts der Triebe des Windes seyn.*«[107]

Man mag erahnen, was ein einfacher Matrose auf See, womöglich noch im Kampf mit dem Sturm, von dieser Anleitung gehalten haben wird. Für die akademische Bändigung des Windes war es dagegen eine geradezu prometheisch hinterlistige Formel. Leonhard Euler, ein Freund Daniel Bernoullis und selbst Mathematiker, brachte diesen neuen Geist in seiner Laudatio auf den Nutzen der höheren Mathematik für das Leben im Allgemeinen und das Segeln im Besonderen auf den Punkt: »*Wie endlich das Schiff zu steuern sei und wie die Segel gesetzt werden müssen, um den beabsichtigten Kurs auch bei Gegenwind innezuhalten, kann niemals ohne höhere Analysis bestimmt werden. Man findet all dies auf die klarste Weise in den hervorragenden Werken von Bernoulli über die Handhabung der Schiffe auseinander gesetzt.*«[108]

Der Wind kondensierte in den Schriften Bernoullis und Eulers zu mathematischen Formeln und Termen. Die Eleganz dieser Darstellung erschließt sich zwar nur den Eingeweihten der höheren Algebra, aber man ahnt auch als Laie den entscheidenden Bruch im Verhältnis zum Wind.

$$\frac{1}{800} \frac{(c \sin \vartheta - v \sin(\eta + \varphi))^2}{2g} \propto b^2$$

Der Wind als Wille und Mathematik: Die Formel Leonhard Eulers zur Berechnung der Windkraft, die beim Kreuzen senkrecht auf ein Segel wirkt.

Aus der mächtigen, unabhängigen Kraft, mit der sich zwar verhandeln ließ, die aber dennoch stets die Oberhand in diesem Spiel behielt, wurde im Laufe der Frühen Neuzeit ein Naturphänomen, das seine Geheimnisse allmählich verlor. Indem man die Gesetze mit formaler Präzision formulierte, nach denen der Wind funktionierte, wurde er vom Herrn zum Diener. Um den Wind zu überlisten, nutzte man nun den Kopf, weniger die Hand.

Windstärke 6   IM OZEAN AUS LUFT

> *Eine komplicierte Erscheinung der Natur auf einfache Gesetze zurückzuführen, heißt sie erklären.*
> GEORG CHRISTOPH LICHTENBERG,
> EINLEITUNG IN DIE NATURLEHRE[109]

Unter Druck

Die intellektuelle Wende im Umgang mit dem Wind, die ihn zu einem Gegenstand der Wissenschaft machte, konnte schweißtreibend sein. Monsieur Périer durfte am eigenen Leib erfahren, wie anstrengend es war, dem Fortschritt zu dienen.

Der Morgennebel hatte sich um fünf Uhr verzogen. Der Aufstieg zum Berg konnte gewagt werden. An diesem Samstagmorgen, es war der 19. September 1648, wollten er und fünf honorige Bürger aus Clermont, der Hauptstadt der Auvergne, zu einer Bergtour auf den nahe gelegenen Puy de Dôme aufbrechen. Die Herrschaften hatten ein Experiment von größtem wissenschaftlichen Interesse durchzuführen. Es ging um nichts Geringeres als die Frage, mit welchem Gewicht die Luft auf den Schultern der Menschheit lastete und ob wir nicht alle am Grunde eines Meeres aus Luft lebten.

Dass der Aufstieg beschwerlich werden würde, ließ sich schon daran erkennen, dass derjenige, der diesen Versuch veranlasst hatte, aus gesundheitlichen Gründen nicht mit von der Partie sein konnte. Blaise Pascal, der Mathematiker, Physiker und vehemente Verteidiger des christlichen Glaubens mit philosophischen Mitteln, war zu diesem Zeitpunkt gerademal fünfundzwanzig Jahre jung, aber von schwacher Gesundheit. Seine körperliche Konstitution hielt mit der Kraft seiner Gedanken nicht mit. Pascal litt damals an heftigen Magenkrämpfen und Kopfschmerzen, die, so vermutet man heute, vielleicht aus seinen Experimenten mit Quecksilber herrührten, die er angestellt hatte, um einem Geheimnis auf die Spur zu kommen. Den Gelehrten hatte zwei Jahre zuvor die Nachricht über die Forschungen eines Physikers aus Italien erreicht, die den Beweis zu erbringen schienen, dass es ein Vakuum auf Erden geben könnte. Sowohl nach christlicher wie aber auch geltender physikalischer Lehre des Aristoteles durfte eine solche Leere des Raumes jedoch nicht existieren. Schließlich hätte in einem solchen gottverlassenen Raum auch der Schöpfer keinen Einfluss mehr gehabt, weil kein Medium hierin sein Wirken weiterleiten konnte. Doch mit Hilfe einer Röhre, die mit Quecksilber gefüllt war, hatte Evangelista Torricelli, so der Name des Italieners, 1644 den Nachweis erbracht, dass es ein solches Vakuum geben musste. Die ein Meter lange, mit Quecksilber gefüllte Glasröhre stellte Torricelli in ein Becken, in dem sich das flüssige Metall ebenfalls befand. Die Quecksilbersäule floss aus der Säule ungefähr um ein Drittel hinab und hinterließ am oberen Ende in der geschlossenen Röhre einen gänzlich leeren Raum – das Vakuum.

Gleichzeitig hatte Torricelli, dieser begabte Schüler Galileo Galileis, damit auch ganz nebenbei bewiesen, dass die Luftsäule über den Köpfen der Menschen mit einem bestimmten Gewicht auf sie nieder drückte. Die Schlussfolgerung lag nahe, dass die Luft in den Höhen der Berge einen geringeren Druck ausübte als beispielsweise auf Höhe des Meeres. Man stelle sich einfach einen gemauerten Turm von einem Quadratmeter Grundfläche vor, der mit Wasser gefüllt ist. Nimmt man einmal an, er sei hundert Meter hoch, dann ist schnell klar, dass das Gewicht der Flüssigkeit am Boden größer ist, als in der Mitte. Genauso musste es sich auch mit dem Gewicht der Luft verhalten. Es würde bedeuten, dass es in der Atmosphäre Regionen mit differierendem Luftdruck gab. Und das sollte an diesem Tag auf dem Puy de Dôme bewiesen werden.

Pascal hatte seinen Schwager Florin Périer gebeten, die Tour auf den rund eintausend Meter hohen Berg für ihn zu übernehmen und hier oben mit Hilfe eines besonderen Instruments den Luftdruck zu messen. Es bestand aus einer U-förmigen Glasröhre, die ein offenes und ein verschlossenes Ende besaß. Nach der Theorie Torricellis und Pascals müsste sich die Säule des Quecksilbers in dem geschlossenen Arm des U nach oben oder unten bewegen, je nachdem, mit wie viel Gewicht die Luft auf das Quecksilber am offenen Ende der Säule drückte. Die Vorbereitungen für das Experiment hatten bereits großes Aufsehen in Clermont erregt, und sowohl wissenschaftlich interessierte Bürger wie auch Kirchenmänner baten Périer, dass er sie über die Ergebnisse seines Aufstiegs auf dem Laufenden halten möge. Um jeden Verdacht auf Betrug auszuschließen, hatte er sich der Unterstützung mehrerer Bekannter und Freunde versichert, die den Versuch begleiten und überwachen sollten.

Um acht Uhr traf man sich zunächst im Garten eines Klosters und maß hier mit zwei Instrumenten übereinstimmend den Luftdruck mit-

Messungen auf halber Strecke. Florin Périer und seine Gefährten wiesen am 19. September 1648 beim Aufstieg auf den Puy de Dôme nach, dass der Luftdruck mit zunehmender Höhe sinkt. Louis Figuier, 1867

hilfe der Quecksilbersäule. Sie betrug 711 Millimeter. Eines der Messgeräte wurde einem Mönch und damit per se vertrauenswürdigen Menschen übergeben, der den Luftdruck am Startpunkt der Expedition beobachten sollte. Die anderen Herren begaben sich auf den nicht einfachen Weg zum Gipfel. Schon bei der ersten Zwischenstation machten sie eine bemerkenswerte Entdeckung: Die Quecksilbersäule war im Vergleich zur Messung am Fuß des Berges gefallen – um immerhin mehr als 84 Millimeter. Die Forschergesellschaft schaute »*mit Bewunderung und Erstaunen auf dieses Resultat und so groß war ihre Überraschung, dass sie beschlossen, das Experiment in verschiedenen Varianten erneut durchzuführen*«,[110] beschrieb der treue Florin Périer diese Szene später seinem Schwager Pascal in einem Brief. Die neuerlichen Messungen ergaben aber keine anderen Resultate. Selbst Veränderungen des Wetters wie das Aufziehen von Nebel oder Regen änderten nichts an diesem Zusammenhang, dass mit Zunahme der Höhe der Luftdruck abzunehmen schien, mit der Rückkehr zum Ausgangspunkt indes erneut stieg. Am Ende des Tages war die Gemeinschaft wieder im Garten des Klosters angelangt, und das mitgeführte Instrument, das Périer als BAROMETER bezeichnete, zeigte denselben Wert wie das hier verbliebene Gerät des Mönchs. Da der zurückgebliebene Forschungskamerad versicherte, dass die Quecksilbersäule während der ganzen Zeit unverändert geblieben war, durfte es als erwiesen gelten: Es gab tatsächlich eine Beziehung zwischen der Lufthöhe und dem Luftdruck.

Am nächsten Tag wiederholte man das Experiment noch einmal in bescheideneren Dimensionen, aber an einem besonders vertrauenswürdigen Objekt, der Kirche Notre Dame in Clermont. Périer hatte nach dem Wunsch der Stadthonoratioren von seinen Erlebnissen berichtet, und der Pfarrer der Kirche, Monsieur de la Marc, nahm seinen Vierungsturm als »Referenzmesslatte«. Doch selbst auf die vergleichsweise geringe Distanz vom Boden der Kirche zum Turmzimmer ergaben sich zwei Millimeter Differenz in den Ständen der Quecksilbersäulen. So war durch die Bemühungen Florin Périers hinreichend nachgewiesen, dass in der Atmosphäre unterschiedliche Druckverhältnisse herrschten. Dass die Maßeinheit, in der dieser Druck gemessen wurde, später nach seinem Schwager PASCAL genannt wurden, mag man als ein Beispiel historischer Ungerechtigkeit gegenüber den tatsächlichen Athleten der Wissenschaft sehen.

Nun klang diese Erkenntnis, dass Luft trotz ihrer Unscheinbarkeit ein Gewicht besaß und einen Druck auf die Erdoberfläche ausübte, zunächst recht akademisch. Doch schnell wurde klar, dass dieser Zusammenhang zwischen Höhe und Luftdruck auch das alltägliche Phänomen des Winds maßgeblich verursachte. Evangelista Torricelli selbst hatte bereits nach seinen eigenen Versuchen den Schluss gezogen, dass *»die Winde durch unterschiedliche Temperaturen und der daraus folgenden Dichte in zwei verschiedenen Regionen der Luft entstehen.«*[111] Mit dieser Theorie lieferte Torricelli erstmals die bis heute noch gültige Minimaldefinition, was unter Wind zu verstehen ist. Sein früher Tod 1647 – also noch vor dem Aufstieg Périers auf den Puy de Dôme – im Alter von nur 39 Jahren verhinderte, dass er mehr zur Theorie des Windes beitragen konnte. Dafür hinterließ er aber in einem Brief vom 10. Juni 1644 die wohl plastischste und gleichzeitig poetischste Beschreibung unseres Verhältnisses zur Atmosphäre und zum Wind: *»Wir leben überschwemmt von einem Ozean aus Luft.«*[112]

Der Zukunft entgegen

Diesen Ozean galt es zu erforschen; so wie die Gesetze der Sterne, das Geheimnis, warum Äpfel von einem Baum nach unten und nicht nach oben fallen, oder die Frage, wie alt die Erde ist – um nur die drängendsten Probleme jener Zeit zu nennen. Die sogenannte »wissenschaftliche Revolution« des 17. Jahrhunderts war eine Bewegung ganzer Heerscharen von Forschern, Gelehrten und Dilettanten überall in Europa, die dem Zusammenhalt des Weltganzen auf die Spur kommen wollten. Ihre Waffen waren: die Beobachtung und die Naturgesetze. Die Motivationen der großen Vorreiter dieser Bewegung erwiesen sich als so vielfältig wie auch gegensätzlich. Männern wie Pascal ging es bei der Erforschung der inneren Zusammenhänge um den Nachweis, dass es einen Gott hinter diesem phantastischen Plan der Welt geben musste. Anderen wie etwa Isaac Newton genügte schon die Faszination, die gesamte Natur in Formeln zu fassen als Anreiz für seine vielfältigen Forschungen aus. Dabei war er klug genug, um zu erkennen, dass es hilfreich sein konnte, diesen Wissensdrang als eine andere Art der Gottessuche auszugeben. So schützte man sich davor, in den Verdacht der Häresie zu geraten. Eine dritte Gruppe von Wissenschaftlern nahm schließlich die Gefahr dieser Verdächtigung und Verfolgung auf sich. Und wenn es ihnen geboten schien, wie dem früheren Priester Giordano Bruno, auch bis zum bitteren Ende auf dem Scheiterhaufen am Campo de Fiori in Rom. All dies immerhin noch im Jahr 1600!

Solche finalen Strafen mussten jene Forscher, die sich mit dem Wind beschäftigten, nicht unbedingt fürchten. Aber es ist wichtig in Erinnerung zu rufen, in welchem Umfeld die Versuche standen, auch dem Wind die Gesetze seiner Entstehung und seines Verlaufs zu entlocken. Immerhin galt der Wind in vielfacher Hinsicht als Medium einer überirdischen Macht. Mal war er die Mitgift Gottes, die Kraft, die den Menschen zum Leben erweckte. Mal wurde er in der Not wie ein übersinnlicher Helfer herbeigerufen. Sich diesem Phänomen als nüchternes Resultat atmosphärischer Kräfte zu nähern, bedeutete auch, ihm etwas vom bisherigen Nimbus des himmlischen Kindes zu nehmen. Und die Liste der großen Forscher jener Epoche des intellektuellen Aufbruchs, die sich mit dem Wind beschäftigten, ist lang und mit überraschenden Namen belegt. Die gesamte Corona der englischen Wissenschaftsgemeinde im Umfeld der Royal Society wie Robert Boyle, Robert Hooke oder Christopher Wren war daran natürlich beteiligt, aber auch die zentralen Figuren der philosophischen Aufklärung wie Jean-Baptiste le Rond d'Alembert und Immanuel Kant befassten sich mit der Theorie der Winde.

Die Entzauberung des Windes nahm 1622 mit Francis Bacons HISTORY OF WINDS ihren prominenten Anfang. Erstmals seit der Antike gab der als Philosoph und Politiker gleichermaßen begabte und erfolgreiche Bacon eine Gesamtdarstellung des Windes. Danach hatten Bücher mit dem Titel »Theorie des Winds« Konjunktur. Weitaus interessanter noch als Bacons Einteilungen und Erklärungen zum Wind selber ist das Programm, das er mit seiner Suche nach den Ursprüngen des Windes verband. Es sei immer die Empirie, die Erfahrung der Natur, die die Grundlage jeder Erkenntnis bietet. Aber diese muss konsequent und immer wieder aufs Neue gesucht werden. Doch selbst dies reicht allein nicht aus, um dem Wind tatsächlich näher zu kommen: »*Viele Beobachtungen wurden gemacht und Journale über den Wind und das Wetter geführt. Aber selbst vollständige Aufzeichnungen solcher Beobachtungen werden wenig an Unterweisung bieten, bevor sie regelmäßig durchgeführt und dem Verstand in einer zumutbaren Weise dargeboten werden.*«[113] Hilfreiche Schlüsse über Wesen und Wirkung der Winde ließen sich erst dann ziehen, wenn man die einzelnen Ergebnisse regionaler Beobachtungen in eine große Theorie fasste. Bacon gibt zwar im Titel seines Buches vor, den Wind noch im Plural zu behandeln, denn er schreibt die HISTORY OF WINDS, doch sein ganzes Denken zielt auf die Vereinheitlichung des Phänomens. Es ist *der* Wind, den er hier zu fassen sucht – letztendlich, um ihn als universelle Kraft für den Menschen nutzbar zu machen. Der Theoretiker Bacon bleibt stets Praktiker.

Als treuer Sohn Englands, der Königin Elisabeth I. als Richter und Rat dienen und von ihrem Nachfolger James I. sogar zum Lordkanzler berufen wird, hat Bacon die messbaren Vorteile im Blick, die eine Erforschung des Windes mit sich bringen kann. Den Wind möglichst effektiv zu nutzen, sicherte der Seefahrernation England die Vorherrschaft auf den Meeren und zu Lande die Entdeckung und Eroberung von Kolonien. Wer sicherstellt, dass er die Macht auf See hat, der kann handeln und Krieg führen wie es ihm beliebt, »*während diejenigen, die über eine bedeutende Landmacht verfügen, dennoch zuweilen in arger Klemme stecken. Wahrlich, bei uns in Europa ist heutzutage die Seeherrschaft, eines der hauptsächlichsten Erbgüter unseres Königreiches Großbritannien, von entscheidender Bedeutung: teils weil die meisten Staaten Europas nicht bloße Binnenreiche sind, sondern der größte Teil ihrer Grenzen vom Meer umgür-*

tet wird; und teils weil die Reichtümer beider Indien anscheinend dem Beherrscher der See von selbst zufallen",[114] schreibt Bacon im vierundzwanzigsten seiner ESSAYS. Auf eine Formel gebracht: »*Der Herrscher der See zu sein, ist eine verkürzte Form der Monarchie.*«[115]

Der Kanzler Bacon ist aber noch Philosoph genug, um dieses Motiv der Herrschaftssicherung durch den Wind in ein Pathos zu kleiden, das vom Ideal des Fortschritts erzählt. Das Vorwort seiner HISTORY OF WINDS schmückt er gleich im ersten Satz mit dem Motto: »*Die Winde dürfen die Flügel der Menschheit genannt werden.*«[116] Und es mag nur im Rückblick aus heutiger Position als Widerspruch wirken, wenn Bacon die Macht des Imperiums und die Macht des Wissens miteinander auf das Innigste verbindet und die eine von der anderen in seiner Philosophie profitieren lässt. Denn dass Bacon den Wind als Kraft schätzte, die dem modernen Menschen helfen konnte, die Beschränktheiten der Tradition hinter sich zu lassen, zeigte er bereits zwei Jahre vor der HISTORY OF WINDS auf dem Titelbild seines Hauptwerks NOVUM ORGANUM. In ihm gab er dem Menschen das Programm mit auf den Weg, dass er die Welt nur durch seine Erfahrung und seinen Verstand würde erkennen und beherrschen können. Auf dem Kupferstich des Frontispiz' zeigt sich ein Schiff mit aufgebauschten Segeln, das gerade zwischen den Säulen des Herakles wieder heimkehrt, also aus jenem großen Niemandsland des atlantischen Meeres, das den Alten noch eine unheimliche Weltgegend war. »*Non plus ultra!*« stand der Legende nach auf den Säulen als Warnung an die allzu neugierigen Gemüter – »*Nicht darüber hinaus!*«. Mit Hilfe des Windes, sowohl des realen wie auch des metaphorischen Rückenwinds, die die neue Wissenschaft dem Menschen verlieh, ließ sich dieses Übertretungsverbot nun überwinden. Dem Menschen stand durch sein Wissen die Welt wortwörtlich offen. Die Entdeckungen der Länder Amerikas hatten bewiesen, dass jede Fahrt in unbekanntes Terrain lohnenswert sein konnte, und der Wind half nun dabei, diese Grenzen zu überschreiten.

All jene sehr theoretischen Erkenntnisse der Windkunde hatten nur eines zum Ziel: die Praxis der Seefahrt zu erleichtern. Es reichte nicht mehr, mit Hilfe von Wetterfahne oder Wetterhahn zu erkennen, wohin der Wind aktuell blies, sondern man musste möglichst weit im Voraus erkennen, in welche Richtung und mit welcher Stärke er in den nächsten Stunden oder gar Tagen ziehen würde. Auch hierbei halfen die Gesetzmäßigkeiten zwischen dem Luftdruck und der Windrichtung, die etwas mehr als zwanzig Jahre später entdeckt werden sollten.

Der Wind ist Antrieb des Fortschritts. Francis Bacon wählte Schiffe mit aufgeblähten Segeln als Emblem für das Titelblatt seines NOVUM ORGANUM, 1620.

Es dauerte bemerkenswerterweise aber fast anderthalb Jahrhunderte, bis diese Zusammenhänge nach dem Aufstieg der Herren um Monsieur Périer auf den Puy de Dôme in ihrer Bedeutung für das nautische Geschäft erkannt wurden. Und diese Entdeckung war mit einer noch weitaus dramatischeren Geschichte verbunden als den Anstrengungen einer Bergtour. Kapitän Matthew Flinders, Untertan seiner großbritannischen Majestät George III., ahnte jedenfalls nichts Böses, als er im Dezember 1803 auf der Isle de France, dem späteren Mauritius, an Land ging, nachdem ihn eine monatelange Seereise rund um das damals noch Neuholland getaufte Australien geführt hatte.

Es war vier Uhr nachmittags, als das Schiff, die CUMBERLAND, im Hafen von Port Louis festmachte. Der Kapitän ließ sich wenig später zum Palast des Gouverneurs fahren, um seine Aufwartung zu machen. Als man ihn in ein Zimmer führte, warteten dort zwei Offiziere auf ihn. Einer war ein kleiner, untersetzter Mann in einer goldbeschlagenen Jacke, der Flinders eingehend beäugte. Es war der Gouverneur Charles Matthieu Isidor Decaen. Und der ließ Flinders plötzlich verhaften. Der Vorwand war fadenscheinig. Die Ausweispapiere des Kapitäns waren auf ein anderes Schiff ausgestellt, so der Vorwurf des Gouverneurs. Der

Irrtum ließ sich aufklären, aber an der Festsetzung des Engländers und seiner Mannschaft änderte dies nichts.[117]

Flinders hatte sein Schiff auf der Isle de France, dieser seit Jahrzehnten vertrauten Zwischenstation auf der Rückreise nach England, reparieren lassen wollen. Doch England hatte Frankreich am 18. Mai den Krieg erklärt, nachdem sich beide Staaten wegen eines Streits um die Insel Malta nicht einigen konnten. Auch der Erste Konsul Frankreichs, Napoleon Bonaparte, drängte auf eine militärische Auseinandersetzung. All dies ereignete sich auf großer weltgeschichtlicher Bühne, ohne dass Flinders und seine Mannschaft davon erfahren hätten. Seit mehr als zwei Jahren war die Crew von England aus auf Expeditionsreise in die australischen Gewässer unterwegs gewesen. Zudem besaß Flinders einen Geleitbrief der – damals noch befreundeten – französischen Regierung und wähnte sich deswegen völlig in Sicherheit. Der Gouverneur ließ sich hiervon aber nicht beeindrucken und setzte Flinders als Spion fest.

Diese erzwungene Rast sollte bis 1810 andauern. Was nicht nur für die englischen Seeleute und ihren Kapitän sechs Jahre lang eine höhere Form der Gefangenschaft bedeutete. Auch die vielen Forschungsergebnisse, die während der Reise rund um Australien gesammelt worden waren, blieben auf der Insel vor der Küste Mauretaniens in Haft. Neben den Berichten über die Umschiffung des riesigen Kontinents, der Entdeckung der Great Barrier Reef und Hunderter anderer Dinge hatte Matthew Flinders noch eine für die Seefahrt ganz grundsätzliche Erkenntnis gewonnen.

Der Mann war nämlich nicht nur ein Seefahrer mit romantischer Ader – immerhin hatte ihn nach eigenem Bekunden ausgerechnet der Schiffbruch-Roman ROBINSON CRUSOE Daniel Defoes zur Marine gebracht. Er war auch ein sehr verträglicher Zeitgenosse, der selbst den aufbrausenden Kapitän William Blight während gemeinsamer Jahre zur See besser zu nehmen gewusst hatte als die Offiziere, die mit diesem fünfzehn Jahre zuvor auf einem Schiff namens BOUNTY gesegelt waren. Für unseren Zusammenhang aber am wichtigsten: Matthew Flinders war auch ein begabter und systematisch arbeitender Meteorologe. Und so fiel ihm während der Fahrt zum Kontinent am Ende der Welt auf, dass sich die Änderung der Windrichtung durch das Steigen oder Fallen des Barometers ankündigte. Flinders besaß das Meeresbarometer von James Cook und bewahrte diese Kostbarkeit in seiner Kabine auf. Bei den Messungen bemerkte Flinders, dass der Luftdruck stieg, bevor der Wind von Land- auf Seerichtung drehte. Umgekehrt wechselte der Wind die Richtung um 180 Grad, nachdem der Luftdruck gesunken war. Flinders konnte gewiss sein, dass er als erster Seefahrer diese Gesetzmäßigkeit von größter Bedeutung entdeckt hatte.

Doch sein Wissen musste er zwangsweise zunächst für sich behalten, zeigte sich doch keine Möglichkeit, die französische Gefangenschaft bald zu verlassen. Sein Widersacher Decaen zeigte sich engstirnig. So blieb Flinders Entdeckung noch weitere zwei Jahre ohne Notiz und Anerkennung in der weiten Welt der Wissenschaft.

Dies änderte sich erst, als ihm eine beschränkte Korrespondenz mit England erlaubt wurde. In einem Brief an seinen langjährigen Mentor Joseph Banks konnte er am 19. August 1805 seine Beobachtungen und Schlussfolgerungen endlich auseinandersetzen. Der Weg des Briefes nach England war lang. Banks erkannte jedoch die Bedeutung des Schreibens sofort und reichte es am 27. März 1806 an die Royal Society of London weiter, die den Brief in ihrer für die europäische Wissenschaftsgemeinde so wichtigen Zeitschrift, den PHILOSOPHICAL TRANSACTIONS, veröffentlichte. Die Resonanz auf Flinders Entdeckung war beachtlich. Durch die Perfektionierung seiner Methode schien es möglich, die Richtung des Windes auf See präzise zu prognostizieren. Die EDINBURGH REVIEW hielt sich in ihrer Eloge auf Flinders nicht zurück: »*Für uns ist es leicht in unseren Kämmerchen über die Theorie des Windes und seiner Verbindung mit der Temperatur zu spekulieren und vertrauensvoll über einen allgemeinen Einfluss auf dieses Thema zu sprechen. Aber wenn aus dem Philosophen ein Seemann vor gefährlichen Küsten wird, muss man wohl zugeben, dass die Kraft seines Vertrauens auf eine weit härtere Probe gestellt wird; und wir glauben trotz allem, dass Kapitän Flinders die Sicherheit seines Schiffes und sogar seine eigene Existenz auf die Wahrheit der oben gemachten Annahme setzte.*«[118]

Der hohe Tonfall in dem gleichermaßen renommierten wie populären Magazin lässt etwas von der Bedeutung anklingen, mit der diese für uns heute vielleicht wenig spektakuläre Erkenntnis Flinders in einer breiteren Öffentlichkeit aufgenommen wurde. Man hatte dem Wind eine seiner unangenehmsten Eigenschaften genommen, die ihn in seinem Verhältnis zum Menschen stets in den Vorteil setzte: die Unbeständigkeit und Wechselhaftigkeit seiner Richtung und Stärke.

Windstärke 7   DAS TAGEBUCH DES WETTERS

> *Der Mensch an sich selbst, insofern er sich seiner*
> *gesunden Sinne bedient, ist der größte und*
> *genaueste physikalische Apparat, den es geben kann.*
> JOHANN WOLFGANG VON GOETHE,
> WILHELM MEISTERS WANDERJAHRE[119]

Mit dem Wissen um den Zusammenhang von Temperatur, Luftdruck und Richtung waren die wichtigsten Faktoren gefunden, um die Naturkraft des Windes erfassen zu können. Doch die Messungen konnten immer nur Momentaufnahmen bieten. Es fehlten die Theorien, die erklärten, wie sich der Wind über einen mittleren Zeitraum von drei, vier Tagen oder gar einer ganzen Woche entwickeln würde. Die Dimension der Zeit blieb außer Acht, abgesehen von Bauernregeln, die Regelmäßigkeiten der Windentwicklung im Jahreszyklus auf das Poetischste festhielten.

Der beste Weg, die Prognose zu erweitern, war die systematische und möglichst umfassende Beobachtung des Wetters. Auch Francis Bacon hatte die Sammlung von Daten zur Grundlage aller Erkenntnisse über den Wind erklärt. Es gab hinreichend viele Faktoren, die sich messen ließen: Luftdruck, Temperatur, Windrichtung, Feuchtigkeit. Und um eine möglichst lückenlose Registrierung der Wind- und Wetterverhältnisse zu garantieren, versuchte man schon früh, die Beobachtung zu mechanisieren. Was allerdings eine große, manchmal zu große Herausforderung für die Techniker war. Die Geräte, die die komplexen Datencluster sicher sammeln und auch notieren konnten, erwiesen sich häufig als ungenau. Mit Christopher Wren versuchte sich in England beispielsweise einer der besten Architekten und Mechaniker seiner Zeit seit 1650 am Bau einer solchen Maschine. Erst zwölf Jahre später traute er sich, sein Ergebnis der erlauchten ROYAL SOCIETY OF LONDON vorzustellen. Allerdings funktionierte die Aufzeichnungsmaschine nicht wie gewünscht, und so musste mit Robert Hooke ein zweiter Universalforscher und begabter Ingenieur sein Glück und Können versuchen. Auch er benötigte noch einmal mehr als fünfzehn Jahre, um eine Wetteruhr zu entwickeln, die allen Anforderungen genügte. Im Protokoll der SOCIETY-Sitzung vom 5. Dezember 1678 heißt es: »*Mr. Hooke zeigt einen Teil seiner Wetter-Uhr, die alle Veränderungen* des Wetters anzeigen soll, die geschehen können: 1. Die Viertel und Punkte, in denen der Wind wehen wird. 2. Die Stärke des Windes in diesem Viertel. 3. Die Hitze und Kälte der Luft. 4. Die Schwere und Leichtigkeit der Luft. 5. Die Feuchtigkeit und Trockenheit der Luft. 6. Die Menge des Regens, der fällt. 7. Die Menge des Schnees und des Hagels, der im Winter fällt. 8. Die Zeit, in der die Sonne scheint.«[120] Hier treten fast alle Faktoren auf, in die der Wind zerlegt werden konnte. Er wurde nach gut mechanistischem Denken die Summe seiner einzelnen Faktoren. Was im Tableau der Komponenten noch fehlte, waren die Gravitation und die Erdrotation, die im globalen Maßstab Einfluss auf die Entwicklung des Windes besaßen. Doch wäre es zu kompliziert gewesen, diese Faktoren in das Spiel der Messdaten einzupassen.

Hookes Wetteruhr wurde kurz nach der Jahreswende am 6. Januar 1679 auf dem Turm des Gresham Colleges installiert, wiederum viereinhalb Monate später wagte man die erste Demonstration des mechanischen Wunderwerks vor einigen wenigen Mitgliedern der ROYAL SOCIETY. Die Uhr erwies sich als ein komplexes Instrument, das seine Messungen auf einem Papierstreifen festhalten konnte, der auf einem Zylinder zweimal am Tag um sich selbst rotierte und an einem Ensemble von Stiften vorbeigeführt wurde. Alle 15 Minuten sorgte ein Hammermechanismus dafür, dass die Stifte Punkte in das Papier stachen und so im Laufe der Stunden Linien markierten, die den Kurvenverlauf von Temperatur, Feuchtigkeit und anderen Parametern sichtbar machten. Über einen ebenso einfachen wie raffinierten Mechanismus konnte zudem die Füllmenge eines Eimers gemessen werden, in dem das Regenwasser gesammelt wurde. War dieser voll, so kippte das Wasser automatisch heraus und die Maschine notierte über ein System aus Schnüren auf dem Messstreifen die Zeit, die das Füllen in Anspruch genommen hatte. So zeichneten sich im Laufe eines Tages die verschiedenen Fieberkurven des Wetters ab, die übereinander gelagert das vielschichtige Phänomen überschaubar machen sollten. In den Aufzeichnungen der ROYAL SOCIETY firmiert diese Uhr übrigens nicht einfach als Messinstrument, sondern als *engine*, also als Maschine. Man hatte erkannt, dass dem Wind nicht mit einer simplen Apparatur wie etwa einem einzelnen Barometer allein beizukommen war. Stattdessen wurde ein Automat benötigt, der Daten sammelte, sie speicherte und so verarbeitete, dass sie vom Menschen gelesen werden konnten. Hooke selbst gab dabei das Ziel in seiner kurzen Schrift A METHOD FOR MAKING THE HISTORY OF THE WEATHER vor. All die Daten seiner Maschine

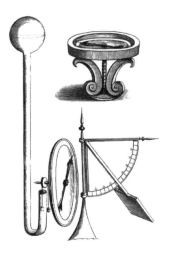

Mit raffinierten Instrumenten versuchte man im 17. Jahrhundert, die Stärke des Windes zu messen. Radbarometer, Hygrometer und Windmesser, Robert Hooke, 1663

sollten »*für einen Vergleich herangezogen werden, um Axiome aufzustellen, die die Ursachen und Gesetze des Wetters herausfinden.*«[121] Weitere Konstruktionen wie etwa das Anemometer, das die Stärke des Windes über einen Druckmechanismus messen konnte, erweiterten das Spektrum der Facetten, die erfasst werden konnten. Es entstand sogar eine eigene Lehre vom Wind, die ANEMOLOGIE, die sich zu einer wichtigen Teildisziplin der Wetterkunde entwickelte.

Die intensive Theoriebildung zum Wind, die im 17. und 18. Jahrhundert in Europa einsetzte, dokumentierte, dass die Natur als sinnliches Phänomen für den Menschen an Wert verlor. Statt das Resultat einiger weniger Faktoren zu sein oder der Spielball eines mythischen Bändigers, wie er uns in der Figur des Aiolos begegnete, war der Wind nun ein Sammelsurium physikalischer Größen geworden. Die Signatur dieses Wandels war die graphische Kurve. Der Graph ersetzte all jene Personifizierungen, Vergöttlichungen und Symbole, die dem Wind bis dahin in der Gesellschaft der Menschen eine fassbare Gestalt gegeben hatten. Die Umschreibung des Winds als Messlinie ist die angemessen nüchterne Umsetzung jenes *Axioms I* am Ende der HISTORY OF WINDS, in dem Bacon knapp sechzig Jahre zuvor definiert hatte: »*Wind ist nichts anderes als Luft, die in Bewegung gesetzt wurde, entweder durch einen einfachen Impuls oder eine Mixtur aus Dämpfen.*«[122]

Vollmechanische Hilfen bei der Wetterbeobachtung waren allerdings selten – weil teuer und, wie gehört, nicht immer zuverlässig. Nichts konnte in der Zeit der Prä-Computerära die Ausdauer menschlicher Wetterbeobachter ersetzen. So kamen während des 18. und 19.

Jahrhunderts die METEOROLOGISCHEN TAGEBÜCHER in Mode. Mit großer Akribie widmeten sich Menschen der Registrierung des Wetters. Viele fertigten diese Diarien für sich an, sei es aus dem Wunsch, an der Enträtselung der Natur mitzuwirken oder aus Langeweile. Andere unternahmen dies für meteorologische Vereinigungen und veröffentlichten ihre Ergebnisse regelmäßig in Kompendien oder Zeitschriften. Es entstanden schier endlose Register mit Tabellen, die Seite um Seite Faktoren wie Windrichtung, -stärke oder Luftdruck auflisteten und geistesverwandten Forschern zur Auswertung anboten. Ein extremes Exemplar dieser Sammelwut ist eine 1837 erschienene Bilanz der Windverhältnisse und anderer Wetterdaten in Karlsruhe, die über einen Zeitraum von 43 Jahren festgehalten wurden. Der brave Privatdozent Otto Eisenlohr hatte sowohl eigene wie auch historische Wetteraufzeichnungen zusammengetragen und aus dem Wust von Daten Regeln über den Zusammenhang von Luftdruck und Windrichtung aufgestellt. Nicht ohne einen gewissen – und auch berechtigten Stolz – weist er darauf hin, dass diese Schlussfolgerungen auf Gesetzmäßigkeiten das Resultat von »*46665 Beobachtungen*« seien. Meist hätten er und seine Vorgänger sich an der Ausrichtung von Windfahnen orientiert, hin und wieder auch am Zug der Wolken. Im Durchschnitt seien aber die Beobachtungen so präzise, dass er damit hoffentlich »*ebenfalls zur Erweiterung der Wissenschaft dienen*«[123] könne. Hier spricht jemand über den Wind als ein Objekt menschlichen Wissens unter vielen, nicht mehr über eine erhabene, fast göttliche Kraft, die man kennenlernen will. Und so könnte man sich im Vertrauen auf die lang gehegte Vision des unaufhaltsamen wissenschaftlichen Fortschritts eine Geschichte des Windes vorstellen, in der dieser, spätestens im 19. Jahrhundert aller Geheimnisse beraubt, zu einem rein meteorologischen Epiphänomen aus physikalischen Komponenten geworden wäre. Doch dies würde eine zu glatte und einseitige Erzählung bieten. Denn es gab nicht nur die Physiker von Berufs wegen, sondern auch aus Berufung. So wie Johann Wolfgang von Goethe.

Der große Freund des Windes spielt in der naturwissenschaftlichen Theoriebildung des ausgehenden 18. Jahrhunderts eine bisweilen tragikomische Rolle, lag er doch mit vielen seiner Forschungen etwa zur Farbenlehre, zur Anthropologie und auch zur Meteorologie mehr als haarscharf neben den tatsächlichen Lösungen. Aber wie bei kaum einem zweiten Protagonisten der Epoche zeigte sich bei dem überbegabten Goethe die Weite des Naturverständnisses jener Zeit an der Wende von der Klassik zur Romantik. Man bewegte sich wieder zwischen Göttern und Gesetzen. Es galt zwar nach wie vor die große Verpflichtung, alles durch Daten erklärbar zu machen. Gleichwohl zeigte sich aber Goethe unbehaglich angesichts der Ausnüchterung der Naturphänomene bis hin zu ihrer Auflösung. Der Zusammenhang von Natur und Kultur drohte verloren zu gehen. Davor wollte er den Wind bewahren.

Der treue Johann Peter Eckermann, den Goethe während der letzten Jahre seines Lebens dadurch ehrte, ihm Weisheiten und Maximen in die Feder zu diktieren oder zur späteren Verkündung mit auf den Weg zu geben, hielt einige solcher Momente meteorologischer Meditation in der Weimarer Spätzeit fest: »*Die Luft war sommerlich, angenehm; es wehte ein sehr linder Südwestwind. Einzelne kleine Gewitterwolken zogen am heiteren Himmel herüber; sehr hoch bemerkte man sich auflösende Cirrusstreifen. Wir betrachteten die Wolken genau und sahen, daß sich die ziehenden geballten der unteren Region gleichfalls auflösten, woraus Goethe schloß, daß das Barometer im Steigen begriffen sein müsse.*«[124] Die Schlussfolgerung ist bemerkenswert, denn Goethe dreht den methodischen Spieß herum: Er schließt von der Veränderung des Windes auf das Verhalten des Messinstruments, nicht umgekehrt! Bei ihm emanzipiert sich das Objekt der wissenschaftlichen Beobachtung wieder und gibt den Ton im Verhältnis zum Menschen an.

Bisweilen gibt ihm Goethe sogar den Nimbus einer unberechenbaren Kraft zurück. So besuchte Eckermann seinen Meister am Abend des 9. Dezember 1824 in dessen Haus. Beide sprachen über die große Wasserflut in St. Petersburg, von der Goethe gelesen hatte, und kamen auch auf das Phänomen großer Stürme und der damit zusammenhängenden weiteren Naturkatastrophen. Wie ein guter Schüler fragte Eckermann Goethe, ob er erklären könne, wie diese Phänomene im Reich der Natur zusammenhängen: »»*Das weiß niemand*«, antwortete Goethe, »*man hat kaum bei sich von solchen geheimen Dingen eine Ahnung, viel weniger könnte man es aussprechen.*««[125] Mit dieser Kapitulation vor dem Problem blieb Goethe einerseits etwas kokett hinter seinen intellektuellen Möglichkeiten und naturwissenschaftlichen Ambitionen zurück. Andererseits weitete er damit das Programm der Naturbetrachtung aus. Hier ging es nicht mehr um die Analyse von Einzelphänomenen, Goethe hatte bei seiner Theorie des Winds das Weltganze im Blick.

Während einer Kutschfahrt nach Erfurt, auf die er Eckermann mitgenommen hatte, eröffnete Goethe seine ganz eigene Sicht auf die Zusammenhänge von Luftdruck und Wind. »*So stark ist mein Glaube an das Barometer*«,[126] bekannte der Dichter. Die Formel war einfach und

Peter Eckermann (rechts), dem Goethe so viel über den Wind erzählte.

einprägsam: »Hoher Barometer: Trockenheit, Ostwind; tiefer Barometer: Nässe, Westwind; dies ist das herrschende Gesetz.«[127] Für ihn war der Wind ein Symptom des Zusammenspiels verschiedener irdischer Kräfte. »Ich denke mir die Erde mit ihrem Dunstkreis gleichnisweise als ein großes lebendiges Wesen, das im ewigen Ein- und Ausatmen begriffen ist. Atmet die Erde ein, so zieht sie den Dunstkreis an sich, so daß er in die Nähe ihrer Oberfläche herankommt und sich verdichtet bis zu Wolken und Regen.«[128] Umgekehrt, wenn die Erde »ausatmet«, entspannt sich die Atmosphäre und wird trocken.

Hier fließen Physik und Metaphysik ineinander. Es gebe eben einen Restbestand an Unbegreiflichem in der Natur, den man nicht erfassen konnte, glaubte Goethe. »*Dieses unterscheide und bedenke man wohl und habe Respekt. Es ist uns schon geholfen, wenn wir es überhaupt nur wissen. (...) Wer es nicht weiß, quält sich vielleicht lebenslänglich am Unzugänglichen ab, ohne je der Wahrheit nahe zu kommen.*«[129] Dem staunenden Eckermann entwirft Goethe in der Kutsche auf der Heimfahrt nach Weimar das Bild einer Natur, die ihre letzten Geheimnisse behält, »welche zu ergründen die menschlichen Fähigkeiten nicht hinreichen.«[130] Dennoch musste man es aber versuchen.

Und die Möglichkeit, Wind und Wetter durch beharrliche Beobachtung näherzukommen, hatte Goethe beim Aufbau der Meteorologischen Anstalten im Großherzogtum Sachsen-Weimar 1817 selbst ausgenutzt. Der Großherzog teilte Goethes Eifer für die Wissenschaft und unterstützte dessen Pläne, aus dem kleinen Territorium die Wetterwarte der Nation zu machen. In der INSTRUKTION entwickelte Goethe in dreißig Paragraphen ein Regelwerk, um die Wetterbeobachtung zu vereinheitlichen und vergleichbar zu machen. Im Anhang seiner kleinen Schrift legte Goethe sogar eine neunstufige Skala der Windstärke vor, die sich nicht an objektiven Messdaten wie dem Luftdruck oder Messungen durch das Anemometer orientierte, sondern an den Wirkungen des Windes zum Beispiel auf Staub, Sträucher oder Bäume.[131] Schon früher hatte er in seiner WITTERUNGSLEHRE empfohlen, bei der Windrichtung nicht auf das Wehen der Fahne zu achten, sondern vielmehr dem Zug der Wolken zu vertrauen, weil diese der tatsächlichen Windrichtung in höheren Regionen folgten und weniger von lokalen Turbulenzen an der Erdoberfläche abgelenkt wurden.[132]

Dass er trotz seines organisatorischen Talents beim Aufbau eines dichten Beobachtungsnetzes in der Deutung des Windes irren könnte, schreckte Goethe nicht. Seine Schlussfolgerung, dass die Veränderung des Luftdrucks und die Bewegung der Atmosphäre durch die Anziehungskraft der Erde hervorgerufen würde, war reine Spekulation und bediente schlicht Goethes Hang zum sogenannten PANTHEISMUS, der in den Naturphänomenen der Erde eine permanente Abfolge von Metamorphosen sah. Der Planet atmete ständig, auch der Wind erschien ihm als ein tellurisches – also irdisches – Phänomen. Hiervon ließ sich Goethe bis zu seinem Tod nicht abbringen. Und obwohl diese Hypothese völlig falsch war, trug sie doch dazu bei, dem Wind eine Facette seiner Kraft zurückzugeben, die er während seiner »Gefangenschaft« in den Tabellen und Zahlenkolonnen der Empiriker eingebüßt hatte. Er war wieder zum *Atem der Welt* geworden.

Trotz dieser neuerlichen, sanften Mystifizierung des Windes verstand Goethe die meteorologischen Beobachtungen als Dienst am Menschen: »*Ich empfinde tief das Glück dessen, der sich zu bescheiden und alles von ihm irgend Entdeckte zu irgendeinem praktischen Lebensgebrauch hinzulenken weiß*«,[133] schrieb er in einem Brief an den Grafen von Sternberg, in dem er dem adeligen Herrn eine Frage zur Wetterkunde beantwortete. Dem Wind seine Gesetze soweit zu entlocken, wie es die Natur zuließ, bot Potenzial für ein besseres Leben. Nicht nur für Goethe war der Wind eine Kraft, die es praktisch auszunutzen galt, weil sie wie ein Geschenk des Himmels die Arbeitsmöglichkeiten des Menschen erweiterte. Besser noch: Man konnte mit dem Wind Geld verdienen!

Windstärke 8 VOM WINDE GEDREHT

»*Seht wohl zu, gestrenger Herr, was Ihr thut,
denn das, was wir dort sehen, sind ja keine Riesen,
sondern Windmühlen. Und das, was ihr für die Arme ansieht,
sind die Flügel, die, wenn der Wind sie herumdreht,
den Stein treiben.*«
»*Da sieht man*«, sprach Don Quijote,
»*wie schlecht Du Dich auf Abenteuer dieser Art verstehst.*«
MIGUEL DE CERVANTES[134]

Es war jedenfalls der große Optimismus, mit seinen Windmühlen nun endlich in die Gewinnzone zu kommen, der den Hannoveraner Höfling, Mathematiker und Historiker Gottfried Wilhelm Leibniz an diesem kalten Tag Ende Januar 1684 antrieb, als er sich bei seinem Herzog Ernst August zum Rapport einzufinden hatte. Ein ungutes Ende seines Besuches befürchtete er dennoch. Immerhin hatte ihm sein Landesherr die Gelder gesperrt, und dadurch das Vorhaben, die Bergwerke des Harzes bei Clausthal und Zellerfeld durch Windmühlenkraft zu entwässern, lahmgelegt. Die Begeisterung, mit der Leibniz im Dezember 1678 den herzoglichen Vorgänger Johann Friedrich angesteckt hatte, als er ihm versprach, die Probleme der Gruben des Harzes durch Windenergie zu lösen, war lange verflogen. Seine DENKSCHRIFT BETREFFEND DIE ALLGEMEINE VERBESSERUNG DES BERGBAUS IM HARZ hatte allerhand versprochen, nämlich »*Geld dafür in das Land (zu) ziehen*«, damit es allen »*Einwohnern des Harzes*« besser gehen sollte.[135] Das hieß: dem Herzog natürlich auch. Doch nach sechs Jahren waren die Versuche an den Widrigkeiten der Technik gescheitert. Leibniz hatte sich sowohl gegenüber seinem Landesherrn wie auch den Ingenieuren und Mitarbeitern des Bergamtes als Meister der Windenergie angepriesen – nun war die Luft raus.

Als Leibniz das erste Mal die Erzgruben im Harz besuchte, galt es gleichermaßen handwerkliche wie auch menschliche Probleme zu überwinden. Denn die Praktiker des Bergbaus glaubten nicht an das Konzept, mit dem der feine Herr aus Hannover die Entwässerung der Erzgruben sicherstellen wollte. Bislang hatte man hierfür allein auf die Kraft des Wassers selbst gesetzt. Über ein raffiniertes System aus Auffangbecken und Kanalisationen wurde jeder Tropfen Gruben- und Regenwasser gesammelt und über Wassermühlenräder geführt, um die

Pumpen unter Tage anzutreiben, die die Schächte trocken halten sollten. Da es an Nutzwasser aber ständig mangelte, entwickelte Leibniz, der bis dato allein als Geistesarbeiter von sich reden gemacht hatte, die Idee weiter, das Wasser aus den untersten Teichen des Pumpsystems durch Archimedische Schrauben wieder nach oben zu transportieren und den Kreislauf erneut beginnen zu lassen. Zuvor musste jedoch die für den Auftrieb des Wassers notwendige Energie erzeugt werden. Und hierfür nahm Leibniz den Wind in die Pflicht.

Herzog Ernst August gefiel die Idee. Ob er sie wirklich verstand, ist nicht gewiss. Ihm war allein am reibungslosen Betrieb der Erz- und Silberbergwerke gelegen, denn sie lieferten einen erklecklichen Anteil an der Hege und Mehrung der Hannoverschen Staatsfinanzen. Leibniz selbst glaubte so fest an seinen Erfolg, dass er sich verpflichtete, drei Mühlen auf eigene Kosten zu errichten. Eine hiervon sollte weiterhin auf konventionelle Art die Pumpen in der Mine direkt antreiben, die beiden anderen seinen Plan eines geschlossenen Regelkreislaufes umsetzen. Entsprechend hoch wäre sein Reingewinn an dem Unternehmen ausgefallen – hätte es funktioniert. Doch die Windmühlen erwiesen sich als zu schwach. Vor allem die Mühle, die nach traditioneller Weise arbeitete, entfaltete nie den nötigen Wirkungsgrad. Die Übersetzung der Mühlwerke produzierte aus dem Wind nicht genügend Kraft, um das Wasser aus den Sammelbecken wieder auf das obere Plateau zu fördern. Dies lag nicht zuletzt daran, dass der Wind im Harz sehr unbeständig blies. Sanfte Böen wechselten mit Sturzwinden, die die Flügel der alten Windmühlen zerreißen konnten.

Nach Hannover übermittelte Leibniz im ersten erfolglosen Jahr noch Durchhaltesignale an den Hof: »*Und zwar so hoffe (ich) das neu Mühlwerck aufm Harz, davon man schon etwas effect gesehen, bald (...) in solchen stand zu bringen, dass an dem völligen success nicht mehr zu zweifeln.*«[136] Doch dann begann Leibniz selbst zu zweifeln. Die schöne Theorie der Windkraft scheiterte an der Mühsal der Praxis. Die Reibung an den Holzachsen der Schöpfwalzen war so groß, dass die Windmühlen diese nicht immer bewegen konnten. Zudem bereitete die schon erwähnte Diskontinuität des Windes an den Hängen des Harzes Probleme. Energie konnten die Windmühlen alten Typs nur dann liefern, wenn sie sich drehten – eine Banalität, die dramatisch an Bedeutung gewann, wenn der Wind eine Pause einlegte. Dann liefen die Gruben voller Wasser, brachten keine Erträge und den Staatshaushalt in Not. Selten war Wind so wertvoll.

Diese Probleme hoffte nun Leibniz an diesem 29. Januar 1684 sich und seinem Herzog mit einer völlig neuen Art von *Windkunst*, wie die Mühlen genannt wurden, vom Hals zu schaffen. Leibniz entfaltete während der Audienz die Idee einer Horizontal-Windkunst, die den Wind effektiver ausnutzen sollte als die traditionellen vertikalen Flügelräder. Der entscheidende Vorteil der wie auf einem Schaufelrad angeordneten Flügel bestand für Leibniz darin, dass sich diese Mühlen unabhängig von der Windrichtung drehen sollten. Während die üblichen Windmühlenflügel immer so gegen den Wind gedreht werden mussten, dass er frontal oder in einem günstigen Winkel an sie heran blies, war es für die neue horizontale Konstruktion egal, ob der Luftzug von vorne, hinten oder der Seite kam. Die Flügel boten stets Widerstand und schoben den Radkranz an. Leibniz hoffte darüber hinaus, dass die neue Maschine mit deutlich weniger Wind auskam, also einen höheren Wirkungsgrad besaß. All dies konnte er seinem Herzog nur in großen Worten schildern, Zeichnungen oder ein Modell gab es noch nicht. Überraschenderweise war Ernst August schnell angetan. Dass ihn vor allem der vergleichsweise geringe Preis der Anlage von zweihundert Talern – das war gerademal halb so viel, wie eine konventionelle Mühle kostete – überzeugte, wäre durchaus möglich. So konnte der Hofrat das Hannoveraner Schloss mit der Zusage verlassen, dass er mit dem Bau beginnen könne. Ein grandioser Erfolg für den seit Jahren erfolglosen Mühlenunternehmer Leibniz.

Ganz so schnell ließ sich der Plan allerdings nicht umsetzen, weil die Idee zwar einleuchtend, die Mechanik aber in der Form, wie Leibniz sie vorgeschlagen hatte, schwierig und ohne Vorbild war. Leibniz behauptete denn auch, er sei der Erfinder dieser Art von Windmühle. Eine sehr großzügige Selbsteinschätzung. Denn zum einen existierten solche Räder mit horizontal angeordneten Flügeln bereits als Ventilatoren zur Belüftung von Bergwerksschächten. Und zum anderen lässt sich nachweisen, dass Leibniz den Bericht des Holländers Johan Nieuhof kannte, der solche Konstruktionen zwanzig Jahre zuvor auf einer Reise durch China gesehen hatte.[137] Leibniz' Eigenlob ging jedoch nicht völlig fehl, denn in Europa hatte sich in der Tat jene Form der Windmühle etabliert, deren Flügel vertikal ausgerichtet war. Insofern erforderte sein Plan ein Umdenken in der technischen Nutzung des Windes, das auf den erbitterten Widerstand der Techniker und Bergleute vor Ort stieß.[138]

Es sollte fast ein Jahr dauern, bis das neue Rad einen ersten Testlauf absolvieren konnte. Am Unteren Eschenbacher Teich bei Zellerfeld baute man dieses beachtliche Karussell mit einem Durchmesser von 15

Metern, und Flügeln, die elf Meter hoch waren. Es ist Mitte November, als die Horizontal-Windkunst zum ersten Mal dem Wind überlassen wird. Und sie dreht sich tatsächlich! Einer der Ingenieure schreibt an den Hof in Hannover, dass sich die Mühle beachtlich schnell bewegt habe, obwohl der Wind nur schwach blies. Fünf kräftige Männer seien schließlich nötig gewesen, um das Rad wieder anzuhalten. Soweit, so gut. Doch was sich hier zeigte, war allein, dass sich dieses Windrad unabhängig von der Windrichtung drehte. Über seine Leistungsfähigkeit und mechanische Transformation der Windenergie in Arbeit sagte dies noch nichts, denn man hatte die Windkunst im Leerlauf ohne angehängte Wasserschraube erprobt. Wurde diese hinzugeschaltet – ein Monstrum von immerhin 13 Meter Länge, durch das Wasser nach oben in einen Teich gehoben werden sollte – verweigerte die Windkraft ihren Dienst. Ständig musste die Konstruktion von Hand bewegt werden und blieb dann immer wieder stehen, sobald das Windrad die Arbeit allein verrichten sollte. Was sich durch Formeln schnell als Erfolg berechnen ließ, scheiterte erneut an den Hemmnissen der angewandten Physik, weil die Maschine zu schwer war und die Reibungskräfte zu groß. Am 4. Februar 1685 gibt es einen letzten und entscheidenden Testlauf. Auch er scheitert, und Leibniz zeigt sich enttäuscht, aber einsichtig. Er schreibt in seinem Bericht, dass »*bey gegenwärtigem stillen Wetter die vorgeschriebene Dauerprobe von vierzehn Tagen nicht durchgeführt werden kann.*«[138] Dass er wenig später seinen Leistungen im Harz beim Kampf mit dem Wind ein überaus gutes Zeugnis ausstellte und behauptete, »*ein mehreres als man davon verhoffte*«[139] erreicht zu haben, war der Pflege seines Selbstbildes geschuldet. Er wollte sich den Weg frei halten, weiter am Hofe Karriere zu machen. Sein Herzog und Geldgeber Ernst August, der samt Hofstaat gerade in Venedig den Karneval genoss, zog jedoch einen Schlussstrich unter das Projekt und sperrte die Gelder. Der Versuch, dem Wind durch eine neue Konstruktion mehr Energie abzugewinnen, war zunächst gescheitert.

Die technische Ambition, dem Wind sein Potenzial zur Arbeitserleichterung zu entlocken, war noch vergleichsweise jung. In Persien sind Windmühlen zu Beginn des siebten Jahrhunderts nachweisbar, im Westen Europas brachte man es erst vierhundert Jahre später auf ähnlich nennenswerte Erfolge. Die ersten Windmühlen erwähnt in Frankreich ein Diplom aus dem Jahr 1105. Die weitere Entwicklung drehte sich allerdings rasant, es entstanden überall unterschiedliche Typen von Mühlen, die sich je nach Standort an die örtlichen Bedingungen

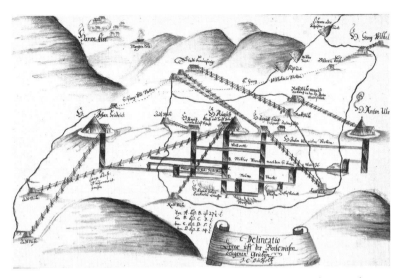

Mit einem ausgeklügelten Mechanismus aus Windmühlen und Förderspiralen versuchte Leibniz die Erzgruben im Harz zu entwässern. Buchholtz, 1681, Riss 3382

anpassten, um den Wind möglichst effektiv durch die Flügel einzufangen und hier seine Arbeit verrichten zu lassen. Über den Aufbau, die Anzahl, Neigung und die Materialien, mit denen die Flügel konstruiert wurden, entwickelte sich spätestens seit dem 18. Jahrhundert eine ähnlich umfangreiche Literatur wie um die meteorologischen und physikalischen Bedingungen des Windes. Daniel Bernoulli und Leonhard Euler beispielsweise, die uns bereits durch ihre Theorien zum Segeln gegen den Wind bekannt sind, berechneten auf das Genaueste, welche Neigung und welchen Winkel die Flügelflächen haben mussten, um den Wind optimal auszunutzen. Auch hier griff eine mathematische Formalisierung von beachtlichem Aufwand, um die Windmühlen so ökonomisch wie möglich einzurichten. Euler fand zum Beispiel heraus, dass sich die Geschwindigkeit, die die Windmühlenflügel an ihren Spitzen erreichen konnten, proportional zum Produkt aus der Tangente des Neigungswinkels und der Geschwindigkeit des Windes verhielt. Einem Müller, der mit Hilfe seiner Mühle Korn zu Mehl verarbeitete, wird dieser Zusammenhang verborgen geblieben sein – profitieren konnte er beim Bau und der Justierung seiner Mühle hiervon aber durchaus.

Dass es hier im Harz zu einer Niederlage des großen Philosophen Leibniz kam, ist eigentlich nicht verwunderlich. Ganz abgesehen von der Trägheit und den Reibungsverlusten in der Energiebilanz der neuen Maschine hingen ihr mehrere prinzipielle Konstruktionsmängel an. Zum einen konnte sich dieses Rad nie schneller als die maximal herrschende Windgeschwindigkeit drehen, weil die Flügel nur vor dem Druck der Kraft zurückwichen, sie aber nicht verstärkten, wie es die schräggestellten Lamellen der Vertikal-Mühlen können. Noch gravierender aber ist der Makel, dass ein horizontal aufgestelltes Flügelrad sich selbst bremst, denn während auf der einen Seite der Wind das Rad nach vorn drückt, bläst er auf der anderen Hälfte gegen die Blätter und drängt sie zurück. Messungen im Windkanal, die rund dreihundert Jahre später an einem Nachbau der horizontalen Windkunst-Anlage im Auftrag der Deutschen Forschungsgemeinschaft angestellt wurden, ergaben amtlich, dass die Maschine des Herrn Leibniz tatsächlich nur in sehr geringem Ausmaß die Energie des Windes umsetzen konnte.

Wichtiger aber als die großen und kleinen technischen Schwierigkeiten des Horizontal-Windrades war die Grundidee, die hinter dem Projekt steckte. Leibniz wollte mit seinem Plan einer kombinierten Energieproduktion das größte Problem bei der Nutzung von Windkraft lösen, nämlich dass sich die Luft nicht regelmäßig und schon gar nicht immer gleich stark bewegte. Für Arbeitsprozesse, die einen kontinuierlichen Ablauf ohne Pausen erforderte, bedeutete diese Unregelmäßigkeit eine empfindliche Einschränkung. Also stellte sich die Frage, wie man die einmal gewonnene Energie speichern konnte, um sie bei Bedarf gleichmäßig abzurufen.

Leibniz' Antwort auf diese Unbeständigkeit war die Verknüpfung der Windanlagen mit den Archimedischen Schrauben, die das Wasser von den unteren Pumpenwasserteichen in die oberen zurückförderten. Durch diesen Transport auf ein höheres Niveau des Berges wurde die kinetische Energie des Windes gespeichert. Leibniz beschrieb den Vorteil dieses komplexen Systems aus Maschinen exakt, denn es ermögliche, die »*Krafft des Windes zu spahren und gleichsam in vorrath zu legen.*«[140]

Stellt man den für Leibniz nicht unerheblichen finanziellen Einsatz beim Windkraftexperiment in Rechnung, dann verwundert es nicht, dass er sich bei der Beschreibung der Versuchsanordnung ganz im Wortfeld der Ökonomie bewegte. Den Wind *sparen* und gleichsam auf ein Konto zur späteren Auszahlung zu legen, folgte aber auch der verbalen Logik, mit der er und viele Windtheoretiker seiner Zeit Phänomene der Natur in solche der Kultur zu konvertieren versuchten. Es interessierte nicht mehr der Ursprung des Windes, sein möglicherweise göttliches Wesen oder wie er sich entwickelte. Der Wind wurde zu einer Variablen des allgemeinen Energiebegriffs, denn so ließ er sich immer neu formulieren und an die Bedürfnisse des Menschen anpassen. Den Wind selbst konnte man in seiner Richtung, Dauer oder Intensität nicht beeinflussen; die etwas hilflosen Versuche bei dem uns bekannten Windfüttern oder anderen latent magischen Praktiken blieben ohne statistisch sicheren Nachweis ihrer Wirksamkeit. Die Effekte jedoch, die der Wind für Maschinen besaß, ließen sich durch die Kunst der Mechanik dagegen sehr präzise bearbeiten und umlenken. Durch die Transformationen der ursprünglichen, einfachen linearen Kraft des Windes war er ein Energielieferant und Diener des Menschen geworden. Die Möglichkeit, die so gewonnene Energie zu speichern, sollte den Wind endgültig domestizieren. So, als wollte man sich aus der seit Jahrtausenden währenden Anhängigkeit von der Willkür des Windes befreien, machte man sich daran, seine Leistung von seinem Ursprung zu entkoppeln und ihn zu objektivieren. Die Umsetzung dieses Planes erwies sich aber als schwierig.

Leibniz scheiterte an den Unzulänglichkeiten der technischen Umsetzung. So mag es diese Kapitulation der Theorie vor der Praxis in Gestalt eines Windrades gewesen sein, die ihn rund dreißig Jahre später dazu brachte, einen der Kerngedanken seiner Philosophie ausgerechnet im Sprachbild der Mühle zu beschreiben. Das schmale Büchlein mit dem kryptischen Namen MONADOLOGIE hatte Leibniz geschrieben, um seine Ideen über die letzten Wahrheiten des Lebens und der Dinge zu klären. Leibniz war davon überzeugt, dass die gesamte Welt nach einer Ordnung funktionierte, die das höchste Wesen seiner Schöpfung mitgegeben hatte. Die richtige Wahrnehmung dieser Ordnung, die Leibniz *Perzeption* nennt, ist nur ein flüchtiger Zustand, ihr Gelingen kann man nicht analysieren und in seine Einzelheiten aufschlüsseln. »*Stellen wir uns einmal vor, es gäbe eine Maschine, deren Struktur es vermöchte zu denken, zu fühlen und Perzeptionen zu haben; man könnte sie nun vergrößert unter Wahrung aller Proportionen so sich vorstellen, dass man in sie hineintreten könnte, wie in eine Mühle.*« Leibniz wird hier weniger seine horizontale Windkunst vor Augen gehabt haben als die klassischen Mühlen mit einem vertikalen Kranz aus Flügeln, in deren Innerem Getreide zu Mehl gemahlen oder die Kraft für die Pumpen in den Bergwerken des Harzes umgewandelt wurde. »*Dies vorausgesetzt, wird man darin bei einer Besichtigung nur Stücke finden, die sich gegenseitig stoßen, niemals aber etwas, was eine Perzeption zu erklären vermag. Folglich steckt das, was es zu suchen gilt, in der einfachen Substanz und nicht in dem Zusammengesetzten oder in der Maschine.*«[141]

Diese Passage ist so aufschlussreich für uns, weil Leibniz den Wind hier doch wieder als ein Phänomen beschreibt, das das Geheimnis seiner Kraft nicht preisgibt – egal wie filigran und feinsinnig auch der Aufwand ist, mit dem diese mechanisch umgelenkt wird. Der Wind, der in dem von Leibniz gebrauchten Bild als Beweger jener Einzelteile fungiert, »*die sich gegenseitig stoßen*«, kann zwar instrumentalisiert werden – aber nicht erklärt. Der Mensch muss sich mit dieser Begrenzung seiner Erkenntnismöglichkeiten abfinden. Dass Leibniz dieses zentrale Motiv seiner Philosophie am Beispiel der Mühle ausführt, sagt viel über seine Einstellung zum Wind, der trotz aller technischen und wissenschaftlichen Bändigungsversuche ein Phänomen bleibt, das seine Geheimnisse besitzt und wahrt.

Das wird noch deutlicher, wenn bei Leibniz und bei vielen Physikern und Meteorologen jener Zeit von einer *lebendigen Kraft* die Rede ist, die im Wind stecke. Leibniz unterscheidet zehn Jahre nach seinem Debakel mit der Mühlenkunst in einem Aufsatz SPECIMEN DYNAMICUM über die Natur der Bewegung die beiden Varianten der *toten Kraft* und der *lebendigen Kraft*. Während die Erste eine Bewegung aufhält, ist Letztere der Inbegriff des vorantreibenden Impulses, der immer neue Bewegungen in Gang setzt. Es ist eine bemerkenswerte Namensgebung, denn in ihr spiegelt sich noch einmal die alte vitalistische Idee des göttlichen Anstoßes, des Physik gewordenen Odems, der den Dingen Dynamik und Leben einhaucht. Noch in einem Physikbuch aus dem Jahr 1860 findet sich diese Beschreibung im Zusammenhang mit der Windkraft: »*Hier wäre also strömende und lebendige Kraft zur Verfügung, in der That treibt ja der Wind, die bewegte Luft, unsere Segelschiffe, unsere Windmühlen. (...) Es muß mithin der Wind Träger und Vermittler noch anderer Kräfte sein, welche stets das Abstoßungsgesetz der Lufttheilchen ändern und sie nicht zur Ruhe kommen lassen.*«[142]

Und mit diesen hyperaktiven Luftteilchen ließ sich viel anfangen. Den nächsten und letztlich entscheidenden Schritt in der Verwandlung des Windes durch den Menschen markiert nur dreißig Jahre später seine Elektrifizierung. Aus der Windkraft wurde pure Energie.

Das Windrad im dänischen Askov war etwa achtmal so groß wie sein Erbauer. Ein Foto aus dem Jahr 1891 zeigt Poul la Cour auf dem Dach der Schule, über dem eine Plattform und ein Windrad thronen. Die vier Windflügel drehen sich scheinbar, und die zeitgenössischen Berichte belegen, dass die Idee des Dänen bestens funktionierte. Der Volksschullehrer hatte einen Rotor konstruiert und bauen lassen, der die

Der dänische Windkraftpionier Poul la Cour auf einer seiner Anlagen, 1891

vom Wind erzeugte Drehung nicht als mechanische Kraft über Umlenkrollen, Zahnräder oder Achsen direkt an eine Maschine weitergab, sondern der zunächst nur einen Dynamo in Gang hielt. Dieser wiederum produzierte aus der mechanischen Bewegung eines Magneten in einer Spule elektrischen Strom, den la Cour speichern konnte. Mithilfe einer Elektrolyseeinheit wandelte er den Strom in Wasserstoffgas um, das sich lagern ließ und mit dem Lampen betrieben werden konnten. Am Ende einer langen Kette von Verwandlungen war der Wind so zu Licht geworden. Über viele Jahre hinweg profitierte die Schule in Askov von diesem geradezu auf himmlische Weise produzierten Gas.

Die dänische Regierung hatte Tüftler wie Poul la Cour zu solchen Innovationen geradezu angetrieben, denn es galt zur Jahrhundertwende, in den ländlichen Gebieten – von denen Dänemark auch heute noch genug besitzt – die Versorgung mit Strom auch ohne große Kraftwerke zu sichern.[143] Für diese Stromproduktion den Wind zu nutzen, lag schon deswegen nahe, weil er in vielen Teilen des vom Meer umschlossenen Landes ständig wehte, besonders intensiv natürlich an seinen Küsten. Dadurch, dass die Dynamik des Luftstroms in eine universelle Energieform umgewandelt wurde, nämlich in Strom, konnte man zum einen jede beliebige Maschine antreiben und dies, zum anderen, auch an einem Ort fern der eigentlichen Produktionsstätte. Per Stromleitung oder gespeichert in einem Akkumulator oder einem anderen Medium wie Gas, war der Einsatz und Transport der Energie allein durch die Gesetze der Physik beschränkt. Lange Leitungen erzeugten einen beachtlichen Widerstand, der zu Energieverlusten führt, und die Kapazität der frühen Batterieblöcke war ebenfalls begrenzt. Dennoch war mit Poul la Cours Erfindergeist die ultimative Rolle des Windes als Energiespender gefunden.

Deutscher Wind

Allerdings hing dieser Energiequelle noch immer der schlechte Leumund eines unbeständigen Gesellen an. Wenn man sich auf ein einzelnes Rad verließ, war man der Willkür des Windes ausgeliefert. »*Trotz der Kostenlosigkeit und der Unerschöpflichkeit der Energiequelle kommen die Windräder für das Kleingewerbe kaum in Frage. Denn die Unregelmäßigkeit und das zeitweise völlige Aussetzen der Windkraft machen sie für einen geregelten Betrieb ungeeignet*«, heißt es 1907 in einem Büchlein über DIE SOZIALPOLITISCHE BEDEUTUNG DER KLEINKRAFTMASCHINEN.[144]

Die Kopplung von Wind- und Wasserkraft im Harz-Projekt Gottfried Wilhelm Leibniz' war nur eine – und dazu eine recht komplizierte – Methode zur Verstetigung der Energieausbeute gewesen. In der Folge gab es viele andere Lösungsvorschläge, um die Kontinuität der Energiegewinnung von den unkontrollierbaren Impulsen des Windes zu entkoppeln. So entwickelte sich im Laufe des 20. Jahrhunderts eine Strategie, durch die dieses Manko egalisiert werden sollte: Think big! Und dies in jeder Hinsicht.

Hier gab es zum einen die schiere Überdimensionierung des einzelnen Windrades – oder besser gesagt: des Windkraftwerks. Der größte Phantast dieser Gigantomanie war der deutsche Ingenieur Hermann Honnef. Schon in den zwanziger Jahren des 20. Jahrhunderts entwickelte er auf dem Papier Windkraftanlagen, die enorme Höhen erreichten und mehrere Rotoren kombinierten. Ein geradezu expressionistisch anmutendes Kraftwerk war der 1932 entworfene Riesenturm mit fünf Windrädern, von denen jedes einen Durchmesser von 160 Meter besitzen sollte und der bis zu 250 Meter in den Himmel hinauf ragte. Zwanzigtausend Kilowatt würde die Anlage als Ausbeute an Strom er-

Mit riesigen Anlagen wollte Hermann Honnef durch Wind Strom erzeugen, 1932.

zielen, eine enorme Leistung. Honnefs Pläne konnten zwar nicht verwirklicht werden, doch seine Visionen retteten sich in die Zeit des wirtschaftlichen und gesellschaftlichen Aufbruchs der Bundesrepublik.

Bei Lütjenburg in Schleswig-Holstein will der Ingenieur im Geburtsjahr der Bundesrepublik seine Vorstellungen von Großwindrädern erneut verwirklichen. Da ist Honnef schon 71 Jahre alt. Im aufstrebenden Nachrichtenmagazin DER SPIEGEL erscheint ein Artikel, der die Pläne knapp zusammenfasst: »*Honnef will die Windschwankungen überwin-*

den, indem er 1) hoch hinausgeht, in eine Höhe, wo mit Windmangel kaum zu rechnen sei, 2) einen getriebelosen, gegenläufigen Generator verwendet, 3) den Flügeln große Durchmesser und 4) eine Kippvorrichtung gibt, die bei stärkerem Wind automatisch für geringere Angriffsflächen sorgt und die Umdrehungsgeschwindigkeit konstant hält.«[145] Es kommt nicht zum Bau der Anlage, aber die »Strategie des großen Windrads« bestimmt zunächst weiter den öffentlichen Ausbau der Windenergie.

Dies war – zumindest zum Teil – auch ein Erbe der im nationalsozialistischen Deutschland gepflegten Utopie großindustrieller Anlagen, die Ausweis deutscher Wirtschaftsstärke und -autonomie sein sollten. Honnef hatte seinen Beitrag zum Aufbau einer nationalsozialistischen Windkraftindustrie mit Versuchsanlagen im brandenburgischen Bötzow auf dem Mathiasberg geleistet. Allein sechzig Tonnen Stahl wies Speer, damals in der Hochphase des Krieges Rüstungsminister, Honnef 1943 für ein Projekt zu. Nach dem Krieg konnte sich der Windkraftpionier Honnef aber glaubhaft von seinem damaligen Engagement im NS-Staat distanzieren; zumindest erhielt er 1952 das Bundesverdienstkreuz.

Parallel zu den Großwindanlagen Honnefs entwickelte sich nach 1933 aber auch die Ideologie des »Volkswindrads«. Hitler selbst fand die Vorstellung attraktiv, dass sich in einem Heer von Kleinwindrädern das Kollektiv der deutschen Seele als Summe einzelner Kämpfer symbolisierte. In den eroberten und den noch zu erobernden Landstrichen im Osten Europas sollten Kleinwindkraftanlagen die Siedler bei der Stromerzeugung unabhängig von den Verbundkraftwerken der Großindustrie machen. Gegen diese industriellen Konsortien hegte Hitler ohnehin Ressentiments. Er bestand darauf, dass ein Windrad nicht mehr als eintausend Reichsmark kosten sollte, damit jeder Bauer, Handwerker oder Siedler eine solche Investition leisten könnte. Durch den Aufbau der REICHSARBEITSGEMEINSCHAFT WINDKRAFT und des REICHSFORSCHUNGSINSTITUTS FÜR WIND- UND WASSERKRAFTANLAGEN wurden die Anstrengungen intensiviert und systematisiert, Windenergie zur Absicherung der nationalsozialistischen Wirtschafts- und Expansionspolitik zu nutzen. Für die Produzenten von Kleinwindkraftanlagen zeichneten sich enorm attraktive Perspektiven ab, falls es zu weiteren Eroberungen kommen sollte.

In diesem Wettstreit der Großwindanlagen mit den Kleinwindrädern zeigte sich auch die Dichotomie, die in der Bruchstücksammlung der nationalsozialistischen Weltanschauung immer wiederkehrt: Zum einen die Monumentalität, die an das Ideal antiker und klassizistischer Architektur anknüpft, zum anderen die Feier des Kollektivs aus gleichgesinnten Volksgenossen. Wie eng Technik und Ideologie beim Ausbau der Windenergie in jener Zeit zusammenhingen, lässt sich an einem leicht bizarren Moment der ästhetischen Diskussion um die Windkraftanlagen ablesen. Denn wenn man von den Großwindkraftanlagen Abschied nehmen sollte, blieb dort, wo viel Strom erzeugt werden musste, nur der Weg, möglichst viele Rotoren nebeneinander aufzustellen. Auf einem Höhenzug des Thüringer Walds wurde beispielsweise die Installation von zehn Windkraftanlagen geplant. Bei diesem Projekt sollte zur Wahrung der Natur unbedingt ein Landschaftsarchitekt einbezogen werden, befand der zuständige Reichsleiter der DEUTSCHEN ARBEITSFRONT, Robert Ley. Denn hier ging es um den deutschen Wald, den mythischen Geburtsraum Germaniens.[146] Die thüringischen Wälder sollten durch die Windkraftanlagen nicht verschandelt werden – eine ästhetische Kritik, die in ideologisch völlig anderem Gewand heute wieder aktuell ist, wenn von der »Verspargelung« die Rede ist, also dem Aufbau großer Windparks. Auch hier stellen sich seit etwa fünfzehn Jahren immer stärker die Bedenken ein, dass die Landschaft durch ganze Felder von Windrädern verschandelt werden könnte.

Einen Ausweg aus diesem Dilemma sollen Windparks auf See bieten, 1991 entstand die erste Offshore-Windkraftanlage in Dänemark. Neben dem Vorteil eines beständig wehenden Windes ermöglichen sie auch die Auslagerung des optischen Problems. Die kulturelle Sehnsucht nach schönen Aussichten und der Bewahrung der Natur als technikfreie Zone kann so bedient werden. Der als störend empfundene Widerspruch, dass ausgerechnet die natürlichste und makellos regenerierbare Energiequelle, der Wind, nur durch eine weithin sichtbare Technikkonstruktion eingefangen werden kann, soll offshore entschärft werden. Wer sich per Schiff dennoch in die Nähe solcher Windparks bringt, wird den Anblick und die Geräusche aushalten müssen.

Windstärke 9   PORTRÄT EINES UNSICHTBAREN

> *Indem ich dem Gemeinen einen hohen Sinn,*
> *dem Gewöhnlichen ein geheimnisvolles Ansehen,*
> *dem Bekannten die Würde des Unbekannten,*
> *dem Endlichen einen unendlichen Schein gebe,*
> *romantisiere ich es.*
> NOVALIS, FRAGMENTE UND STUDIEN[147]

Der Maler am Mast

So unansehnlich einige der Apparate und Instrumente auch sein mögen, mit denen der Wind eingefangen und seine Kraft in Energie verwandelt werden kann, sie erinnern aber auch an das Problem, dass man den Wind selbst nicht sehen kann. Er hat kein Gesicht.

Wenn sich das Rad im Inneren der Mühle dreht, ist dies ein sicheres Zeichen: Der Wind ist da. Aber sieht der Wind selbst so aus? Wenn die Fahne flattert, mal straff, mal in weichen Wellen, dann lässt sich auf die Stärke des Windes schließen, doch bietet die Flagge ein Bild des Windes? Die Bäume, die am Küstenhang schief und mit deutlicher Neigung zum Land hin gewachsen sind und seit Jahrzehnten dem Druck des Windes standhalten, sind sie ein Porträt des Windes? Natürlich nicht. Anders als bei den meisten Naturkräften, die der Mensch nutzt, gibt es vom Wind nur Spuren, kein Bild seiner selbst. Das macht das Geheimnis seines Wesens nicht kleiner. Und das Reden über ihn nicht einfacher.

Der junge Kapitän Francis Beaufort, der zu Anfang des Jahres 1806 im Hafen von Portsmouth auf der WOOLWICH auf seinen Einsatz wartete, hatte jedenfalls genug Anlass und auch Zeit, sich über das Problem Gedanken zu machen, wie man über die Stärke des Windes allgemeinverständlich sprechen konnte. Frustriert von seinem Kommando auf einem Versorgungsschiff, das er weder als aufregend noch als ehrenhaft empfand, versuchte er sich daran, wenigstens auf anderen Gebieten wie der Wetterkunde Meriten zu sammeln. Beaufort arbeitete an einer verbindlichen Skala der Windstärken, um die Erfahrungen und Logbucheintragungen über das Wetter weltweit zu vereinheitlichen und so für die Seeleute eine gemeinsame Sprache des Windes zu finden. »*Ab jetzt werde ich die Stärken des Windes nach der folgenden Skala schätzen, da nichts eine ungenauere Vorstellung von Wind und Wetter ver-*

mittelt als die alten Ausdrücke ›gemäßigt‹ und ›bewölkt‹ etc.«, versprach er in seinem Tagebuch.[148] In der besagten Übersicht zählte Beaufort Kategorien von »*Windstille*« bis »*Sturm*« auf, schaffte damit jedoch nicht mehr als eine neue, weitere Tabelle unterschiedlicher Windstärken, von denen schon seit Jahrzehnten Modelle verschiedener Autoren zirkulierten. Den entscheidenden Impuls für eine brauchbare Windskala gab Beaufort erst später, als er – basierend auf Ideen des Leuchtturmarchitekten John Smeaton und des Hydrographen Alexander Dalrymple – die Auswirkungen des Windes auf die Segel zum Maßstab einer genauer Katalogisierung benutzte. Smeaton hatte mehr als ein halbes Jahrhundert zuvor die Stärken nach dem Druck unterschieden, den der Wind auf die Flügel einer Windmühle ausübte. Die Geschwindigkeit, mit der sie sich bewegten, konnte exakt umgerechnet werden. Auf ähnliche Art beschrieb Francis Beaufort die Stärke des Windes in zwölf Einheiten anhand des Zuges, den er auf die Segel eines jeden Schiffes ausübte. Windstärke 5 entsprach zum Beispiel einem heftigen Wind, bei dem aber bestimmte Segel gehisst bleiben konnten, während Windstärke 7 erforderte, dass die drei oberen Segel gerefft werden mussten.

Obwohl der Gedanke so einfach wie überzeugend war, brauchte es zwanzig Jahre, bis sich Beauforts Skala durchzusetzen begann. Als Hydrograph der britischen Marine besaß Beaufort erst ab 1829 genügend Einfluss, um seine Skala bekannt zu machen. Seine Anweisungen an die Kapitäne waren klar: »*Der Stand von Wind und Wetter wird natürlich festgehalten, aber es sollte eine verständliche Skala übernommen werden, die die Stärke des ersteren angibt, statt der unbestimmten Termini ›frisch‹, ›gemäßigt‹ etc. bei deren Verwendung nie zwei Menschen derselben Meinung sind, und eine präzisere Methode, den Zustand des Wetters anzugeben, sollte ebenfalls angewandt werden.*«[149]

Durch die Standardisierung, die Beaufort anhand der sichtbaren Auswirkungen des Windes auf die Segel vorschlug, erhielt die nautische Kommunikation eine objektive Grundlage, die noch heute gültig ist – und der auch die Einteilung unseres Buches auf ihre Weise folgt. Über den Wind ließ sich sprechen, weil man sah, was er bewirkte. Zur gleichen Zeit nahm ein Landsmann Beauforts jedoch einen ganz anderen Weg, um den Wind sichtbar zu machen. Kein Wunder, er war Maler.

Die Erde, das Wasser, die Sonne, das Feuer – alle Naturkräfte zeigen sich dem Menschen zwar in wandelnden Formen, Farben und Gestalten, aber sie bleiben fassbar. Ein Blick genügt, der Maler muss seine Staffelei nur aufstellen und hat sein Objekt vor sich; alles Weitere ist Sache von Stil und Können. Um den Wind zu malen, mussten sich die Künstler dagegen mehr einfallen lassen. Sich bei der Fahrt durch den Sturm am Mast eines Segelschiffes festbinden zu lassen, gehörte dabei sicherlich zu den gewagtesten Studienmöglichkeiten. Man mag sich die Szenerie jedenfalls etwas bizarr vorstellen: Joseph Mallord William Turner war immerhin schon 67 Jahre alt, als er behauptete, auf einem ganz besonderen Posten dem Wind nachgespürt zu haben: »*Ich ließ mich von den Seeleuten an einen Mast binden, um zu beobachten*«,[150] berichtete Turner über eine Passage auf der ARIEL, die er zur ästhetischen Fortbildung genutzt hatte. Vier Stunden, so versicherte der Maler, habe er an dem Mast verbracht, dem Wind und den Wellen ausgesetzt, ohne dabei Schaden zu nehmen, aber mit umso mehr Gewinn für seine Kunst. Ob sich die Geschichte tatsächlich so zugetragen hat, bleibt im schönen Ungewissen des Anekdotenreichs. Turner selbst und sein großer Förderer, der einflussreiche Kunstschriftsteller und Maler John Ruskin, beharrten darauf, dass diese nicht ganz ungefährliche Fahrt zur höheren Ehre und Erkenntnis der Kunst tatsächlich stattgefunden habe. Wichtiger aber, ob sich die Geschichte wirklich zugetragen hat, ist für unsere Kulturgeschichte des Windes einmal mehr, dass sie überhaupt erzählt werden konnte.

An Bedeutung gewann sie nämlich dadurch, dass mehr als hundert Jahre vor Turner ein ähnlich wagemutiger Landschafts- und Meeresmaler, der Franzose Claude Joseph Vernet, ebenfalls erklärt hatte, eine solche Sturm- und Studienfahrt am Schiffsbaum unternommen zu haben. Entscheidend ist, dass sich beide Künstler mit ihrer Selbststilisierung in die mythische Bildgeschichte des Abendlandes einreihten, indem sie sich zu späten Ahnen des Odysseus machten. Der Held aus Ithaka hatte sich nach dem Bericht Homers an den Mast seines Schiffes binden lassen, um dem Gesang der Sirenen zu lauschen, ohne diesen heimtückischen Wesen zu verfallen. Seinen Gefährten befahl er, sich Wachs in die Ohren zu stecken, um nicht wahnsinnig zu werden und das Schiff in sirenischer Verwirrung gegen die Felsen zu lenken. Der Gesang der rachsüchtigen Damen, den der Wind zu den Menschen trug, hatte nämlich schon Massen argloser Seefahrer das Leben gekostet. Aber nicht so den schlauen Odysseus. Und nicht so Vernet, nicht so Turner.

Dass sich die Maler in die Tradition des antiken Abenteurers einreihten, zeigt großartig, wie unsicher, ehrfurchtsvoll und auch leicht schizophren das Jahrhundert der Naturwissenschaften und der Industria-

Joseph Mallord William Turner: Schneesturm – ein Dampfschiff vor einer Hafeneinfahrt, das Signal ins tiefe Wasser aussendet und den Untergrund auslotet, 1842

lisierung trotz seiner technischen Mittel dem Wind als Produkt seiner Kultur begegnete.

Joseph Mallord William Turner zählte immerhin zu den bahnbrechenden Köpfen der europäischen Malerei, der bei aller Poesie seines späten Stils stets bemüht war, die aktuellsten Erkenntnisse aus Physik, Chemie, Meteorologie und anderen Disziplinen über die Natur in seiner Kunst umzusetzen. Die in abstrakten, mathematischen Gesetzen formulierten Prozesse in der Atmosphäre faszinierten Turner besonders. Luft, zumal wenn sie sich bewegte, war ein Phänomen, das in seiner Flüchtigkeit und vor allem seiner geradezu hinterhältigen Unsichtbarkeit eine Herausforderung für ihn als »Sichtbarmacher« darstellte. »*Ein Wort ist ausreichend um festzustellen, worin die größte Schwierigkeit in der Kunst des Malers liegt: wogende Luft zu erzeugen, Wind, wie einige es nennen. (...) Um diesen Wind darzustellen, müssen wir sowohl die Ursache, als auch die Auswirkungen wiedergeben (...) mit mechanischen Hinweisen auf die Kraft der Natur, die immerfort mit mechanischen Kräften gebändigt ist*«.[151] Dies schrieb Turner bereits 1810, also noch lange vor seiner Fahrt am Mast der ARIEL. Hier klingt deutlich der Kampf an, den der Mensch in Turners Augen mit der Natur zu führen hat. Dies entsprach dem Selbstverständnis der Epoche, die hoffte, sich alles in der Natur zu

Nutzen machen zu können, um Kraft, Energie und Bewegung für die Produktion von Waren oder zur schnellen Überwindung von Distanzen auf dem Globus zu erzeugen.

Es galt, seinen Gegner oder Mitspieler in diesem Prozess zu erkennen, und so bemühten sich Wissenschaftler, Philosophen, Literaten und auch Künstler darum, die bislang unsichtbaren Kräfte wie Luft, Wärme und Wind auf eine dem Zeitgeist angemessene Art sichtbar zu machen. Turner war häufig Gast in der Londoner Royal Society. Der Physiker Michael Faraday, einer seiner engsten Freunde, hatte ihn hier auf die Idee gebracht, dass man Luft selbst tatsächlich malen könnte. Magnetfelder ließen sich beispielsweise durch Eisenspäne auf einem Blatt Papier sichtbar machen. Also modellierte Turner Luft und Wind auf seinen Leinwänden als Medium aus Farbpartikeln, die Richtung und Stärke des Luftstroms darstellen sollten. Das 19. Jahrhundert hatte noch nicht einmal seine Halbzeit erreicht, als Turner mit seinen Farbwirbeln und nahezu konturlosen, zu reinen Lichtströmen aufgelösten Motiven wie Eisenbahnen, Schiffen und Landschaften die Ästhetik des Impressionismus vorbereitete. In seinem Bild SCHNEESTURM – EIN DAMPFSCHIFF VOR EINER HAFENEINFAHRT, DAS SIGNALE INS TIEFE WASSER AUSSENDET UND DEN UNTERGRUND AUSLOTET aus dem Jahr 1842 behandelt Turner die Farbe wie eine Masse aus Ton, die er formen, ziehen und kneten konnte, bis sie auf der Leinwand einen schemenhaften Abdruck hinterließ, in der nicht mehr das Schiff im Mittelpunkt stand, das er so ausführlich im Titel würdigt, sondern das »Drumherum«, die Luft, die Wellen, der Wind. Dass einige Zeitgenossen Turners seinen ambitionierten, aber von jeder ästhetischen Konvention abweichenden Stil nicht immer zu würdigen wussten und den SCHNEESTURM als Gestöber aus »*Seifenlauge und Kalk*« empfanden, spricht nicht gegen den Versuch. Die Melange des Amorphen, die Turner hier mit der Kraft seines Pinselstrichs auf die Leinwand warf, porträtierte das Wesen der Naturgewalten selbst, nicht nur ihre Auswirkungen, wie es die bildenden Künstler in den Jahrhunderten zuvor getan hatten.

Der Wind zeigt sein Gesicht

Diese stellten sich im Grunde derselben Aufgabe wie Turner, doch waren die bildnerischen Lösungen, den Wind darzustellen, bis zum Barock und auch noch bis zur Klassik ganz andere: Entweder trat der Wind als Gott, Allegorie und mythische Person aus himmlischen Gefilden auf den Plan. Oder aber man zeigte ihn indirekt und symptomatisch in den Spuren, die er hinterließ.

Die Logik der schleichenden Entpersonifizierung des Windes vom Gott zum Farbfleck lässt sich chronologisch nachverfolgen. In den illustrierten Handschriften und Büchern des frühen Mittelalters etwa tauchen häufig vier Gestalten an den Ecken einer Seite auf, wenn die Winde behandelt werden. Mal sind es namenlose Wesen, mal Engel, die aus aufgeblasenen Backen die vier Hauptwinde entfahren lassen. Hier hinein spielt zum einen das Motiv, das wir bereits kennen: Der Wind Gottes stand am Anfang des Lebens, als er in den Lehmklumpen Adam hauchte. Von hier bis zur Vorstellung, dass der Wind ausgeblasener Odem göttlicher Wesen ist, führt bildlich ein konsequenter Weg. Im Kommentar des spanischen Gelehrten Beatus von Liébana zur biblischen Apokalypse aus dem achten Jahrhundert findet sich ein eindrucksvolles Beispiel dieses engelhaften Windquartetts. Pikanterweise widerspricht die Illustration der Szene aber dem Text, der vom Öffnen des sechsten Siegels berichtet: »*Danach sah ich vier Engel stehen an den vier Ecken der Welt, die hielten die vier Winde der Erde fest, damit kein Wind blase über die Welt noch über das Meer noch über irgend einen Baum.*« Die Buchmalerei zeigt indes vier Engel, die kräftig Wind auf die Erde blasen. Die falsche Illustration ist Folge einer interessanten Umdeutung des Kommentators, denn er erklärt: »*Die vier Engel sind jeweils eins mit den vier Winden (...) Diese Engel oder Winde sind sowohl gut als auch böse.*«[152] Weil Winde und Engel identisch sind, halten diese den Luftzug also nicht fest, sondern lassen ihn fahren. Der Passus zeigt noch einmal, wie eng sich der Mensch durch den Wind mit der göttlichen Sphäre verbunden sah, und dass der Luftzug, der über die Erde fegt, folglich von einem personalisierten Gott-Wesen stammte.

Mit der zunehmenden Begeisterung von Klerikern, Wissenschaftlern, Philosophen und Künstlern für die Beobachtung der Natur, die in Italien und anderen Teilen Südeuropas etwa seit dem 13. Jahrhundert geweckt wird, wandelt sich die Darstellung des Windes. Um ihn in Bildszenen einzuführen, zeigt man ihn nicht selbst, sondern wel-

Illustration aus dem 10. Jahrhundert zum Apokalypsen-Kommentar des Beatus von Liébana.

che Spuren sein Wehen und Stürmen in der Welt hinterließ. Die Gewänder der Menschen bewegen sich, werfen Falten, die Gestalten gehen im Sturm gebeugt gegen den Wind, Bäume biegen sich und Wellen im Meer schlagen hoch. Der Wind ist nun nicht mehr eine Quelle, die von außen in das Bild hinein bläst, er ist Teil der Szenerie. Wichtiger als ihn darzustellen, ist nun zu zeigen, was er beim Menschen bewirkt. Leon Battista Alberti beschreibt dieses Umdenken in seinem einflussreichen Kunsttraktat DELLA PITTURA 1435. Aus der Allegorie des Windes werden hier die Symptome seiner Wirkung. Wehende Tücher, so schreibt

Alberti wie in einem Handbuch, seien zum Beispiel in der Regel schwer zu malen, »*deswegen wird man gut daran tun, auf dem Bild – in einer Ecke des Vorhangs – das Antlitz des West- oder des Ostwindes anzubringen, wie er zwischen den Wolken hindurchbläst, wodurch alle Tücher, die sich gegenüber befinden, angestoßen werden. In der Folge wird sich eben die gewünschte Anmut einstellen: Die Seiten der Körper nämlich, auf die der Wind trifft, werden unter der Verhüllung des Tuches – weil die Tücher durch den Wind an den Körper gepresst werden – beinahe nackt erscheinen. Was dagegen die übrigen Seiten betrifft, so werden die Tücher, durch den Wind getrieben, von ihnen weg durchaus passend in die Luft hinaus wogen.*«[153] Alberti schlägt also zwar noch vor, eine Allegorie oder eine symbolische Gestalt des Windes im Bild unterzubringen, doch die eigentliche Kunst und das künstlerische Handwerk bestehen darin, die Wirkung des Windes wie ein kriminalistisches Indiz so realistisch wie möglich darzustellen.

Zu den berühmtesten Schülern dieser Empfehlungen gehört Sandro Botticelli, dessen GEBURT DER VENUS noch einmal die Rückkehr des personalisierten Windes und die neue »realistische« Darstellung seiner Wirkung ein halbes Jahrhundert nach Albertis Anweisungen auf einem Bild wunderbar vereint. Der heranschwebende Westwind Zephir, der von links die Muschel der Venus an die Küste treibt, bläst aus vollen Backen und lässt das Haar der nackten Göttin sowie die Gewänder ihrer Zofe mächtig wehen. Das Verwunderliche ist, dass Zephir hier seit Jahrhunderten erstmals wieder auf einem repräsentativen Gemäl-

Sandro Botticelli: Die Geburt der Venus, um 1484.

de als Gestalt aus Fleisch und Blut auftaucht. Die Renaissance, also die wortwörtliche Wiedergeburt antiker Kulturen und Bilderwelten, führte hier zu einer Neuauflage der Motivtradition.

Doch das Intermezzo bleibt ein Epochenphänomen. Der Wind wird während der folgenden Jahrhunderte in der Landschaftsmalerei ein unsichtbarer Gast bleiben, dessen Existenz nur am Schicksal der Dinge zu erkennen ist, die er durcheinanderwirbelt. Gerade hieran wächst jedoch wieder sein Potenzial, zum geheimnisvollen Agenten zu werden, der das Geschehen von außerhalb des Bilderrahmens lenkt. Gerade in der Romantik, jener Epoche, in die auch Joseph Mallord William Turner hineingeboren wird, dient der raue Geselle Wind in der Kunst erneut dazu, um eine Verbindung zwischen irdischer und himmlischer Bühne zu stiften. DER WANDERER ÜBER DEM NEBELMEER von Caspar David Friedrich ist solch eine Begegnung des Individuums mit der Natur, geheimnisvoll von Wind und Nebel umweht. Der Mann im Gehrock stützt sich auf einen Stock und wendet dem Betrachter den Rücken zu. Er steht auf einer zugigen Bergklippe, seine Haare wehen nach links. Unter ihm wogen die Schwaden des Nebels in die entgegengesetzte Richtung. Mit ein paar Pinselstrichen hat Friedrich eine Tiefe und Dynamik in das Bild gezaubert, die aus der Bewegung des Windes in unterschiedlichen Luftschichten resultiert. In diesem Feld der widerstreitenden Kräfte steht der Mensch allein und muss sehen, wo er bleibt. Im Zweifel allein mit sich und dem Wind.

In diesem Bild hat sich Caspar David Friedrich selbst in Szene gesetzt. Die Natur vor ihm ist eine Montage aus Versatzstücken seines Skizzenblocks: das Elbsandsteingebirge, der Gamrig, Zirkelstein auch ein Teil der Kaiserkrone sind großzügig zusammengerückt. Wer hier zu wem spricht, die Natur zum Wanderer oder er zu ihr, bleibt eine offene Frage und in ihrer Unentschiedenheit ein Charakteristkum der Romantik. Klar ist nur, dass hier noch ein Mensch auftaucht, um vom Wind umweht zu werden; bei William Turners späten Sturmbildern dagegen spielt der Wind uneingeschränkt die Hauptrolle. Das Schiff, das er beispielsweise im SCHNEESTURM in das Unwetter schickt, löst sich als Symbol menschlichen Tuns in den Farbstrudeln auf, die nichts anderes sein sollen als Wind und Wellen.

Gerade als man im 19. Jahrhundert aus der Verwissenschaftlichung der Natur die technischen Schlussfolgerungen zog und die physikalischen Kräfte des Windes konsequent auszunutzen begann, verlieh ihm Turner in seinen Bildern erneut einen metaphysischen Nimbus.

PORTRÄT EINES UNSICHTBAREN 123

Caspar David Friedrich: Wanderer über dem Nebelmeer, 1818.

Dieser Versuch, das Wesen des Windes in der Kunst einzufangen, führt in letzter Konsequenz dazu, den Wind selbst zum Kunstwerk zu erklären. Das Verhältnis zwischen Mensch und Wind wird in der späten Moderne kooperativer, es kann bis hin zur Symbiose reichen. Anders als bei William Turner oder seinem Vorgänger Claude Joseph Vernet ist es heute nämlich nicht mehr der Künstler, der Erfahrungen über den Wind sammelt und in seinem Werk verarbeitet, sondern der Kunstfreund selbst lässt sich – sinnbildlich – zur Beobachtung an den Segelmast binden.

Wer wissen will, wie sich Wind anfühlt, um dadurch Teil eines Kunstwerkes zu werden, kann dies bei einem Besuch auf dem LIGHTNING FIELD des US-amerikanischen Landart-Künstlers Walter de Maria auf der Hochebene New Mexikos erleben. Nahe dem Einhundertfünfzig-Seelen-Dorf Quemando hatte er in den siebziger Jahren des 20. Jahrhunderts ein Feld von gut anderthalb Quadratkilometer abgesteckt und 400 Metallstäbe in exakt gleicher Höhe über dem Boden einrammen lassen. In dieser Gegend entladen sich häufig Gewitter, und die Blitze können so in die Stäbe einschlagen. Ein Aufenthalt auf diesem Versuchsfeld – der übrigens eine erkleckliche Summe Geldes kostet – dauert mindestens 24 Stunden. Ein Chauffeur bringt den Kunstfreund mit einem Wagen auf das 2200 Meter hoch gelegene Plateau und überlässt ihn dann sich selbst und den Kräften des Windes. Eine Hütte bietet nur mäßigen Schutz. Aufgabe der Probanden ist es, ständig auf dem offenen Feld zu sein, um Teil der von Wind und Wetter zerzausten Natur zu werden. Nicht ohne Grund muss allerdings jeder der Winderlebnistouristen einen Vertrag unterschreiben, in dem er sowohl den Künstler wie auch die DIA FOUNDATION in New York, die Eigentümerin des Gesamtkunstwerks LIGHTNING FIELD, von jeglichem Regress befreit, falls er durch Wind oder Blitz verletzt werden sollte.

Und so zählt es zu den weiteren Vorzügen des modernen Verständnisses vom Wind, dass man sich vor seinen Folgen finanziell und rechtlich absichern kann. Gegen Götter hatte nie Versicherungsschutz bestanden.

Windstärke 10 WIND IM GEMÜT

> *Der Wind ist nichts anderes,*
> *als der Körper der Luft.*
> ROBERT HOOKE[154]

Gefühlte Kälte

Wer sich Wind und Wetter auf der Hochebene des LIGHTNING FIELD in New Mexico aussetzt, wird nicht nur Teil des künstlerischen Spiels mit dem Wind. Er wird auch frieren. In der Nacht kann es kalt werden, und der Wind tut sein Übriges, um die Temperaturen nicht angenehmer zu machen. Goethes schöner Satz, dass »*der Mensch an sich selbst, sofern er sich seiner gesunden Sinne bedient (...) der größte und genaueste physikalische Apparat (ist), den es geben kann*«,[155] findet hier auf ganz gefühlige Weise seine Bestätigung. Der Optimismus, dass der Körper des Menschen auf sympathetische Weise mit der Natur verbunden ist, die ihn umgibt, und beide ein großes Ganzes ergeben, besitzt frei von Esoterik durchaus eine physikalische Bestätigung. Der Mensch fühlt zwar anders, als Barometer und Thermometer messen – aber er behält am Ende gegenüber der Präzision der Instrumente Recht. Der Wind lässt dies erkennen, besonders dort, wo es kalt ist. Die Antarktis ist so ein Ort.

Vielleicht konnte es keinen besseren Forscher als einen ehemaligen Pfadfinder geben, der sich auch noch im erwachsenen Alter seine hohen Ansprüche an Ordnung und Moral bewahrte, um die Auswirkungen des Windes auf das Kälteempfinden des Menschen zu untersuchen. Der US-Amerikaner Paul Siple war seit seiner Jugend von den Eiswüsten der Antarktis fasziniert. Mit zwölf Jahren war er Scout geworden und hatte sich nach vielen Anstrengungen darum beworben, an einer Expedition des damals unter Polarforschern hoch gerühmten Admirals Richard Evelyn Byrd teilnehmen zu dürfen. Aus immerhin 826.000 jungen Pfadfindern wurde der damals neunzehnjährige Paul ausgewählt und bewährte sich während der Reise so überzeugend, dass seine Karriere als Antarktis-Forscher vorgezeichnet war. Byrd nahm den jungen Mann unter seine Fittiche, wurde sein Mentor und sorgte dafür, dass Siple die notwendige wissenschaftliche Ausbildung durchlief, um später Expeditionen leiten zu können. Seine Doktorarbeit schrieb Paul Siple denn auch über DIE ANPASSUNG DES FORSCHERS AN DAS KLIMA DER ANTARKTIS und hatte damit sein Lebensthema gefunden.

Im Januar 1940 brach Siple mit einer großen Expedition in die Antarktis auf, die unter anderem Forschungsaufträge des US-Verteidigungsministeriums abzuarbeiten hatte. Ein wichtigstes Ziel war es herauszufinden, wie der menschliche Körper auf Kälte reagiert, besonders im Zusammenspiel mit dem Wind. Hinter diesem Auftrag stand der Wunsch, Soldaten bei ihren Einsätzen besser vor Kälte zu schützen und sie auch in den unwirklichen Gegenden der Welt kampfbereit zu machen. Die Frage stellte sich aus gegebenem Anlass. In den Vereinigten Staaten sah man die politische und vor allem militärische Entwicklung in Europa mit Besorgnis. Die Überfälle Deutschlands auf Polen und andere Staaten markierten den Beginn eines neuen großen Krieges, dem sich die USA – wie schon beim Ersten Weltkrieg – auf Dauer nicht würden entziehen können. Die öffentliche Stimmung in der amerikanischen Bevölkerung war gegen einen Einsatz, aber die strategischen Vorbereitungen für den möglichen Kriegseintritt liefen im Hintergrund bereits an. Noch im Dezember des Jahres 1941, als Siple seine Messungen bei der US. Arctic Service Expedition beendet hatte, erklärten die Amerikaner Japan nach dem Angriff auf Pearl Harbour den Krieg.

Die beiden Schiffe der Expedition, die USS BEAR und die USS NORTH STAR, hatten ihren Kurs im Januar 1940 über Chile in die südliche antarktische See zum Ross Schelfeis genommen. Siple wurde zum Leiter einer 33 Mann starken Gruppe ernannt und sollte Experimente zum Wärmeempfinden auf der sogenannten WESTBASE durchführen. Gemeinsam mit Charles F. Passel hatte er hierfür eine Versuchsanordnung konstruiert, die keinen seiner Kollegen in die Verlegenheit brachte, als arktisches Versuchskaninchen dienen zu müssen. Statt eines Menschen nahmen Siple und Passel einen Kunststoffzylinder von ungefähr fünfzehn Zentimeter Länge und sechs Zentimeter Durchmesser aus Celluloseacetat, den sie mit einem Viertelliter Wasser füllten. Zur Simulation der Körperdichte wurden auch Baked Beans in den Behälter hinzugemischt. Mit zwei Thermometern und einem Windmesser untersuchten die beiden Forscher nun in mehreren Versuchsreihen den Ablauf des Gefriervorgangs innerhalb des Zylinders. Dabei stießen sie auf überraschende Zusammenhänge zwischen Lufttemperatur, Windstärke und Wärmeverlust des »Körpers«. Die Ergebnisse waren so aufschlussreich, weil sich nachweisen ließ, dass die Auskühlung überpro-

Polarforscher und Pfadfinder mit Gefühl für den Wind: Paul Siple mit Richard Byrd, 1947.

portional zur Geschwindigkeit des Windes zunahm. So ergab sich zum Beispiel, dass ein Mensch bei einer Außentemperatur von minus 29 Grad und Windstille problemlos überleben kann, angemessene Polarkleidung vorausgesetzt. Weht der Wind aber auch nur mit einer Geschwindigkeit von zehn Meilen pro Stunde, entspricht dies einer Lufttemperatur von minus 44 Grad! Innerhalb von nur zwei Minuten würde eine schutzlos ausgelieferte Hautstelle erfrieren. Keine dreißig Sekunden würde dieser Vorgang dauern, wenn die Windgeschwindigkeit auf 25 Meilen in der Stunde stieg – die Temperatur würde dann nämlich auf ein Äquivalent von minus 64 Grad sinken, obwohl sie tatsächlich weiterhin vom Messfühler in der Luft bei minus 29 geführt würde. Dieses Phänomen konnten die Experimentatoren nicht nur bei extremen Temperaturen beobachten, sondern selbst bei vergleichsweise harmlosen Werten um den Gefrierpunkt bewirkte der Windstrom eine Differenz zwischen gemessener und einwirkender Temperatur. Auch hier konnte es, wenn nicht entsprechend vorgesorgt wurde, bereits zu Erfrierungen am Körper kommen. Siple und Passel tauften diesen Effekt *Windchill*-Faktor.

Dass sich die Auskühlung des Körpers durch Wind noch einmal zusätzlich beschleunigte, wenn Alkohol oder Nikotin im Spiel und Blut waren, bewog den pflichtbewussten Siple übrigens zur konsequenten Abstinenz von jeder noch so legalen Genussdroge. Da seine Strenge in dieser Sache bekannt war, ließ sein Stellvertreter als Expeditionsleiter eine Kiste mit immerhin 30 Flaschen Likör vernichten, die der Arzt der Expedition ins Lager geschmuggelt hatte. Der Alkohol wurde Flasche für Flasche im Schnee entsorgt. Der Doktor meldete sich daraufhin krank.[156]

Heute spricht man im Wetterbericht oder beim gepflegten meteorologischen Smalltalk gern von der *gefühlten Temperatur*. Dank der Messungen Siples und Passels gibt es hierfür trotz aller Kritik, die an den Methoden geäußert wurde, eine empirische Basis. Dass ausgerechnet kriegsrelevante Forschungen eine Bestätigung für diese meteorologische Feinfühligkeit boten, entbehrt nicht der Ironie. Wichtig bleibt aber, dass sich der Wind erneut als Phänomen präsentierte, das die menschliche Wahrnehmung beeinflusst – und zwar zu seinem Schutz. Siples und Passels Auftrag hatte das Ziel, die Ausrüstung von Soldaten in kalten Regionen zu optimieren. Eine Erkenntnis aus ihren Forschungen war es, die Uniformjacken so zu schneidern, dass die besser vor Wind schützen, weil hierdurch ein Kälteschutz effektiver und auch praktischer war, als die Kleidungsstücke mit immer dickeren Dämmstoffen aufzuplustern. Dies behinderte nur die Bewegungs- und Kampffähigkeit der Soldaten. Und auch in friedlichen Zeiten profitieren wir noch heute von dieser Erkenntnis. Die Industrie der Funktionskleidung und die Outdoor-Ideologie des modernen Großstädters in seinen ultraleichten Windjacken haben in diesen beiden »Erfindern« des Windchill ihre wahren Pioniere.

Dieses Experiment gab aber auch einen Hinweis darauf, dass der Mensch die Welt in großen Teilen nach eigenen physiologischen und psychologischen Mechanismen konstruiert. Es wurde klar, dass die naturwissenschaftlich objektiven Daten nicht eins zu eins im Bewusstsein und Fühlen abgebildet werden, sondern vielmehr ganz eigene Befindlichkeiten entstehen lassen. In der Differenz zwischen dem, was objektiv der Fall ist, und dem, was die menschliche Wahrnehmung daraus macht, konstituierte sich der Mensch mit seinen Mängeln und Fähigkeiten. Eine kulturgeschichtliche Erkenntnis von nicht geringer Bedeutung.

Wolken und Melancholie

Der Einfluss des Windes auf den menschlichen Körper ist seit der Antike ein ausuferndes Thema, nicht erst, seitdem sich der Mensch ins ewige Eis aufmachte, um zu erkunden, wieviel Kälte er verträgt. Schon für Hippokrates, den Eidesvater aller Mediziner, waren die Winde und weiteren Wetterverhältnisse Impulsgeber, um über die Gesundheit des Menschen nachzudenken. »*Der nördliche Witterungsstand zieht den Körper zusammen, giebt demselben mehr Kraft und Gewandtheit, macht die Gesichtsfarbe lebhafter, das Gehör feiner, verursacht Augenschmerzen und vermehrt die Brustbeschwerden bey Personen, die denselben unterworfen sind; der südliche Witterungsstand hingegen schwächt den Körper, macht ihn weichlich und schlapp, das Gehör schwer, die Augen und den ganzen Körper träg, und verursacht Bauchfülle.*«[157] Die Verbindung zwischen Gemütszustand und Windbedingungen war für ihn so offensichtlich, dass er gleich die psychischen Charakteristika ganzer Völkerscharen nach ihren atmosphärischen Lebensverhältnissen beurteilte: »*Weil ich während des Südwindes eine Erschlaffung meines ganzen Körpers und eine Störung in allen seinen Verrichtungen fühle, die sich sogar auf meine Verstandesfähigkeit erstrecken, bei dem Nordwinde hingegen gerade die entgegengesetzten Auswirkungen erfahre, so müssen abermals die gewöhnlich diesen Winden ausgesetzten Völker in dem nämlichen Zustande sich befinden, in denen einer oder der andere Wind mich versetzt.*«[158]

Für Hippokrates waren diese gesundheitlichen Auswirkungen des Wetters weniger göttliche Vorbestimmungen, die sich durch den Wind mitteilten, als vielmehr rein physiologische Abläufe. Nach der sogenannten Säfte-Lehre reagierte der Körper wie eine Maschine auf Veränderungen beispielsweise der Luftfeuchtigkeit oder der Temperatur. Mal dominierten jene Stoffe im Körper, die cholerisch stimmten, mal die, die eher sanguinisch, also lustvoll temperierten. Die Adern, Kapillare und das Blut reagierten nach dieser Theorie ganz sensibel auf Veränderungen der Windverhältnisse, ohne dass man zu jener Zeit schon etwas vom Zusammenhang des Luftdrucks und seiner atmosphärischen Auswirkungen gewusst hätte. Immerhin befinden wir uns mit Hippokrates im vierten vorchristlichen Jahrhundert – umso bemerkenswerter, dass sich seine Lehre der Wetterfühligkeit über mehr als zweitausend Jahre hinweg halten wird. »*Wie die Luft, so unsere Lebensgeister, und wie die Lebensgeister, so unsere Säfte*«,[159] schreibt beispielsweise Robert Burton 1621 in seiner zum Klassiker aller Niedergeschlagenen gewordenen ANATOMIE DER MELANCHOLIE. Genau wie Hippokrates sah er enge Zusammenhänge zwischen den vorherrschenden Winden in einem Land und der Stimmungslage seiner Menschen. »*Ein stürmisches Wetter mit Böen und dunklen, wolkenverhangenen Tagen, wie es bei uns in England häufig vorkommt, ist ebenso gesundheitsgefährdend wie raue, unreine und faulige Lüfte. (...) wenn aber bei Westwind einmal ein ruhiger, sonniger Tag anbricht, löst das bei Menschen eine Art geistige Aufheiterung aus und lässt selbst Tiere munterer werden.*«[160] Als Einwohner der britischen Insel hatte Burton für diese Diagnose reichlich Anschauungsmaterial. Ähnliche Beobachtungen und Schlussfolgerungen zur Stimmungslage des gesellschaftlichen Kollektivs, wie sie Burton zusammenfasst, finden sich in der medizinischen und psychologischen Literatur bis heute. Die Begründungen, warum welche Witterungslage welchen Gemütszustand produziert, variieren, aber stets wird der Wind als die wichtigste Kraft genannt, der die Launenhaftigkeit produziert. Er dient als globales Stimmungsbarometer.

Wäre dies allein schon eine kulturelle Leistung von hohen Graden, so traute man dem Wind in der weiter voranschreitenden medizinischen Diskussion an der Schwelle zum 19. Jahrhundert noch einiges mehr zu. Man beschied ihm, nicht nur Quell des Lebens und des Todes, sondern auch – vielleicht noch wichtiger – der Moral zu sein. Es entstanden die Schlagworte von den *atmosphärischen Krankheiten* und der *meteorologischen Medizin*. 1867 schreibt der Sozialhygieniker und Medizinalreformer Eduard Reich: »*Auf die Art und den Grad der Erkrankungen nimmt das Klima in bedeutendster Weise Einfluss. Physische und moralische Leiden in den mannigfaltigsten Formen entspringen aus der Einwirkung der klimatischen Verhältnisse auf den Menschen; Entzündungen, Nervenkrankheiten, Laster, Verbrechen, sie alle haben im Klima wenn auch nicht ausschließlich ihre Ursache, doch stets die Spiralfeder ihrer Intensität und den Hauptgrund ihrer besonderen Form, theilweise auch ihres Charakters.*«[161] Man nahm diese Zusammenhänge zwischen der Witterung und der geistigen Verfassung so ernst, dass in den Akten und Tagesnotizen der damals noch ohne Bedenken *Irrenanstalt* genannten Institutionen stets die meteorologischen Daten allen anderen Berichten über Krankheitsfälle vorangestellt wurden. Durch diese Form des meteorologischen Tagebuchs schuf man sich eine Grundlage, um Diagnosen zu stellen oder die Entwicklung und Häufigkeit bestimmter Krankheiten zu verfolgen. Feinsäuberlich verzeichnet beispielsweise der Klinische Bericht des Pester Bürgerhospitals St. Rochus für das Jahr 1833 Monat für Monat die Wet-

*Christoph Wilhelm Hufeland, Vater der Makrobiotik und Warner vor allen atmosphärischen Krankheiten.
Adolph Friedrich Kunike, 1819*

terdaten, und der Direktor des Spitals, ein Dr. Windisch, ergeht sich in den Protokollen wie ein Meteorologe über die Entwicklung des Wetters auf seine Patienten. Der Stand des Barometers sei während des ganzen Monats Januar ungewöhnlich gewesen und das Maximum so hoch, dass es nur einmal im abgelaufenen Jahrzehnt noch extremer ausgefallen sei. »*Sturm kam nur einmal vor. Vorherrschend war der N.W.-Wind.*«[162] Solche Aufzeichnungen, so hoffte man im 19. Jahrhundert, halfen Menschen zu heilen oder mit ihrer geistigen Verwirrung besser umzugehen.

Man glaubte also nach wie vor an eine Wechselwirkung zwischen dem Menschen – zumal dem kranken – und der Witterung. Maßgeblich geprägt hat diesen Gedanken in Deutschland Christoph Wilhelm Hufeland, der heute vor allem als Begründer der Makrobiotik und der Diätik gefeiert wird. Zu seiner Zeit war er aber vor allem ein geschätzter Arzt der Weimarer Klassiker um Herrn von Goethe, ebenso nachmaliger königliche Hofarzt in Preußen und ein umtriebiger Organisator des öffentlichen Gesundheitswesens. Der hohe Tonfall, in dem Christoph Wilhelm Hufeland über den Wind schreiben wird, sollte also nicht darüber hinwegtäuschen, dass sich hier ein Pragmatiker der medizinischen Vorsorge zu Wort meldet, dessen besonderes Augenmerk dem Heer der ärmlichen Industrie- und Landarbeiter und der Verbesserung ihrer Wohn- und Lebensbedingungen in Berlin galt. Der Mann wusste wovon er sprach, wenn er über Ansteckungen, Epidemien und übertragbare Krankheiten dozierte.

Hufeland beschäftigten vor allem die Veränderungen in der Symptomatik, die Epidemien im Laufe der Zeit durchmachten, und die ständig neue Krankheitsbilder hervorrufen konnten. Den Ursprung dieser neuen Krankeitsformen vermutete Hufeland in der Luft, genauer im Zusammenspiel der chemischen Faktoren und meteorologischen Bedingungen. Dieses atmosphärische Laboratorium beschreibt er als »*das, was die Erde umgiebt, jenes geheimnisvolle Meer, auf dessem Grund wir leben, die Wohnung des Lebensatems, die Werkstätte unaufhörlicher Metamorphosen und neuer Schöpfungen, vom Thautropfen an bis zum Donner und zum Meteorstein, das vermittelnde jener beständigen Wechselwirkung zwischen ihr und dem Erdkörper nebst seinen Bewohnern (...) eine Fortsetzung der Erde in Dunstgestalt, und der Behälter aller sich von ihr entwickelnden und verflüchtigenden Stoffe (...) die ihr von daher in tausendfacher Form wieder zurückgegeben werden und auf sie und ihre Bewohner zurück wirken.*«[163]

In der Diktion dieses Textes, den er nach vielen Erfahrungen im Umgang mit lebenden und toten Körpern schrieb – Hufeland hatte auch eine Professur für Pathologie inne –, klingt einiges von dem Vokabular an, dem wir bereits in früheren Kapiteln begegnet sind. Das Bild vom *Grund des Luftmeeres*, auf dem der Mensch lebt, stammt vom Entdecker des Barometers, Evangelista Torricelli, und der *Lebensatem* ist dem biblischen Kontext in all seinen Verästelungen entlehnt. In beiden Metaphern zeigt Hufeland den bestimmenden intellektuellen Zwiespalt der Epoche auf, die sich nur zu gern auf die vermeintlich objektive, gesetzmäßige, kurz: wissenschaftliche Erklärung der Welt einlassen möchte – die andererseits aber auch das große Geheimnis hinter dem Weltganzen nicht missen möchte. In dieser Unentschiedenheit gleicht Hufeland William Turner, der ja zur selben Zeit seine Farborgien des Windes auf der Leinwand mischt und dabei sowohl als Naturwissenschaftler wie auch als hemmungsloser Romantiker wirkt. Hufeland, der Arzt und Chemiker, weigert sich, die Synthese des Lebens allein durch dessen Zerlegung in Einzelteile zu erklären: »*Wir müssen also auch bei unserer jetzigen Untersuchung nicht in der chemischen Analyse Aufschlüsse suchen, sondern im Leben selbst: Wir müssen die Atmosphäre nicht in Grundstoffe vereinzelt, sondern als lebendiges Ganzes, als Element der Luft, betrachten.*«[164] Hufeland ist überzeugt, dass Krankheiten nur unter systematischer Berücksichtigung der atmosphärischen Lebensbedingungen zu heilen oder zu verhindern sind: »*Nichts keimt, nichts wächst ohne Luft.*«[165] Und in dieser Retorte der Luft wirkt der Wind als Quirl, als Transportband, das diesen Hauch des Lebens verteilt.

Allerdings konnte dieses Band eben auch Negatives verbreiten, nicht nur den Samen des Lebens, sondern die Keime der Krankheit. Hier taucht der Wind einmal als Bote des Todes auf. Hufelands Beispiel ist das Gelbfieber. So berichtet er von einem dramatischen Fall in Philadelphia im August 1822, bei dem ein Schiff aus New York festgesetzt wurde. Die amerikanische Fregatte LE MAUDORIENNE aus New York hatte bereits 77 Leute durch die Seuche verloren, bevor sie an der Reede von Hampton festmachte. Fünfzig weitere Kranke waren noch an Bord und wurden nun auf der Insel Craney in Quarantäne gehalten. Dies entsprach dem üblichen Vorgehen bei Epidemien, doch die Gesundheitskommission Philadelphias verbot auch »*alle Communikation mit New York*«, wie Hufeland berichtet. Hintergrund war die Angst, dass nicht nur durch die direkte Berührung mit den infizierten Seemännern die Krankheit in Philadelphia ausbrechen könnte, sondern dass auch durch andere soziale Kontakte und nicht zuletzt durch Luft und Wind die Krankheit aus dem nur knapp einhundertdreißig Kilometer Luftlinie entfernten New York herüber geweht werden könnte.[166]

Wind in der Stadt

Diese Befürchtungen, dass der Wind auch Krankheiten mit sich bringen könnte, bildete jedoch etwa seit dem 17. Jahrhundert eher die Ausnahme bei der Beurteilung seiner Dienstbarkeit für den Menschen. Die Idee des »verschmutzenden« Windes wurzelte in der Antike, in der Krankheit als Gefahr von außen gesehen wurde, die über den Menschen als Strafe der Götter oder anderer Mächte kam. Folglich stellte sich die Frage, wie man mit dem Wind als Krankheitsbringer dort umzugehen hatte, wo viele Menschen auf engem Raum zusammenlebten: in der Stadt.

Die klassische Strategie verfolgte denn auch, den Wind aus Städten fernzuhalten oder seinen »Aufenthalt« dort zu kanalisieren. Der Stadtplaner Vitruv entwarf in seinen ZEHN BÜCHERN ÜBER DIE ARCHITEKTUR einen klaren Grundriss zur Lösung des Problems. Er war überzeugt, dass der Wind Seuchen und andere Übel mit sich bringt. Deswegen empfahl er grundsätzlich, möglichst wenig Winde durch die Straßen zu lassen, weil »*die Luft (…), die durch die Bewegung der Winde verdünnt wird, zugleich den kranken Körpern Kraft entzieht, und sie dünner macht.*«[167] Der Architekt schlug deswegen vor, den Wind auf die Ecken von Häusern oder Mauern zu lenken, um den Luftstrom innerhalb der Stadt zu teilen und zu schwächen. Ohne es auszuformulieren, interpretierte Vitruv auf diese Weise den Menschen, den Wind und die Stadt als kommunizierendes System. So wie die Winde durch die Straßen und Winkel der Stadt gelenkt wurden, reagierte auch der Körper des Menschen in seinem Innern mit Verdünnung oder Verdickung seiner Lebenssäfte. Durch den technischen Eingriff in die urbane Struktur und den Windfluss ließen sich Gemüt und Gesundheit der Bewohner beeinflussen. So hatte der Mensch seine Gesundheit durch die Kontrolle des Windes in eigener Hand.

Dieses Konzept der Selbstregulation änderte sich kaum, bis es etwa seit dem 17. Jahrhundert auf den Kopf gestellt wurde. Nach wie vor sah man im Wind ein Mittel, das Leben in der Stadt zu beeinflussen, aber neuerdings setzte man auf seine reinigenden Kräfte und versuchte, ihn gezielt durch die Straßen der wachsenden Städte zu jagen. Je enger die Menschen zusammenwohnten und sich gegenseitig anzustecken drohten, als desto notwendiger empfand man, die Luft als Medium zwischen ihnen sauber zu halten. Auch der »Atmosphären-Doktor« Christoph Wilhelm Hufeland hatte dies gefordert. »*Vorläufig stinkt es hier noch*«, lautete seine Bilanz der Wohnverhältnisse in Berlin. Als jemand, der sich für die Gesundheitspolitik verantwortlich fühlte, versuchte Hufeland im wahrsten Sinn für Frischluft zu sorgen, denn für ihn stand fest: »*Reine Luft ist ebenso das größte Erhaltungs- und Stärkungsmittel des Lebens, als eingeschlossene verdorbene Luft das reinste Gift ist.*«[168]

Dieses Gift galt es aus den Städten zu vertreiben. Breite Straßen, große Plätze, möglichst auch Parks und Gärten waren also nicht nur architektonisches Dekor, sondern lebenswichtig in den Städten. Urbanisten wie der italienische Architekt und Stadtplaner Franceso Milizia stellten in den siebziger Jahren des 18. Jahrhunderts ganz pragmatisch Berechnungen an, wie viel freien Raum es für den Durchzug des Windes braucht, um die Städte von schlechter Luft rein zu halten. »*Man hat bewiesen, dass drei Menschen, wenn sie auf einen Platz von dreyßig Ruthen im Geviert gestellt werden, durch ihre eigne Ausdünstung eine Atmosphäre von ein und siebzig Fuß hoch formiren, die, wenn der Wind sie nicht vertriebe, pestilenzialisch werden würde. Hieraus kann man die Folge ziehen, daß bei der Anlage der Städte der freye Durchzug der Luft eine höchst nothwendige Sorgfalt ist, und daß die Häuser nicht zu enge und auch nicht zu hoch, hingegen breite Gassen und große Plätze vorhanden seyn, und die genaueste Polizey beobachtet werden müsse.*«[169]

Gerade in der aufkeimenden Naturbegeisterung, die in der Aufklärung besonders mit dem Namen Jean-Jacques Rousseaus verbunden ist, entwickelte man unter Intellektuellen eine Abneigung gegen alle Enge, die mit dem Städtischen verbunden war. Die Ausdünstungen und der Atem des anderen wurden als Zumutung empfunden. In seinem großen pädagogischen Roman ÉMILE zeigte sich Rousseau als Stadtneurotiker mit hypochondrischen Zügen: »*Der Atem des Menschen ist für seinesgleichen tödlich; das ist wahr im eigentlichen wie im übertragenen Sinn. Städte sind das Grab der Menschen.*«[170] Dort, wo sich im Nachhinein keine Schneisen mehr durch die Städte schlagen ließen oder kein Raum blieb, um Plätze anzulegen, musste man sich also etwas einfallen lassen, um die vermeintlich krankhaften Ausdünstungen der Mitmenschen zu vertreiben.

Zu den merkwürdigsten und gleichwohl sympathisch irritierenden Versuchen, die Ende des 18. Jahrhunderts unternommen wurden, um Häuser und Wohnungen mit frischem Sauerstoff zu versorgen, zählt der ZWECKMÄSSIGE LUFTREINIGER Georg Friedrich Parrots. Der in Frankreich geborene, aber im baltischen Livland lehrende Physiker hatte es sich zur Aufgabe gemacht, die Welt von schlechter Luft zu befreien. Hierzu verfasste er mehrere Broschüren, 1793 ein Buch, in dem er Theorie und Praxis eines Ventilators beschrieb, mit dem er die schlechte Luft aus einem Raum herausblasen und gleichzeitig frische Luft hineinsaugen lassen wollte. In den beiden Röhren sollten Propellerflügel die Luft in die jeweils richtige Richtung befördern, doch stellte sich die Frage, wie man die Maschine betreiben sollte, ohne selbst wieder die Luft im Raum durch den Betrieb zu belasten. Ein Antrieb mit Wasserkraft wäre zu umständlich gewesen, der durch Muskelkraft zu teuer. Parrot wähnte sich in der Nähe eines Geniestreichs: »*Unsere Zuflucht muß also wiederum die Luft selbst seyn, aber die bewegte Luft, der Wind*«.[171] Mit dem natürlichen Wind wurde künstlicher Wind erzeugt, der schlechten Wind aus der Atmosphäre der Wohnung trug. Was wollte man mehr?

Parrot hatte da etwas im Auge. Er wollte auch für seine Anstrengungen zum Wohle der allgemeinen Gesundheit gefeiert oder wenigstens in seinem Bemühen anerkannt werden. Seine Hoffnung hierauf schien aber nicht besonders groß. Die Technik würde funktionieren, »*nur eins steht mir im Wege, die Trägheit der meisten Menschen. (...) Die Überzeugung von der Nothwendigkeit der Luftreiniger muß der Hebel seyn, der die Trägheit zu diesem Schritte zwingt. Ich sollte also billig meine Abhandlung mit Ermahnungen, Belehrungen u.s.f. anfangen. Aber es giengen schon so viel dergleichen in so viel andern Büchern voraus. Sind diese unfruchtbar geblieben, so ziehe ich mich zurück und – bedaure die Menschen.*«[172] Parrots zweckmäßiger Luftreiniger wurde nie gebaut.

Windstärke 11 UNSER AERODYNAMISCHES LEBEN

> *Man verwechsle ja nicht die Windmacher*
> *mit den Schwindlern; zwischen beiden*
> *herrscht ein großer Unterschied.*
> *Die Schwindler sind mehr oder weniger Schurken,*
> *dagegen kann ein sogenannter Windmacher*
> *nebenbei ein sehr rechtlicher Mann sein.*
> PAUL DE KOCK, DIE GROSSE STADT[173]

Ventus ex machina

Das Prinzip des Ventilators selbst, das hinter der Luftreinigung steckte, wie sie Georg Friedrich Parrot propagierte, fand im 18. und 19. Jahrhundert indes vielfache Anwendung in anderen Bereichen des Berufs- und Alltagslebens. Einer der – zumindest in bayrischen Landen – wichtigsten war die Bierbrauerei.

Wenn die Sommerszeit anstand, stieg der Bierdurst proportional zur Temperatur an. Die Herstellung von Bier indes wurde durch die Hitze erschwert. Ein Handbuch über die bayrische Bierwirtschaft aus dem Jahr 1848 belegt, dass man sich mit Hilfe eines künstlichen Windes aller Probleme zu entledigen suchte. »*Für Weizen- und andere Weißbierbrauereien ist eine Windmaschine noch mehr zu empfehlen, (...) indem hierdurch ein Luftzug verursacht und dadurch der von der warmen Bierwürze aufsteigende Dunst fortgetrieben wird.*«[174] Der Propeller mit seinen vier Flügeln, der inmitten des Bieransatzes stand und über ein System von Gewichten angetrieben wurde, leistete also mehreres. Er vertrieb nicht nur die Dämpfe, er kühlte auch die Bierwürze um einige Grad herunter, so dass sich der Gärprozess bei Temperaturen, die für Hefekulturen angenehmer waren, schneller abspielen konnte. Durch diese Windmaschine, so schätzt der Autor, ließen sich zwei bis drei Stunden an Produktionszeit pro Bottich sparen. Ob das Bier hierdurch auch besser schmeckte, verrät das Handbuch nicht. Aber diese kleine Maschine mit ihrer großen Wirkung ist nur ein Beleg für die vielen Versuche, dem Wind und seinen Launen nicht nur ausgeliefert zu sein. Der Mensch wollte selbst Wind erzeugen. Einmal Aiolos sein!

Die Hoffnung, dem Wind näher zu kommen, indem man ihn künstlich selbst erzeugte, ist schon in der Antike gehegt worden, und sie offenbarte sich zunächst in einer Kugel. Die sogenannten AEOLIPILAE, die antiken Windkugeln, von denen Vitruv im ersten nachchristlichen Jahrhundert berichtet, sind aufschlussreiche Instrumente in der Entdeckungsgeschichte des Windes. Die Kugel, deren Durchmesser zwischen einigen Zentimetern und einem Meter variieren konnte, bestand aus Blech und war rundherum luftdicht verschlossen – bis auf eine oder zwei schnabelförmige Öffnungen, durch die Wasser in das Gefäß gegossen werden konnte. Etwa zwei Drittel des Volumens wurden so gefüllt dann wurde unter der Kugel ein Feuer angezündet. Nachdem das Wasser siedete und sich in Dampf verwandelte, entwich die erhitzte Luft aus der Aeolipila und bildete je nach Konstruktion einen Luftstrom von beträchtlicher Rückstoßkraft. Schon früh wurden die Aeolipilae beispielsweise genutzt, um Feuer in der Schmiede anzufachen. Für Vitruv zeigte sich durch dieses Experiment, dass Wind aus Wasser produziert werden kann und somit die Theorie von der Entstehung des Windes aus dem Inneren der Erde und ihrem Dunst zutreffen musste. Dass die Erklärungsmodelle zur Aeolipila den Zusammenhang zwischen Druckentwicklung und Wind genau verkannten, weil sie Ursa-

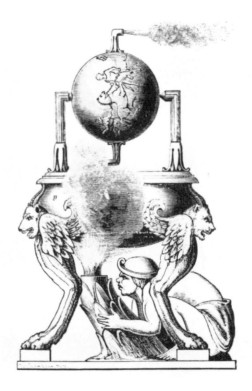

AEOLIPILAE, antike Windkugeln, dienten als technisches Spektakel und als Instrumente, um die Entstehung des Windes zu erklären. Hier eine griechische Variante.

che und Wirkung umkehrten, konnte man vor der Entdeckung des Barometers und des Luftdruckgefälles nicht erkennen.

Es ist umso interessanter zu vergleichen, wie unterschiedlich dieser Wind aus der Retorte je nach kulturellem Kontext gedeutet wurde. 1760 zieht Johann Heinrich Gottlob von Justi, seines Zeichens Universalgelehrter, Bergwerksdirektor, Polizeichef und Meister der Kameralwissenschaften, noch aus den Aeopiliae die Lehre, »*daß das Wasser zu Luft und Wind wird, sobald seine kleinsten Theilchen von dem Feuer in Bewegung gesetzt und von der Masse des Wassers ausgestoßen werden, ist so offenbahr, dass sich darwider im Grunde nichts einwenden ließe.*«[175] Eine gute Generation später lässt sich dann schon in einem Lehrbuch für Kinder und Jugendliche mit dem betörenden Titel DER KLEINE PHYSIKER lesen, dass die Windkugeln des Altertums zwar in der Tat eine Menge Dampf verursachten, dass diese jedoch nichts mit der Entstehung des wirklichen Windes zu tun hätten, denn »*in der Atmosphäre findet eine so heftige Verdampfung des Wassers durch die Hitze nicht statt. Auch können hier die Dämpfe nicht auf eine ähnliche Weise gesperrt werden.*«[176] Worin aber beide Interpretationen übereinstimmen, ist, dass diese Simulation des Windes für den Alltag des Menschen überaus nützlich sein konnte, denn die hier erzeugte Kraft ließ sich vielfältig dienstbar machen. »*Dass aber ein solcher aus dem Wasser durch die Kunst gemachter Wind eine große Gewalt habe, solches sehen wir aus den Feuer-Maschinen, die von den Engländern erfunden sind*«, schreibt Justi, »*und welche mit einigen Verbesserungen in den ungarischen und andern Berg-Werken eingesetzt sind; um die Wasser aus denen tiefsten Gruben zu holen, wo fast alle andren Maschinen nicht zureichen wollen.*«[177] Als noch pfiffiger erwies sich die Idee des Mediziners und Physikers Friedrich Hildebrandt, der 1807 die künstliche Windkraft zur Fortbewegung nutzen wollte: »*Wenn eine solche Aeolipila auf einem kleinen leichten Wagen befestigt wird und die Mündung des Schnabels mit einem Stöpsel verpfropft wird, so wirft der Dunst, nachdem seine Expansionskraft groß genug worden, die Reibung des Stöpsels zu überwinden, diesen heraus, und treibt, (...) den Wagen rückwärts fort.*«[178] Wer mag, darf hierin den Düsenantrieb in nuce erahnen. Die Dampfmaschine – eines der zentralen Symbole des industriellen Aufstiegs Europas – war in dieser Umdeutung zu einer Variante der antiken Wind-Kugel geworden. Dieser Ventus ex machina sollte für zweihundert Jahre den industriellen Aufstieg Europas sichern.

Kanalarbeiten

Dass sich Wind produzieren ließ und mit ihm Maschinen betrieben werden konnten, erhöhte die wirtschaftliche Bedeutung der Himmelskraft noch einmal über das Niveau seiner passiven Ausbeute durch Windmühlen hinaus. Es galt also, die Wirkungen des Windes auf den Menschen als Produzenten von Waren, Bewegungen und Träumen zu beobachten. Die meteorologische Wissenschaft vom Wind als einem natürlichen Phänomen erhielt einen neuen Zweig, eine Disziplin, die den Wind universell als bewegtes und bewegendes Medium untersuchte: die Aerodynamik.

Vor allem der Widerstand, den der Wind dem Menschen beim Vorwärtskommen bieten konnte, wurde im 19. und 20. Jahrhundert ein Feld für intensive und weitreichende Forschungen. Dazu musste man zunächst hoch hinauf. Um einen Gegenstand kontrolliert dem Wind auszusetzen und sein Verhalten in diesem Luftstrom zu untersuchen, war es am einfachsten, ihn eine möglichst lange Strecke herunterfallen zu lassen; das Übrige erledigten Schwerkraft und Luftwiderstand. Kein Gebäude schien für solche Experimente zu Beginn des 20. Jahrhunderts geeigneter als ein Turm mitten in Paris.

Gustave Eiffel hatte bereits bei der Planung und dem Bau des nach ihm benannten Turmes zur Weltausstellung 1889 seine ersten Kämpfe mit dem Wind selbst ausgestanden – und gewonnen. Eine solch hohe und exaltierte Konstruktion aus Eisen, die mehr als dreihundert Meter in die Höhe ragte, war ein prominentes Hindernis, das der Wind mit Leichtigkeit hätte umpusten können. Also galt es »*dem Angriff der Stürme jeden nicht notwendigen Flächenwiderstand zu entziehen*«,[179] wie Eiffel erkannte. Dies war dem Konstrukteur und seinen Statikern glänzend gelungen, wie sich noch heute überprüfen lässt.

Eiffel war durch seinen Turmbau vom technischen Phänomen Wind so fasziniert, dass er ihn während der letzten beiden Jahrzehnte seines Lebens zum zentralen Objekt seiner Arbeit macht. Die ersten Experimente, um die Gesetze des Luftwiderstandes zu finden, bestanden 1903 in der recht einfachen Versuchsanordnung »Turm-Scheibe-Erdboden«. Von der zweiten Plattform des Eisenturms ließ Eiffel flache Holzscheiben herunterfallen und maß deren Flugdauer, die abhängig von der Windstärke variierte. Um noch mehr über das Verhalten von Gegenständen im Luftstrom zu erfahren, bedurfte es eines stärkeren, vor allem regulierbaren Windes und natürlich besserer räumli-

Gustave Eiffel in seinem aerodynamischen Labor am Champ de Mars, 1909.

cher Bedingungen, um die Experimente aufzubauen. Also plante Eiffel den Bau eines Windkanals im Schatten des großen Turmes auf dem Marsfeld. In ihm sollte über einen starken Ventilator ein horizontaler Luftstrom erzeugt werden, der etwa 1,5 Meter im Durchmesser betrug und mit einer Spitzengeschwindigkeit von 20 Meter in der Sekunde Kraft auf Objekte in einer abgedichteten Experimentierkammer ausüben konnte. Eiffel nutzte aber in der Regel nur die Hälfte dieser Leistung, weil die Krafteinwirkung auf die Versuchsobjekte exponentiell anstieg und er Sorge um die Stabilität der Anordnung hatte. Der historisch erste Windkanal, der 1871 im englischen Greenwich von Francis H. Wenham und John Browning konstruiert worden war, bezog seine Kraft noch aus einer Dampfmaschine und erzeugte bedeutend weniger Druck.

In seinem ersten AERODYNAMISCHEN LABORATORIUM, das 1909 den Betrieb aufnahm, entdeckten Eiffel und sein Team viele Gesetzmäßigkeiten in der Beziehung des Windes zu bewegten oder feststehenden Objekten. Er veröffentlichte seine Ergebnisse gleich im ersten Jahr und machte im Titel DER LUFTWIDERSTAND UND DIE FLIEGEREI klar, welches Ziel die Windforschung zuallererst im Blick hatte: den Himmel.

Dass Gustave Eiffel bereits drei Jahre nach den Experimenten unter seinem Turm einen größeren Windkanal in Auteuil bauen musste, um die Forschungen zu intensivieren und immer extremere Windsituationen zu simulieren, bewies, wie wichtig die neue Wissenschaft der Aerodynamik wurde. Das 20. Jahrhundert beschleunigte ständig, und es wollte dabei möglichst wenig Widerstand. Die Lust am Windschnittigen verselbständigte sich sogar und trieb einige Blüten, auf die der Philosoph Theodor W. Adorno einmal süffisant verwies: »*Im Kunstgewerbe werden Produkte etwa Zwecken wie der auf Minderung des Luftwiderstandes anzielenden Stromlinienform angeglichen, ohne daß die Stühle solchen Widerstand zu erwarten hätten.*«[180]

Die Eisenbahn, das neue Fortbewegungsmittel Automobil und auch die beginnende Motorfliegerei benötigten Daten, um sich nicht vom Wind bremsen zu lassen. Diese Forschungen konnten jedoch nur in einer friedlichen Koexistenz mit dem Wind gelingen, denn auf Dauer Widerstand gegen den Wind zu üben, wäre heroisch, aber aussichtslos. Dieses Eingeständnis des Menschen in seine Beschränktheit ist die vielleicht größte Verstandesleistung seiner Kultur gegenüber der Natur. Die fundamentale Formel dafür war schon lange bekannt. Leonardo da Vinci, gleichermaßen als Künstler wie als Naturwissenschaftler mit Genie geschlagen, hatte sie formuliert: »*Dieselbe Kraft, die ein Ding gegen die Luft produziert, erzeugt die Luft gegen dieses Ding.*«[181]

Die ambitionierteste und jüngste Entwicklung der Reisemöglichkeit im 20. Jahrhundert, die Fliegerei, musste sich ebenfalls nach ihr richten, konnte sie sich aber auf ihre Art zunutze machen. Denn genau betrachtet, war die Fliegerei erst durch ein neues Verständnis vom Widerstand des Windes möglich geworden. Heißluftballons, die bereits seit den achtziger Jahren des 18. Jahrhunderts Menschen in die Lüfte brachten, waren ihrem Prinzip nach unabhängig vom Wind. Natürlich hatten die Pioniere der Luftfahrt enorm mit den Winden zu kämpfen, mit ihrer Stärke und bei der Steuerung des Fluges auch mit der Willkür, in welche Richtung sie die Gondel trieben. Aber die Kraft selbst, die die ersten Heißluftballons in die Höhe trug, war eine rein physikalische, die nach dem Auftriebsprinzip leichter in schwereren Gasen funktionierte.

Mit den beherzten Sprüngen Otto Lilienthals in einem wackeligen Flügelkorsett ab dem Jahr 1891 auf dem selbst aufgeschütteten Hügel bei Berlin-Lichterfelde änderte sich dies. Lilienthal und sein Bruder Gustav sahen in der Heißlufttechnik eine Sackgasse, weil sie vor allem die Vertikale in den Blick nahm, weniger die horizontale Bewegung, die einen Flug von A nach B zu einem sicheren, nicht von den Zufällen des Windes abhängigen Unternehmen machte. Inspiriert von ihren Beobachtungen des Vogelflugs, entwickelten die Lilienthals die Idee des Gleitfluges, bei dem es gerade der Widerstand der Luft – also anders gesprochen: der Wind – war, der den Flug ermöglichte. Je nach Neigung konnte der Wind unter den Flügeln einen Auftrieb erzeugen, der Mensch und Flugzeug in der Luft hielt. In Derwitz in der Mark Brandenburg war Otto Lilienthal erstmals der Flug von einem Hügel, dem Spitzberg, gelungen. Die Luftreise endete zwar bereits nach 25 Metern, aber das Signal, das von diesem ersten Sprung gegen den Wind ausging, war epochemachend.

Zuvor hatte Lilienthal nach mehr als zwanzig Jahren des Experimentierens und der nicht eben ungefährlichen Selbstversuche in seinem Resümee DER VOGELFLUG ALS GRUNDLAGE DER FLIEGEKUNST das Grundproblem seines Konzepts beschrieben: »*Wenigstens ist unser Wissen über die Gesetze des Luftwiderstandes noch so mangelhaft geblieben, dass es der rechnungsmäßigen Behandlung des Flugproblems an den erforderlichen Unterlagen fehlt*«. Lilienthal und sein Bruder Gustav mühten sich in der Folgezeit, die notwendigen Daten durch ihre Versuche am fliegenden Objekt zu bwschaffen. Für Otto Lilienthal ein gefährliches Unterfangen mit tragischem Ende. 1896 starb er nach einem Absturz mit seiner Flugmaschine, nachdem ihn ausgerechnet ein Windstoß – sein Verbündeter in der Idee des Fliegens – erfasst und herunter gerissen hatte.

Die Entwicklung des Flugzeugbaus schritt nach dem Tode Lilienthals schnell voran. Nicht nur die aerodynamischen Grundlagenforschungen Eiffels und anderer wie zum Beispiel Ludwig Prandtls in der Göttinger Versuchsanstalt für Aerodynamik trugen hierzu bei. Die Gebrüder Wright in den USA, die 1905 den ersten motorisierten Flug mit einem propellergetriebenen Flugzeug unternahmen, gingen einen Schritt weiter und nutzten natürlichen und künstlichen Wind in Kombination, um sich in die Luft zu erheben. Sie fanden damit eine angemessene technische Ausdrucksform für den sich anbahnenden aerodynamischen Lebensstil des 20. Jahrhunderts.

Dass diese Kultur mehr bedeuten könnte als die Lösung eines Transportproblems, hatte schon das Vorbild der Brüder Wright, Otto Lilien-

Gegen den Wind in die Lüfte: Otto Lilienthals Flüge, um 1890.

thal, prophezeit. Anfang des Jahres 1894 schrieb er in einem Brief an den Publizisten und Philosophen Moritz von Egidy: »*Auch ich habe mir die Beschaffung eines Kulturelementes zur Lebensaufgabe gemacht, welches Länder verbindend und Völker versöhnend wirken soll. Unser Kulturleben krankt daran, daß es sich nur an der Erdoberfläche abspielt. Die gegenseitige Absperrung der Länder, der Zollzwang und die Verkehrserschwerung ist nur dadurch möglich, daß wir nicht frei wie der Vogel auch das Luftreich beherrschen. Der freie, unbeschränkte Flug des Menschen, für dessen Verwirklichung jetzt zahlreiche Techniker in allen Kulturstaaten ihr Bestes einsetzen, kann hierin Wandel schaffen und würde von tief einschneidender Wirkung auf alle unsere Zustände sein.*«[182]

Windstärke 12 BRÜDER IM WINDE

> *Bootsmann: Legt das Schiff hart an den Wind!*
> *Setzt zwei Segel auf! Wieder in See! Legt ein!*
> WILLIAM SHAKESPEARE, DER STURM[183]

Das Förderband der Lüfte

Die Katastrophe hörte sich zunächst wie ein Kanonenschuss an – 240 Meilen entfernt vom Ort des Geschehens. Dem Kapitän der BENARES, die für die BRITISH EAST INDIA COMPANY fuhr, konnte man keinen Vorwurf machen, dass er an seinem Ankerplatz in Makassar auf der indonesischen Insel Sulawesi nicht im Entferntesten die Dimensionen dessen erkannte, was da vor einigen Minuten passiert war. Niemand tat dies.

Was sich hier am 5. April 1815 in und um den Berg TAMBORA ereignet hatte, übertraf alles, was man damals an Berichten über Vulkanausbrüche kannte. Und es zeigt auf eine zunächst furchtbare und dennoch eindrucksvolle Art, dass der Wind ein globales Medium ohne Grenzen ist, eine Transportkraft, die nicht nur, wie von Otto Lilienthal prognostiziert und erhofft, Völker, Kontinente und Kulturen miteinander verband.

Denn der Wind bildete ein reales Förderband der Lüfte, das den unbekannten Vulkan im entlegenen Indonesien mit Europa und Amerika verband und zu weltweiten Veränderungen des Wetters und des alltäglichen Lebens führte. Dass im darauf folgenden Jahr der Sommer ausfiel, war hierbei nicht die geringste Konsequenz.

Fünf Tage nach den ersten Vorboten, die man auf der BENARES gehört hatte, kam es dann zur eigentlichen Eruption des TAMBORA, oder besser gesagt zur Explosion des Berges. Entsprechend lauter war nun auch der Knall, den man auf dem Schiff hörte, das noch immer vor Makassar lag. Doch dabei war das unglaubliche Geräusch nicht einmal das bedrohlichste Phänomen. Der Blick in den Himmel verängstigte die Seeleute noch mehr. Schon um acht Uhr morgens, eine Stunde nach dem Ausbruch des Vulkans, schrieb der Kapitän in sein Logbuch: »*Es war offensichtlich, dass etwas sehr Außergewöhnliches passiert war. Das Gesicht der Himmels westlich und südlich verbarg die elenden und* niederschlagenden Anblicke, und es war dunkler als sonst, wenn die Sonne aufstieg. (...) Um zehn Uhr war es so dunkel, dass ich ein Schiff nicht von der Küste unterscheiden konnte, obwohl es nur eine Meile entfernt war.«[184] Und all dies sollte nur der Anfang sein.

Die Bergkuppe war durch den immensen Druck aus dem Inneren der Erde komplett weggesprengt worden. Lava und Magma, so berichteten es Augenzeugen, flogen hoch in die Luft. Durch die Masse des Erdmaterials und die enormen Temperaturunterschiede in der Luft entstanden Sturzwinde an den Hängen, die Hitzewellen blitzschnell zu Tal schießen ließen. Wirbelstürme entwurzelten Tausende von Bäumen unterhalb des Berges, und – was für alle weiteren globalen Folgen dieser Katastrophe noch entscheidender war – eine riesige Aschesäule stieg empor. Sie wuchs auf die unvorstellbare Höhe von 43 Kilometer bis in die Stratosphäre an, bevor sie dann unter ihrem eigenen Gewicht zusammenbrach. Die Staubwolke, die nun in der Luft lag, verschwand aber nicht mit dieser Implosion, sondern die Partikel aus Gestein, Erde, Magma und Verbrennungsrückständen verteilten sich. Noch im Oktober des Jahres meldete das britische Schiff FAIRLIE, das im südindischen Ozean mehr als zweitausend Seemeilen vom Unglücksvulkan entfernt kreuzte, einen merkwürdigen Ascheregen. »*Die See wurde zwei Tage lang davon übersät*«, schrieb der Kapitän.[185]

Die Zahlen der direkten Opfer, die die Katastrophe unter den Bewohnern des Archipels forderte, schwanken in den Berichten zwischen siebzig- und hunderttausend. Nicht nur die umliegenden Dörfer waren von dem Beben betroffen, Tsunami-Wellen rasten konzentrisch vom Ort der Explosion durch das Meer. Dieses zunächst lokal begrenzte Inferno entwickelte Auswirkungen, die kaum fassbar sind. Der Umstand, dass etwa hundertfünfzig Kubikkilometer Staub, Asche, Gestein und sonstiger Abraum in die Luft geschleudert wurden, ist eine Prüfung für jedes Vorstellungsvermögen und bleibt auch für Geologen nur ein ungefährer Wert. Man ahnt aber, wie viel Schwebematerial sich auf einmal in der Atmosphäre befunden haben musste, das dort nicht hingehörte.

Und dies bekam man auch auf der anderen Seite der Erdkugel zu spüren. Dafür sorgten die extrem schnellen und heftigen Winde in den oberen Luftschichten, in denen die Ascheparikel schwebten. Die harmlosesten Konsequenzen dieser Anreicherung und Verteilung in der Atmosphäre waren extreme Farbspiele am Himmel. Im Juni und Juli des Jahres war es ausgerechnet das ansonsten eher trübe England – wir erinnern uns an die Anfälligkeit der Briten für meteorologische Depression –, das hiervon profitierte. Morgens und abends führten die Partikel je nach Stand der Sonne zu extremen Rötungen des Himmels. William Turner, so vermuten Kunsthistoriker, ließ sich von diesem ungewollt ästhetischen Schauspiel zu einigen seiner an Rot und Gelb übersättigten Sonnenuntergänge auf Leinwand inspirieren.

Alles andere als licht und hell war der dem Vulkanausbruch folgende Sommer, beziehungsweise: Nicht-Sommer. Mit der Verzögerung eines Jahres hatte die Asche in der Atmosphäre dafür gesorgt, dass der Sonneneinfall vermindert wurde und die Sommermonate weltweit kalt und nass wurden. In einigen Teilen von Wales beispielsweise regnete es von Mai bis Oktober permanent, mit der Ausnahme von nur vier Tagen. Dies schien selbst für Wales zu viel.[186]

Getragen vom Wind trübten die Ascheschichten auch in Nordamerika den Himmel in diesem Jahr 1816 und ließen die Temperaturen absinken. Wie in einem Schneeballsystem führte dies dazu, dass im Zusammenspiel mit den unteren Luftschichten arktische Winde in den Osten der USA und nach Osteuropa eindringen konnten und hier die Wettersituation noch einmal verschärften. Es kam lokal zu Missernten und in deren Folge zu Hungersnöten und Aufständen. All dies prägte das *Jahr ohne Sommer*, dessen Ursache letztendlich der Ausbruch des TAMBORA in Indonesien war. Lord Byron, der wegen seiner Exaltiertheit und Homosexualität aus England vertriebene Melancholiker und Dichter, fand in seinem Exil am Genfer See diesen lichtlosen Zustand mit all seinen Folgen für die Menschen Anlass genug, daraus ein langes Gedicht zu machen, dessen Anfang die Stimmung jener Zeit wiedergibt:

The bright sun was extinguished, and the stars
Did wander darkling in the eternal space
Rayless and pathless, the icy world
Swung blind and blackening in the moonless air;
Morn came and went – and came, and brought no day.[187]

Es war, als hätte man in ein Fischglas Farbe geschüttet, die sich nun kontinuierlich und ohne die Möglichkeit, dagegen etwas unternehmen zu können, im gesamten Wasser verteilte. Die Welt rückte durch den Wind unfreiwillig zusammen, und in dieser globalen Totalität war es das wohl stärkste Argument dafür, dass es zu allen Zeiten und für alle Menschen eine Schicksalsfamilie der gemeinsam geteilten Atmosphäre gab, aus der man nicht austreten konnte. Ein spektakuläres déjà-vu – im Vergleich zum Ausbruch des TAMBORA allerdings marginal – lieferte im Jahr 2010 die Aschewolke des isländischen Vulkans Eyjafjallajökull. Tagelang legten die durch den Wind verteilten Aschepartikel den Flugverkehr in Europa und über dem Atlantik nach Nordamerika lahm, weil die Triebwerke der Maschinen durch die Verunreinigungen hätten ausfallen können. Dem Großteil der Menschen wird erst durch die Berichterstattung über den Vorfall die Existenz einer europäischen Behörde, des VOLCANIC ASH ADVISORY CENTER in London, zur Kenntnis gekommen sein, die schon seit Jahren nichts anderes tut, als die Dichte der Vulkanasche in der Luft zu beobachten.

Alle Menschen werden Brüder – durch den Wind.

Die Kolonisierung der Luft

Noch bevor die Idee einer Weltgemeinschaft in Organisationen gefasst wurde, lange bevor Völkerbund oder Vereinte Nationen Zeichen einer politischen und auch kulturellen Welt-Einheit wurden, zeigte der Ausbruch eines Vulkans, wie begrenzt die Möglichkeiten sind, globalen Problemen aus dem Weg zu gehen.

Im Jahr 1815 ließen sich die klimatischen Bande noch nicht in dem Ausmaß erkennen wie heute. Es dauerte aber nur wenige Jahrzehnte, bis die Luft als Entsorgungsraum für die Abfallprodukte der Industrialisierung kolonisiert wurde. Dass dieser meist giftige Stoffwechsel zwischen Industrie und Atmosphäre ein globales Problem geworden ist, lässt sich heute nicht mehr übersehen. Klimaveränderungen, die Aufheizung der Atmosphäre, das Schwinden der Ozon-Schicht, kurz alle komplexen ökologischen Zusammenhänge finden auch im weltweiten Windsystem ihren Niederschlag. Alles hängt in der Ökologie mit allem zusammen, so scheint es, und dass vielfache, gegenseitige Abhängigkeiten existierten, ließ sich besonders dort erahnen, wo natürliche Phänomene – entgegen ihrem eigentlich chaotischen Naturell – immer wieder in Zyklen auftreten.

Diese überraschenden Regelmäßigkeiten der Windströme in einigen Regionen beschäftigten zuerst die Seefahrer, die davon profitierten. Zu den wichtigsten zählten die Passatwinde, auch Trade-Winds genannt, rund um den Äquator sowie die Monsunwinde im Indischen Ozean. Rund um den Globus treten diese Winde in eng definierten Zonen auf. Am Äquator selbst herrscht meist Flaute. Doch an diesem für die Seefahrt untauglichen Gürtel schließen sich gen Norden und Süden symmetrisch die Passatwindzonen an. Auf der Nordhalbkugel bedeutet dies etwa bis zur Höhe des 23. Breitengrades – je nach Jahreszeit variierend – einen Wind aus Nordost hin zum Äquator, auf der Südhalbkugel dagegen gespiegelt einen kontinuierlichen Südostwind. Durch diese verlässlichen Winde war die Passatzone spätestens seit dem Beginn der Entdeckungsreisen des 15. Jahrhunderts von enormer Bedeutung für den Transfer in die amerikanischen Kolonien, ein Windhighway zur Neuen Welt.

Diese Regelmäßigkeit war für die Theoretiker des Windes jedoch ein Problem. Denn anders als bei so vielen unkalkulierbaren Aspekten des Windes, die sich jeder Vereinheitlichung entzogen, forderte diese anmaßende Beständigkeit die Forscher heraus. Es war wie ein »Angebot« der Natur, sich in einigen ihrer Gesetze erkennen zu geben – wenn der Mensch nur findig genug war. Edmond Halley, der Astronom und Entdecker des 1759 nach ihm benannten Kometen, beschäftigte sich viel mit meteorologischen Forschungen, besonders mit dem Monsun, und für ihn stand fest: *»Wind wird am besten als Strom oder Fluss der Luft definiert; und wo dieser Fluss beständig und fest in seinem Ablauf ist, ist es notwendig, dass er aus einem beständigen und ununterbrochenen Grund heraus passiert.«*[188] Und diesen Grund wollte er finden.

Dazu begab sich Halley zum einen selbst auf Expeditionsreise in den Nord- und Südatlantik, und zum anderen wertete er in guter Tradition der Schreibtischforschung viele Logbücher und meteorologische Aufzeichnungen aus. Trotz vieler guter Ansätze gelang es ihm aber nicht, das Rätsel der Monsunwinde vollständig zu klären. Erst George Hadley, ein Jurist, der sich für die Meteorologie begeisterte, kam 1735 zu einer befriedigenden Aufklärung. Für ihn waren Sonne und Erdrotation die entscheidenden Faktoren. Die Wärme-Einstrahlung der Sonne ist am Äquator naturgemäß höher als an den Polkappen, da diese durch die Schrägstellung der Erdachse weiter von der Wärmespenderin entfernt liegen. Dadurch wird der Motor der atmosphärischen Umwälzpumpe in Gang gesetzt und treibt die Winde in Richtung der kälteren Pole. Eigentlich würde der Druckausgleich den Wind direkt im 90-Grad-Winkel auf die Kappen zuströmen lassen, doch die Rotation der Erde lenkt den Strom durch die sogenannte Corioliskraft ab und lässt ihn quer nach Westen wehen. So entsteht ein breiter Gürtel günstiger Winde.

Der praktische Vorteil für die Seefahrt liegt auf der Hand. Die Passatwinde machten aber auch in der Theorie deutlich, dass das komplexe Spiel der Luftströmungen, Druckausgleiche und Temperaturschwankungen den Wind zu einem weltumspannenden System machte, das sich nur in seiner Gesamtheit erfassen ließ. Es bedurfte einer physikalischen aber auch philosophischen Sicht auf die Welt, die die Einzelphänomene der Natur als verschiedene Äußerungen eines gemeinsamen Prinzips verstand.

Immanuel Kant, der sesshafteste unter Deutschlands Meisterphilosophen, der jede Reise aus seinem geliebten Königsberg scheute wie der Idealist die Statistik, machte dieses dynamische Fließgleichgewicht der Luft zum Zentrum seiner THEORIE DER WINDE. Kant, der als junger Dozent 1756 auch Vorlesungen in Geographie, Anthropologie, Astronomie und Physik hielt, verglich die Lüfte und die Winde in der uns schon bekannten Tradition mit einem Meer. »*Wenn dieses flüssige Meer im Gleichgewicht bleiben soll, so ist es nicht genug, daß die Luftsäulen, die man sich nebeneinander vorstellt, gleich schwer sein; die müssen auch gleich hoch stehen.*«[189] Die Druckverhältnisse innerhalb dieses Luftozeans konnten aber nur schwerlich überall gleich sein. Es wäre ein dermaßen fragiles Gleichgewicht gewesen, dass beim kleinsten Druckunterschied innerhalb der Atmosphäre die Luftsäulen wie Dominosteine fallen würden. Es kam also darauf an, so war sich Kant gewiss, in größeren Zusammenhängen zu denken und die wogende Bewegung des Winds rund um den Globus als eine große Wellenmechanik des Ausgleichs zu sehen. Jeder Impuls führte innerhalb der Luft durch die Winde zu einer Reaktion, konnte aber am anderen Ende der Welt auch dazu beitragen, das Gleichgewicht der Luftmassen wieder vorübergehend herzustellen. Aus den vier, acht, sechzehn, oder auch 32 Winden der Griechen, die alle einen eigenen Namen trugen, war endgültig der *eine* Wind geworden.

Dieses Schauspiel des permanenten Druckausgleichs, den man *Wind* nennen konnte, ließ sich auch bildlich darstellen. Kant hatte sich auf seine Vorlesungen gewissenhaft vorbereitet und die Windkarten studiert, die es seit etwa siebzig Jahren gab. »*Es ist eine Quelle eines nicht geringen Vergnügens, wenn man, (…) die Karte ansieht, worauf die beständigen oder periodischen Winde aller Meere anzutreffen sein; denn man ist im Stande mit Hinzuziehung der Regel, daß die Küsten der Länder die Richtung der Winde nahe bei denselben anziehen, ihnen parallel machen, von allen Winden Grund angeben.*«[190]

1686 entstand der erste Fahrplan globaler Windströme. Edmond Halley hatte die Ergebnisse seiner Forschungen zu den Passat- und Monsunwinden in einer Karte zusammengefasst und die Windrichtungen mit alten Verzeichnissen der Meeresströmungen abgeglichen.

Die erste wissenschaftliche Windkarte aus dem Jahr 1686 von Edmond Halley.

Die Karte wurde Halleys Artikel in den PHILOSOPHICAL TRANSACTIONS OF THE ROYAL SOCIETY OF LONDON als herausfaltbares Doppelblatt beigefügt. Sie zeigt Afrika im Zentrum, und die Windrichtungen sind mit Strichelungen auf den Meeren zwischen Südamerika und Australien angedeutet. Diese Windkarten wurden ständig verfeinert, nicht nur in ihrer Detailtreue, sondern auch der graphischen Darstellung. Bereits 1817 gab es die erste Karte der sogenannten Isobaren, also der Grenzen, an denen Druckunterschiede in der Luft die Profile der Windrichtungen wissenschaftlich exakt darstellten. Der Wind wurde nicht nur sichtbar gemacht, er wurde nun auch kalkulierbar. So wie die Meteorologen und Physiker den Wind durch mathematische Formeln seit dem 17. Jahrhundert zu fassen versuchten, verliehen die Windkarten die Gewissheit, dass der Wind in geordneten Bahnen wehte. Nützlich für alle Vehikel – seien es Schiffe oder später Flugzeuge. Die Winde umrundeten in ihren Straßen die Welt, verbanden die Küsten der Kontinente, und der Mensch nahm die Einladung an, ihnen zu folgen.

Stürmische Zeiten

Der Ozean der Luft, in dem Aschewolken einmal um den Globus herum schweben, durch dessen luftige Wellen sich jeder Hafen dieser Welt erreichen lässt und der den Transport von Bananen und Gold ebenso zuließ wie den von Nachrichten, bot also schon im frühen 18. Jahrhundert der Menschheit die Chance, sich als Weltgesellschaft zu begreifen. Oder wenigstens als Ort, an dem keiner mehr gänzlich mit sich allein bleiben kann oder muss, wenn Not droht. Insofern ist auch die letzte und gefährlichste Form des Windes ein Begleiter des Menschen, an der man bei aller Furcht auch wachsen konnte.

Hier kann noch einmal Kant mit seiner Theorie des Windes einen wichtigen Hinweis geben, nämlich wenn er von gegensätzlichen Strömungen innerhalb des Luftmeeres schreibt, also dort, wo die periodischen Winde gegeneinander prallen wie die Brandung auf die Küste. »*Die Zwischenzeiten der periodischen Winde, die eine Zeit lang eine Gegend durchstreichen und hernach von entgegengesetzten abgelöst werden, die Zwischenzeit dieser Ablösung, sage ich, ist mit Windstillen, Regen, Ungewitter und plötzlichen Orkanen beunruhigt.*«[191] Das Gleichgewicht ist in dieser Umbruchzeit gestört. Der Wind wandelt sich zur Bedrohung, weil die Normalität durch ihn fortgeweht wird; egal ob bei Windstille oder Sturm: Für den Menschen bedeutet der Entzug des vertrauten Windes, dass er allein auf sich gestellt ist.

Das globale Medium *Wind* wird auf diese Weise für den Menschen zu einer paradoxen Selbstspiegelung. In der Form des Sturms, sei es ein Hurrikan, ein Orkan oder Taifun, wirft der Wind seine Opfer auf sich selbst zurück – auch heute noch. Es darf als tragische Ironie gesehen werden, dass der schlimmste bislang gemessene Wirbelsturm, HAIYAN, Anfang November 2013 die indonesische Insel Lethe komplett verwüstete und Tausende von Todesopfern forderte, just während der Weltklimagipfel in Warschau begann, der über die Folgen der weltweiten Klimaveränderungen und Extremwetterlagen diskutieren wollte. Dass die Erderwärmung für die Entstehung solcher Super-Stürme verantwortlich sei, ließ sich bislang nicht wissenschaftlich einwandfrei belegen. Indizien dafür, dass die Steigerung des Kohlendioxyd-Ausstoßes in die Atmosphäre Ursache für die Erhöhung der Temperatur ist, gibt es indes reichlich. Dieses Gleichgewicht der Atmosphäre und seine Verbindung zu anderen ökologischen Systemen wie den Weltmeeren ist gestört und dass der Mensch Ursache dieser Veränderungen ist ein mittlerweile akzeptiertes Faktum. Die Aschewolke des TAMBORA, die in großer Unschuld als Produkt einer Naturkatastrophe 1815 von den Höhenwinden um die Welt getragen wurde, war nichts im Vergleich zu den katastrophalen Veränderungen, die im großen Ökosystem Luft durch die Winde heutzutage hervorgerufen werden können. Die Winde, die er rief, wird der Mensch nun nicht mehr los.

Diese Globalisierung der Katastrophenerfahrungen durch Winde und ihre kulturelle Überhöhung lassen sich noch an einem anderen Beispiel zeigen, dem Hurrikan KATRINA, der 2005 die US-amerikanische Stadt New Orleans verwüstete. Es ist darüber zu spekulieren, ob auch dies Folge einer klimatischen Veränderung war. Die sogenannte Hurrikan-Saison am Golf von Mexico ist jedenfalls ein seit Jahrhunderten beobachtetes Phänomen, da in dieser Region optimale Bedingungen für die Entstehung solcher Wirbelstürme herrschen. Viel entscheidender sind die mediale und die soziale Wirkung, die dieser größte Wirbelsturm der amerikanischen Geschichte hinterließ. Denn was man üblicherweise an Schreckens- und Elendsbildern aus den unterentwickelten Regionen Asiens kannte, ereignete sich nun mitten in den USA: »*Man kommt sich vor, als wäre man in Haiti oder Angola und nicht in den Vereinigten Staaten!*«, war in der WASHINGTON POST als Reaktion am 5. September zu lesen. Am selben Tag kommentiert der Soziologe und Historiker Mike Davis in einem Beitrag für die SÜDDEUTSCHE ZEITUNG die Auswirkungen KATRINAS als Folge mangelhafter Sturmvorwarnsysteme, schlechten Krisenmanagements durch die Behörden und einer extremen sozialen Ungleichheit in der Stadt: »*Die Ereignisse in New Orleans waren nicht unvermeidbar – dies war eine der am wenigsten natürlichen Naturkatastrophen in der Geschichte Amerikas.*«

Die Stadt New Orleans liegt an einem zur Besiedlung ungünstigen Ort, hinter einem Deich eingepfercht und deutlich tiefer als die Küstenlinie. Ihre Lage mitten im Korridor der Hurrikans ist geradezu eine Einladung zu einer Katastrophe. Und dennoch wurde nie an eine Aufgabe der Stadt gedacht, weil bislang jede Katastrophe bewältigt werden konnte und die Schäden nach einigen Monaten behoben waren. Doch mit KATRINA zeigte sich auf verheerende Weise, welcher kulturellen Belastungsprobe die Gesellschaft durch einen solchen Sturm zusätzlich ausgesetzt sein kann: nämlich einem Blick in ihre verdrängte soziale Spaltung. Die Vorwürfe, dass vor allem die ärmeren Schichten der Bevölkerung in New Orleans zu leiden hatten, weil ihre Wohnviertel besonders ungünstig lagen und vom Wasser überflutet wurden, oder weil Hilfe vor allem in die Stadtteile mit weißer Mittelstands-Bevölkerung gelenkt wurde, konnten nicht wirklich entkräftet werden. Präsident George W. Bushs Replik, mit der ihn die NEW YORK TIMES zitierte: »*Der Sturm hat nicht diskriminiert und das gleiche gilt für die Rettungsarbeiten*«, besaß eine gewisse Schlagfertigkeit, der aber angesichts der vielen Opfer die Pointe abhanden kam.

Tragfähiger scheint eine Analyse zu sein, die ebenfalls in der NEW YORK TIMES zu lesen war, und die die unterschiedlichen Reaktionen der Bevölkerung auf die Attentate des 11. September 2001 mit denen auf den Wirbelsturm KATRINA verglich. Auf den Einsturz des WORLD TRADE CENTER, nachdem Terroristen Flugzeuge in die beiden Türme gesteuert hatten, habe man mit Solidarität für die Bevölkerung und mit

Verwüstungen durch den Hurrikan Katrina im August 2005 in Mississippi Beach.

klaren Entscheidungen bei den Behörden reagiert. Ganz anders bei der Naturkatastrophe: »*Letzte Woche übernahm dazu im Gegensatz niemand die Kontrolle. Autorität war kaum vorhanden und das Vorgehen war ineffektiv. Die Reichen flohen, während die Armen verlassen waren. Führer zögerten, während die Plünderer zuschlugen. Banditen trieben ihr Unwesen, während die Nation Scham fühlte. Das erste Gesetz des sozialen Zusammenhalts – dass in Zeiten der Krise die Schwachen geschützt werden müssen – wurde mit Füßen getreten. Die Armen in New Orleans zurück zu lassen, war moralisch gleichbedeutend damit, Verwundete auf dem Schlachtfeld zurück zu lassen. Kein Wunder, dass das Vertrauen in die zivilen Institutionen sinkt. (...) Jeder Fehler der Institutionen und jedes Zeichen der Hilflosigkeit ist ein neuer Schlag gegen die nationale Moral.*«

Bei dieser Beurteilung wäre es für uns unerheblich, ob die Analyse zutrifft oder im sozialkritischen Überschwang nur etwas publizistisch zu reparieren versucht, was vor Ort an Tatkraft versäumt wurde. Aber der postulierte Zusammenhang von Moral, Ordnungsmacht und Zusammenhalt sagt klar, was der Mensch von einem Gemeinwesen im Angesicht eines Sturmes erwartet: Sicherheit. Dieser Sturm bewies, dass sie zu diesem Zeitpunkt und an diesem Ort nicht vorhanden war.

KATRINA, HAIYAN und wie all die großen verheerenden Wirbelstürme der vergangenen Dekade hießen, haben den Menschen gezeigt, wo die Belastungsgrenzen der Gemeinschaft in einer global vernetzten Zivilisation liegen können. Dass sie oft genug unter den Opfern und Helfern auch Solidarität, Mitgefühl, praktische Hilfe und Widerstandswillen zu Tage gefördert haben, bleibt unbestritten. Aber die heutigen, meteorologischen Anomalien haben nichts mehr mit dem romantischen oder mythischen Bild des Windes zu tun, das seit der Antike den Umgang mit dem Phänomen dominiert. Der Wind ist hier der *große Andere*. Er wird zum Gegenspieler der Kultur, an dem diese sich bewähren kann – wenn sie ihn überlebt. Der Schriftsteller Joseph Conrad hat diese Haltung in seiner Erzählung TYPHOON aus dem Jahr 1902 mit großem naturalistischem Gestus formuliert: »*Das ist die zersetzende Macht eines schweren Sturmes: Sie trennt die Menschen voneinander und reißt sie fort. Ein Erdbeben, ein Erdrutsch eine Lawine überfallen den Menschen gleichsam ohne Hass, wie zufällig. Ein wütender Sturm hingegen greift ihn an wie ein persönlicher Feind, versucht ihn zu packen, bemächtigt sich seiner Gedanken und trachtet danach, ihm die Seele aus dem Leib zu reißen.*«[192]

So bösartig der Wind hier auch erscheint – er bleibt ein exklusiver Partner des Menschen. Das fällt auf. Der Wind behält seine Sonderrolle als Referenzphänomen der Natur. Der Mensch versteht ihn nun, zu Beginn des 20. Jahrhunderts, allerdings mehr als Herausforderer, als Sparringspartner. Dadurch, dass er Stürme bestehen kann, definiert sich der Mensch als Gewinner im großen Spiel der Kräfte. Diese Haltung zum Orkan und Hurrikan hat nichts mehr mit dem Sturm aus William Shakespeares gleichnamigem Theaterstück zu tun, den dieser 1611 als großen spielerischen Verführer wehen lässt. In THE TEMPEST, das von einem historisch verbürgten Schiffbruch englischer Auswanderer auf den Bermuda Inseln inspiriert wurde, verschlägt es das Personal der Komödie(!) auf eine Insel, wo die erlauchten Damen, Herren, die Zauberer und Elfen in eine Ausnahmesituation geraten, in der sie etwas über die eigene soziale Verlässlichkeit und die der anderen erfahren. Solche Sturm-Szenarien gibt es in der Literatur zuhauf, und sie enden in der Regel zum Guten des Menschen.

Diesen Optimismus muss man beim modernen Wirbelwind in Zeiten seiner globalen Reproduzierbarkeit nicht mehr hegen. Der Rat des Bootsmanns bei Shakespeare, einfach die Segel zu setzen und noch schneller gegen den Sturm an zu fahren, wird nicht reichen, den großen Wind zu überstehen.

Nachwehen   Quijotes Traum und Pansas List

Die Rückkehr der Helden

Es ist Zeit, nach La Mancha zurückzukehren. Zu Beginn dieses Buches wurde die Fortsetzung einer merkwürdigen Geschichte versprochen: »… und so, als ob seine Worte wie Waffen wirken sollten, schrie der Mann auf seinem klapprigen Pferd die Windmühlen an, sie sollten sich lieber ergeben. Er sei zwar nur *ein* Ritter, der gegen sie antrete. Aber was für einer! Der Mann, so sollte sich später herausstellen, hielt die Gebäude für Riesen, üble Gesellen, die der Zauberer Fristón dort zurückgelassen hatte, um ihn aufzuhalten. Zusammen mit seinem Knappen war der Ritter nämlich einem Magier auf der Spur, der sein Zimmer und seine Bibliothek hatte verschwinden lassen. Aber das ist eine andere Geschichte.

Doch während er nun mit seiner Lanze dem ersten Turm immer näher kam und sich keine der Mühlen anschickte, ihm Platz zu machen, hob ein Wind an. Die Flügel der Mühlen, die bislang stillgestanden hatten, begannen sich langsam zu drehen. Den Ritter überzeugte dies, dass die Riesen nun den Kampf suchten. Also stach er mit seiner Lanze zu. Die Windmühlenflügel bewegten sich nicht sehr schnell, ihr Schwung war aber so kräftig, dass sie den Ritter in die Luft hoben, als sich seine Waffe im Gitter der Schwingen verfangen hatte. Das Flügelkreuz wirbelte den tapferen Angreifer durch die Luft und ließ ihn zu Boden fallen, wo er ohnmächtig liegen blieb. Sein Knappe jagte in einem Tempo, das für einen Esel beachtlich war, seinem Herren hinterher, erreichte den leblos daliegenden Körper und sprang von seinem Reittier.

Zum Glück ließ sich der geschundene Ritter schnell wieder zu Bewusstsein bringen, doch musste der sich nun die Schelte des besorgten Dieners anhören: ›*So helf' mir Gott!*‹ sprach Sancho, ›*hab' ich euer Gnaden nicht gesagt, ihr möchtet wohl bedenken, was Ihr tuet, es seien nur Windmühlen, und das könne nur der verkennen, der selbst Windmühlen im Kopf habe?*‹. Da Sorge aus den Worten des Knappen Sancho Pansa zu hören war, ließ sich der geschlagene Ritter die Worte zunächst gefallen, bis er dann aber doch Einhalt gebot. Er stehe zu seiner Überzeugung, die er vor seinem Angriff dem zaudernden Knappen vorgehalten hatte. Dieser hatte tatsächlich behauptet, es seien Mühlen, die dort auf den

Wind warteten, um den Mühlstein in Bewegung zu setzen. Darauf gab es für den Ritter nur eine Antwort: ›*Wohl ist's ersichtlich*‹, versetzte Don Quijote, ›*daß Du in Sachen Abenteuer nicht kundig bist.*‹[193]

Wir verlassen an dieser Stelle die Szene. Die Herren Quijote und Pansa werden sich nach diesem Wortwechsel rasch wieder auf die Reise machen. Es gibt noch genug skurrile Abenteuer, die Miguel de Cervantes in seinem Roman für beide bereithält.

Dieser Disput der beiden unfreiwilligen Helden im Kampf gegen die Windmühlen bringt die Kultur des Winds, die wir in diesem Buch verfolgt haben, auf den Punkt – oder sagen wir besser: auf die beiden Punkte. Die Grundhaltung zum Wind war und ist nur in der Beziehung zweier Extreme zu verstehen, die Don Quijote und Sancho Pansa so vortrefflich verkörpern: der Bewunderung und der Unterwerfung des Windes.

Don Quijote war ein Freund des Windes; nur Windmühlen konnte er nicht leiden. Dieser feine Unterschied wird bei der Interpretation der wohl berühmtesten Episode des Romans leicht übersehen. Der wichtigste Beleg: Quijote hatte den Wind in seinem Rücken! Er ritt *mit* ihm, nicht gegen ihn. Ziel seines Angriffs waren die Mühlen, jene technischen Ausbeuter des Windes, die ihn – im Vokabular des Poeten – versklavten. Mühlen, das waren die Vorboten einer neuen Zeit, aus der Don Quijote herausfiel. Zu Zeiten Miguel de Cervantes' waren die Türme mit den markanten Flügeln in Spanien noch nicht sehr verbreitet. La Mancha galt deswegen als technisch fortschrittliche Region im spanischen Königreich. Auch nach dem verlorenen Kampf ließ sich Don Quijote nicht von der Idee abbringen, dass es Riesen seien, gegen die er da gekämpft hatte. Denn selbst als er erkannte, dass es tatsächlich Maschinen aus Stein und Holz waren, die dort standen, blieb er bei seinem Verdacht, dass sie Boten des Bösen seien. Der Zauberer, so seine Erklärung, habe eben die Riesen in Windmühlen verwandelt, um sie zu tarnen. Don Quijote ritt für den Traum, dass der Wind eine Kraft ist, der sich nur dunkle Mächte entgegenstellen.

Sancho Pansa dagegen ist der etwas rundliche Herold der Realität, der die Vernunft ebenso wie seinen Vorteil sucht. Wenn es die technische Fertigkeit dem Menschen ermöglicht, den Wind für seine Zwecke umzulenken und zu nutzen, dann sieht er darin keine Schande. Vielmehr ist es eine List des Verstandes, den man nicht durch Phantasmen zu trüben hat. Windmühlen sind nützlich, und sie gehören in die Ebene, nicht in den Kopf.

Freunde und Förderer des Windes: Don Quijote und Sancho Pansa, Gustave Doré, 1863.

Dieses Duo aus Quijote und Pansa, dem Träumer und dem Realisten, trabt durch die gesamte Kulturgeschichte des Windes. Natürlich verändert sich von Epoche zu Epoche die Führerschaft in diesem Gespann. Mal reitet der Mythomane voraus, mal der Techniker. Wenn man im antiken Griechenland Homers darauf baute, dass der Wind sich durch König Aiolos bändigen und in einen Sack sperren ließ, erklärten zur gleichen Zeit die Naturphilosophen den Wind zu einem Produkt tellurischer Dünste oder eines Temperaturanstiegs in der Luft. Umgekehrt folgen Menschen in der Hochphase der Verwissenschaftlichung des Windes während des 17. und 18. Jahrhunderts uralten Bräuchen zur

Besänftigung des Windes und füttern ihn mit Mehl. Und heute, da der Wind nach allen Regeln der Technik eingefangen und in Energie umgewandelt werden kann, scheuen sich Menschen nicht, im Angesicht seiner zerstörerischen, geradezu apokalyptischen Kräfte göttliche Hilfe zu erbitten.

Eine zweite Kontinuität kommt hinzu. Der Wind taucht immer als Bild der Kraft in der Geschichte des Menschen auf. Es ist eine Macht, die er zu spüren bekommt, die Bewegung ermöglicht oder hemmt und die stets auf ihn und seinen Körper wirkt. Seit frühen Zeiten erweiterte der Wind den Aktionsradius des Menschen, ließ ihn entlang der Küsten oder auf Flüssen und Meeren segeln. Windmühlen wandelten ihn in mechanische Kraft um oder erzeugen elektrische Energie, die sich speichern lässt und andere Maschinen antreiben kann. Wind bedeutet Bewegung. Dynamik ist für den Menschen von größter Bedeutung. Sie ist das Leben schlechthin. Alles, was unbeweglich ist, ist tot oder auf dem Weg dorthin.

Diese Kraft nährte seit jeher das Vertrauen, dass es eine Macht geben könnte, außerhalb des Einflussbereiches des Menschen, die ihn begleitet, ihn leitet, lenkt, schützt und auch gegen seinen Willen dirigiert – die in jedem Fall aber *da* ist. Hierin gründen alle Vorstellungen, die nicht nur in der Antike und im Mittelalter, sondern auch noch in der Neuzeit an eine Göttlichkeit oder wenigstens metaphysische Macht des Windes glauben. Seine Unsichtbarkeit, seine Möglichkeit, göttliche und menschliche Sphären zu überbrücken und zu verbinden, machte ihn zu einem universellen Medium. Eingehaucht als Atem des Schöpfers in den Lehmklumpen, steht der Wind Pate für das Leben des Menschen, und selbst noch als Abwind seines Verdauungssystems bleibt ihm der Nimbus des Göttlichen.

Mit vielen Bräuchen, von der rituellen Beschwörung bis zum Windfüttern, zeigte der Mensch sein ambivalentes Verhältnis zum Wind als einer lenkenden Macht. *»Wer den Hafen nicht kennt, in den er segeln will, für den ist kein Wind der richtige«*,[194] beschrieb Seneca in einem wunderschönen Aphorismus dieses wechselvolle Machtverhältnis von Mensch und Wind. Es gilt zuvor zu wissen, was man will. Danach muss der Wind ausgesucht und bezirzt werden. Es empfahl sich, den Wind immer im Rücken zu haben.

Dieses ändert sich in der Neuzeit. Spätestens mit den regelmäßigen Überquerungen des Atlantik und der Angst im Nacken, dass man gegen den Wind wieder zurück in die Heimat gelangen musste, spielt sich der Widerstand gegen ihn ein. In der Reise gegen die Luftströmung erkennt der Mensch seine Stärke. Gegenwind ist ein Bild, das an Schrecken verliert. Derjenige, der gegen den Wind angeht oder gegen den Strom anschwimmt, wird zum Helden.

Darin, dass sich die Bedeutung der Metapher *Wind* im 19. und 20. Jahrhundert verschiebt, zeigt sich auch ein Wandel im Selbstverständnis des Menschen. Der Begriff des Individuums ist gefestigt, anders als in der Antike, im Mittelalter und selbst noch in der Renaissance. Stärke und Charakter zeigt nicht mehr nur, wer konform mit dem Wind driftet, sondern eher derjenige, der gegen ihn ansegelt. Der Mensch dreht sich bildlich gesprochen während der Jahrhunderte im Strom des Windes um 180 Grad. Statt den Wind im Rücken zu halten, zeigt er ihm nun sein Angesicht.

Dieser Wind bleibt ein kulturelles Konstrukt. Er ist nicht tatsächlich ein Gegenüber des Menschen, aber der kulturhistorische Umgang mit ihm zeigt, dass der Mensch diese Vorstellung eines großen Anderen selbst schafft, weil er sie für sein Selbstverständnis braucht.

Das himmlische Kind hat dem Menschen auf vielfache Weise gedient. Vom Helfer in der Not, zum Objekt der Auseinandersetzung bis hin zur Macht, über die man siegen wollte. Der Kreis dieser Metamorphose lässt sich anekdotisch in einer Geschichte erzählen, die Moritz von Kotzebue, der Sohn des Schriftstellers August von Kotzebue, aus seiner Zeit als russischer Gefangener im Frankreich Napoleons berichtete. Da der gute Mann ein hoher Offizier der russischen Armee war, bedeutete »Gefangenschaft« damals ein Verbleib auf Ehrenwort im Land des Feindes und ein vergleichsweise unbeschwertes Leben. Am 14. August 1813 kamen er und einige Gefährten in Paris an, um an den Geburtstagsfeierlichkeiten zu Ehren Napoleons am darauf folgenden Tag teilzunehmen. Als sie durch den Garten der Tuilerien schlendern, bemerkten sie einen Auflauf an deren Ausgang, »*denn aus den Champs Élysées erhob sich ein Luftballon, in dem wir zu unserem Erstaunen ein kleines Kind schön wie ein Engel erblickten, das aber entsetzlich schrie, denn obgleich der Ballon im Stricke geführt wurde, so schaukelte der starke Wind ihn doch sehr unsanft hin und her. Der Vater des Kindes zog ihn oft zur Erde und tröstete den armen Kleinen. Sobald aber der Ball wieder etwas stieg, hub auch das Geschrei an, denn eben weil er am Strick gehalten wurde, warf der Sturm ihn gräßlich hin und her. Das Kind konnte zwar nicht herausfallen, es stand aber Todesangst aus und das Volk schrie ›Hinunter mit dem Kinde! Der unnatürliche Vater mag selbst hineinsteigen!‹*« Nur eine Wache kann verhindern, dass der Mann von der Menge verprügelt wird. Die ganze, uns heute leicht surreal erscheinende Szene mit einem Kind, das in einem kleinen Ballon am Band geführt wird, war als Geburtstagsgruß gedacht. »*Der Mann wollte eigentlich den Ballon am Stricke zum Balkon der Kaiserin führen, wo das Kind ihr ein Gedicht überreichen sollte. Um das zu bewerkstelligen, mußte er über den Revolutionsplatz und so weiter in die Tuilerien. Da bekam nun der Wind immer mehr Spielraum, und es war schrecklich, wie er mit dem Ball wirthschaftete. Das arme, fast ohnmächtige Kind streckte seine Händchen nach den Zuschauern aus, seine Stimme konnte man fast nicht hören. Ich war so erbittert, daß ich den Vater hätte erdrosseln mögen. Viele andere theilten das Gefühl, andere lachten aber auch*«, notierte Moritz von Kotzebue entrüstet. Der Plan des Mannes, mit seinem Kind im Ballon Eindruck auf die Kaiserin zu machen, zerplatzte dann schnell, als bekannt wurde, dass Josephine Bonaparte bereits aus Paris abgereist sei. Nun vergaß man auch schlagartig das schreiende Kind. Das Volk fürchtete vor allem um die ihm versprochenen Feiern zum Geburtstag des Kaisers. »*Man nannte es eine Zurücksetzung des Volkes; die Politiker muthmaßten aber eine verlorene Schlacht.*«[195] Welches auch immer der Grund gewesen sein mochte – dem hilflosen himmlischen Kind in seinem Ballon im Wind hoch über den Köpfen war vergessen, die Menge war mit sich selbst beschäftigt.

Im selben Jahr 1813, nur wenige Monate zuvor, schrieb Dorothee Wild in das Handexemplar der KINDER- UND HAUSMÄRCHEN ihres späteren Ehemannes Wilhelm Grimm nachträglich die berühmt gewordene Antwort auf die Frage der Hexe, wer da an ihrem Häuschen »knupere«. Sie schickte Hänsel und Gretel den Wind als Helfer. Denn sie vertraute dem himmlischen Kind noch.

So ließe sich auf die letzte und wichtigste unserer vier Kardinalfragen, mit denen das Buch begann, eine Antwort finden: Was ist der *Wind*?

Die kindliche Sehnsucht des Menschen, nicht mit sich allein zu sein auf der Welt.

Anmerkungen

1 Kinder- und Hausmärchen, gesammelt durch die Brüder Grimm, Bd. 1, Göttingen 1857⁷, S. 84.
2 Friedrich Schröder: Hänsel und Gretel: Die Verzauberung durch die große Mutter, Stuttgart 2009, S. 56.
3 Ebda.
4 Zitiert nach: Jens E. Sennewald: Das Buch, das wir sind. Zur Poetik der »Kinder- und Hausmärchen«, gesammelt durch die Brüder Grimm, Würzburg 2004, S. 64.
5 Wolfgang Mieder: Hänsel und Gretel: Das Märchen und Kunst, Literatur Musik, Medien und Karikaturen, Wien 2007, S. 25.
6 Willi Höfig: Rezension von: Wolfgang Mieder: Händel und Gretel (s.o.), in: Informationsmittel (ifb). Digitales Rezensionsorgan für Bibliothek und Wissenschaft: http://ifb.bsz-bw.de/bsz267075731rez-1.
7 Friedrich Adolf Krummacher: Festbüchlein, Bd.2 Das Christfest, Reutlingen 1813, S.10.
8 Jacob Grimm: Deutsche Mythologie, Bd. 1, Göttingen 1844², S. 598.
9 Johann Wolfgang Goethe: Die Wahlverwandtschaften. Ein Roman. Gedenkausgabe der Werke, Briefe und Gespräche, hrsg. v. Ernst Beutler, Bd. 9, S. 227.
10 Andrea Geiss: Die Funktion des Erzählers in Goethes Roman »Die Wahlverwandtschaften«, München 2004, S. 21.
11 J.W. Goethe, Wahlverwandtschaften, S. 233.
12 Günther Bien: Was heißt denn »widernatürlich«? Natur als soziale und moralische Norm; in: Zum Naturbegriff der Gegenwart, hrsg. v. J. Wilke, Bd. 2, Stuttgart 1994, Bd. 2, S.141-170, hier S. 144.
13 Charles Sealsfield: Neue Land- und Seebilder. Die deutsch-amerikanischen Wahlverwandtschaften, Bd. 2, Zürich 1839, S. 64.
14 Johann Wolfgang von Goethe: Italienische Reise, in: Goethe: Neue Gesamtausgabe, Goethes poetische Werke, Bd. 9, Autobiographische Schriften, zweiter Teil, Stuttgart o.J., S. 187-832, hier S. 550.
15 Zitiert in: Goethe Handbuch, hrsg. von Bernd Witte u.a., Bd. 3, Stuttgart/Weimar 1997, S. 339.
16 Goethe, Italienische Reise, S. 552.
17 Ebda., S. 553f.
18 Ebda.
19 Ebda., S. 554.
20 Ebda., S. 555.
21 J.W.v.G.: Tagesregister einer Italienischen Reise; in: Goethe: Neue Gesamtausgabe, Goethes poetische Werke, Bd. 9, Autobiographische Schriften, zweiter Teil, Stuttgart o.J., S. 895-906; hier S.902.
22 J.W.v.G.: Neapel und Sizilien, Kalendarium und Schema; in: Goethe: Neue Gesamtausgabe, Goethes poetische Werke, Bd. 9, Autobiographische Schriften, zweiter Teil, Stuttgart o.J., S. 889-893, hier S. 892.
23 W.F.A. Zimmermann (Hrsg.): Das Meer, seine Bewohner und seine Wunder. Seitenstück zu K.F.V. Hofmann's Erde und ihre Bewohner, Bd.1, Stuttgart 1837, S. 200.
24 Ebda.
25 Charles Sealsfield: Neue Land- und Seebilder. Die deutsch-amerikanischen Wahlverwandtschaften, Bd.2, Zürich 1839, S. 64f.
26 Ebda., S. 65.
27 Epigrammatum Anthologia Palatina, I 293, Paris 1871, S. 328.
28 Jens Börstinghaus: Sturmfahrt und Schiffbruch. Zur lukanischen Verwendung eines literarischen Topos in Apostelgeschichte 27,1-28,6, Tübingen 2010, S.166f.

29 Johann Georg Sulzer: Praktik der Beredsamkeit; in: J.G. Sulzer: Theorie und Praktik der Beredsamkeit, München 1786, S. 4f.
30 Zimmermann, Das Meer, S. 202.
31 Heinrich Birnbaum: Das Reich der Wolken. Vorlesungen über die Physik des Luftkreises und der atmosphärischen Erscheinungen, Leipzig 1859, S. 209.
32 Archiv für Natur, Kunst, Wissenschaft und Leben, Bd. 6 (1838), S. 83.
33 Platon: Theaitetos; 153 c-d; in Sämtliche Werke, übers. V. F. Schleiermacher, Bd. 4, Hamburg 1958, S. 118.
34 Friedrich Nietzsche: Brief an Cosima Wagner vom April 1873 in: F. Nietzsche: Sämtliche Briefe (Kritische Studienausgabe) Bd. 4, München 2003², S. 143f, hier S. 144.
35 Zitiert bei: Klaus Luttringer: Warum die Griechen ihrem Gott Aiolos die olympischen Weihen verweigerten; in: K. Luttringer: Robinson oder der Wind von Süden. Fünf flatterhafte Essays vom Verwehen aller Dinge, Würzburg 2010, S. 60.
36 F. Nietzsche: Der Fall Wagner (Kritische Studienausgabe Bd. 6, München 1988²), S. 9-54, hier S. 37.
37 Theodor Friedrich Richter: Die Wasserwelt, oder das Meer und die Schiffahrt im ganzen Umfang, Bd. 1, Dresden/Leipzig 1836, S. 382.
38 Aischylos: Die Perser; in: Vier Tragödien des Aischylos, übersetzt von Friedrich Leopold Graf zu Stolberg, Hamburg 1802, S. 199.
39 Homer: Odyssee, 10, 19-24; Ausgabe München 1990, S. 197.
40 Ebda. 10, 46-49, S. 198.
41 Strabons Erdbeschreibung in siebzehn Büchern, I, 2, 10 (hier Ausgabe Berlin/Stettin 1831, S. 37).
42 Reallexikon des Klassischen Altertums für Gymnasien, hrsg. v. Friedrich Lübker, Leipzig 1855, S. 35.; Klaus Luttringer: Warum die Griechen ihrem Gott Aiolos die olympischen Weihen verweigerten; in: K. Luttringer: Robinson oder der Wind von Süden. Fünf flatterhafte Essays vom Verwehen aller Dinge, Würzburg 2010, S. 14-35.
43 Marci Vitruvii Pollionis: De Architectura libri decem, I, 6,4; hier Ausgabe Gotha 1875, S. 43.
44 Ebda.
45 John Beckmann: A History of Inventions and Discoveries, Vol.4, London³ 1817, S.147.
46 Platon: Die Gesetze, III, 14, 698; hier Ausgabe Platon: Sämtliche Werke in zwei Bänden, Bd. 2, Essen o.J., S. 299.
47 Herodot: Historien, VII, 188f; hier Ausgabe Josef Feix (Hrsg.), Düsseldorf 2001⁶, Bd.2, S. 1012f.
48 Werner Ekschmitt: Der Aufstieg Athens, München 1978, S. 108-114.
49 Aischylos, Perser, S. 201.
50 Friedrich Hölderlin: Der Tod des Empedokles; in: F. Hölderlin: Sämtliche Werke; in 6 Bänden, Bd. 4, S. 85.
51 Diogenes Laertius: Leben und Meinungen berühmter Philosophen, VIII, 67; hier Ausgabe Hamburg 1998, Bd. 2, S. 143.
52 Ebda. VIII, 69, S. 143f.
53 Strabon, Erdbeschreibung, VI, 2, 8, S. 480.
54 Ebda.
55 Aristoteles, Meteorologie, II, 5;
56 Georg Agricola: Von den Entstehungsursachen der unterirdischen Körper und Erscheinungen (Georg Agricolas Mineralogische Schriften, Theil 1, übersetzt von Ernst Lehmann), Freyberg 1806, S. 119.
57 Ebda.
58 Die Vorsokratiker. Die Fragmente und Quellenberichte übersetzt und eingeleitet von Wilhelm Capelle, Stuttgart 1968, S. 81.
59 Ebda., S.257.
60 Theophrast: De ventis, sec. 15.
61 Lukian von Samosata: Lügengeschichten und Dialoge, Kap. 11, nach der Ausgabe von Christoph Martin Wieland von 1788/89, hier Ausgabe Nördlingen 1985.

62 Johann Samuel Traugotts Gehler's Physikalisches Wörterbuch, Bd. 10, Abtl. 2, Leipzig 1842, S. 1861.
63 Aristoteles: Topik (Aristoteles Schriften in 5 Bänden), Hamburg 1995, Bd. 2, S. 1-206, hier S. 86.
64 Samuel Butler: Hudibras, Frey übersetzt von Dietrich Wilhelm Soltau, Zl. 777-780, Königsberg 1798, S. 264.
65 Jean Paul: Titan, Frankfurt a.M. 1983, Kap. 186.
66 Martin Scheutz: Alltag und Kriminalisierung. Disziplinierungsversuche im steirisch-österreichischen Grenzgebiet, Wien 2001, S. 156.
67 Julius von Negelein: Germanische Mythologie, Paderborn 2011 (repr. Orig. 1906), S. 41.
68 Moses 1, Kap. 2, 7.
69 Valerie Allen: On Farting. Language und Laughter in the Middle Ages, New York 2007, S. 67.
70 Heinrich Friedrich von Delius: Abhandlung von Blaᵉhungen als einer oᵉfters verborgenen Ursache vieler schweren Zufaᵉlle, Nürnberg 1762, S. 62f.
71 Johann Nepomuk von Raimann: Handbuch der speciellen medizinischen Pathologie und Therapie für akademische Vorlesungen, Bd. 2, Wien 1829, S. 290.
72 Von Delius, Abhandlung, S. 7.
73 François Rabelais: Gargantua und Pantagruel, Bd. 2, Leipzig 1838, S. CIX. Alle folgenden Zitate aus dieser Ausgabe.
74 Ezechiel, Kap. 37, 7-9
75 Gotthold Ephraim Lessing: Ein Mehreres aus den Papieren des Ungenannten; in: Theologiekritische Schriften, München 1976, hier S. 406.
76 Zitiert in: Wilhelm G. Jacobs: Fichte. Eine Biographie, Berlin 2012, S. 172.
77 Johann Gottlieb Fichte: Reden an die deutsche Nation, Berlin 1808, S. 111f.
78 Theodor Körner: Buben und Männer; in: Theodor Körners Sämtliche Werke, Bd.1, Stuttgart 1818, S. 199.
79 Heinrich Heine: Zur Geschichte der Religion und Philosophie in Deutschland; in: H. Heine: Die Romantische Schule und andere Schriften über Deutschland (Heinrich Heine: Werke in fünf Bänden) Bd. 3, Köln 1995, S. 169-319, hier S. 317f.
80 H.E.J. Cowdry: Towards an Interpretation of the Bayeux Tapresty; in: The Study of the Bayeux Tapresty, ed. by Richard Gameson, Woodbridge 1997, S. 93-110; hier S. 101.
81 Aurelius Prudentius: Aurelii Prudentii Hymnorum Cathemerinon, Clemetis viri. consular inter christianos facundissimi poetae, hymnorum Cathemerinon liber, o.J.,o.O, S. 3.
82 Zitiert nach: Beckman, Inventions and Discoveries, Vol. IV, S. 159.
83 Ebda.
84 Zitiert nach: Johann Adam Göz: Geschichtlich-Literarischer Ueberblick ueber Luthers Vorschule, Meisterschaft und vollendete Reise in der Dolmetschung der heiligen Schrift, Nürnberg und Altendorf 1824, S. 73.
85 Sigmund Ernhoffer: Der Evangelische WetterHahn, o.O. 1587 (Rückseite Titelblatt).
86 Johann Christoph Adelung, Grammatisch-kritisches Wörterbuch der Hochdeutschen Mundart, Band 4. Leipzig 1801, S. 1513.
87 Gotthold Ephraim Lessing: Der junge Gelehrte (1747), 1. Akt. 6. Auftritt, Stuttgart 1994, S. 142
88 Piere Bayle: Résponse aux questions d'un provincial, Leers 1706, S. 235.
89 Heinrich von Kleist: Über die Luftschiffahrt des Herrn Claudius am 15. Oktober 1810; in: H.v. Kleist: Sämtliche Werke, Berlin 1997, S. 964ff. Alle weiteren Zitate des Textes sind hier entnommen.
90 Ders.: Aerologie, in: ebda., S. 967ff.
91 Zitiert in: Peter Michalzik: Kleist. Dichter, Krieger, Seelensucher, Berlin 2011, S. 105.
92 Heinrich von Kleist: Gedichte, Altenmünster 2012, S. 183.
93 Heinrich von Kleists Briefe an seine Schwester Ulrike, hrsg. v. A. Koberstein, Berlin 1860, S. 17.

94 Christoph Georg Lichtenberg: Aphorismen, Schriften, Briefe, hrsg. v. Wolfgang Promies, München 1974, S. 233.
95 Christoph Georg Lichtenberg: Über Physiognomik; in: Chr. G. Lichtenberg: Vermischte Schriften Bd. 4, Göttingen 1853, S. 18-72, hier S. 22.
96 Christoph Georg Lichtenberg: Avertissement; in: Christoph Georg Lichtenbergs Vermischte Schriften, Bd. 3, Göttingen 1844, S. 185-188; hier S. 186.
97 Fritz Byloff, Siegfried Kramer (Hrsg.): Volkskundliches aus Strafprozessen der Österreichischen Alpenländer mit besonderer Berücksichtigung der Zauberei- und Hexenprozesse von 1455 bis 1850, Berlin/Leipzig 1929.
98 Zitiert bei Margarethe Ruff: Zauberpraktiken als Lebenshilfe. Magie im Alltag vom Mittelalter bis heute, Frankfurt a.M. 2003, S. 283.
99 Ebda.
100 Zitiert in: Arnulf Krause: Die Götter- und Heldenlieder der Älteren Edda, Stuttgart 2004.
101 Jacob Grimm: Deutsche Mythologie, 3 Bde., Wiesbaden 2007 (Neudruck Berlin 1875-1878[4]) Bd. 1, S. 429f.
102 Christoph Columbus: Das Bordbuch 1492. Leben und Fahrten des Entdeckers der Neuen Welt in Dokumenten und Aufzeichnungen, hrsg. v. Robert Grün, Stuttgart 1986[6], S. 83.
103 Zitiert in: Jakob Wassermann: Christoph Columbus. Der Don Quichote des Ozeans, Paderborn 2011, S. 48.
104 Gudrun Wolfschmidt: Von Kompass und Sextant zu GPS – Geschichte der Navigation; in G. Wolfschmidt (Hrsg.): Navigare necesse est – Geschichte der Navigation, (Nuncius Hamburgensis – Beiträge zur Geschichte der Naturwissenschaften Bd. 14), Norderstedt 2008, S. 17-144, hier S. 19.
105 Philippe de la Hire: Des Herrn de la Hire Vom Falle der Körper in der Luft, in: Der Königlichen Akademie der Wissenschaften in Paris, Physikalische Abhandlungen Bd. 4 (1711-1715), Breslau 1750, S. 655-688, hier S. 677.
106 Ebda., S. 687.
107 Ebda., S. 688.
108 Leonhard Euler: Vom Nutzen der Höheren Mathematik; in: Leonardi Euleri Opera Omnia, o.O. 1913, S. 408-415; hier S. 414.
109 Erinnerungen aus Lichtenbergs Vorlesungen über Erxlebens Anfangsgründe der Naturlehre Bd. 1, von Gottlieb Gamaus, Wien/Triest 1808, S. 28.
110 Zitiert in: John Tulloch: Pascal, Vol. 1, Edinburg/London 1878, S. 34.
111 Vorlesungen an der Accademia della Crusca, zitiert in: Archana Srinivasan: Biographies of Great Inventors, Chennai 2007, S. 29.
112 Zitiert in: Jacques Attali: Blaise Pascal. Die Biographie eines Genies, Stuttgart 2006, S. 106.
113 Francis Bacon: The History of Winds; in: The Works of Francis Bacon, Vol. 12, London 1815, S. 2 – 124, hier. S. 3
114 Francis Bacon: Bacon's Essays, London 1856, S. 279.
115 Ebda, S. 280.
116 Bacon, History, S. 2.
117 Ernest Scott: The Life of Captain Matthew Flinders, Sidney 1914, Kap. 22.
118 Ebda.
119 J.W.v.G.: Wilhelm Meisters Wanderjahre (Goethes Poetische Werke, Vollständige Ausgabe, 7. Bd. Stuttgart o.J., S. 709-1266), hier S. 1250.
120 Zitiert in: Viktoria Tkaczyk: Cumulus ex machina. Wolkeninszenierungen in Theater und Wissenschaft; in: Spektakuläre Experimente. Praktiken der Evidenzproduktion im 17. Jahrhundert, hrsg. v. Helmar Schramm et. al., Berlin 2006, S. 43-77, hier S. 68.
121 Robert Hooke: A Method for Making the History of the Weather; in: Thomas Sprat: The History of the Royal Society of London for the Improving of Natural Knowledge, London 1743, S. 173-178; hier S.175.
122 Bacon, History, S. 118.

123 Otto Eisenlohr: Untersuchungen auf den Einfluss des Windes auf den Barometerstand, die Temperatur, die Bewölkung des Himmels und die verschiedenen Meteore nach dreiundvierzigjährigen zu Karlsruhe angestellten Beobachtungen, Heidelberg/Leipzig 1837, S. 2.
124 Johann Peter Eckermann: Gespräche mit Goethe in den letzten Jahren seines Lebens, Frankfurt a.M. 1981, S. 94.
125 ebda., S. 120.
126 ebda., S. 224.
127 ebda., S. 225.
128 ebda., S. 224.
129 ebda., S. 225.
130 ebda., S. 226.
131 Johann Wolfgang von Goethe: Instruktion für die Beobachter bei den Grossherzogl. Meteorologischen Anstalten; in: J.W. Goethe: Schriften zur Geologie und Meteorologie (Gesamtausgabe der Werke in Zweiundzwanzig Bänden, Bd. 20), Stuttgart o.J., S. 966-993.
132 J.W.v.G.: Versuch einer Witterungslehre, in: Schriften zur Geologie und Meteorologie, a.a.O. S. 911-937, hier S. 918f., ebda. S. 918.
133 Zitiert in: J.W. Goethe, Schriften zur Geologie und Mineralogie, S. 965.
134 Miguel de Cervantes: Der sinnreiche Junker Don Quixote von La Mancha, Bd.1, Stuttgart 1837, S.81.
135 Zitiert in: Joseph Vogl: Kalkül und Leidenschaft. Poetik des ökonomischen Menschen, Zürich 2011^4, S. 157.
136 Zitiert in: Eike Christian Hirsch: Der berühmte Herr Leibniz. Eine Biographie, München 2000, S. 159.
137 ebda., S. 179.
138 ebda., S. 185.
139 ebda., S. 186.
140 Vogl, Kalkül und Leidenschaft, S. 158.
141 Gottfried Wilhelm Leibniz: Monadologie/Lehrsätze der Philosophie, hrsg. v. Joachim Christian Horn, Darmstadt 2009, § 17, S. 63.
142 L. Natani: Materie, Aether und lebendige Kraft. Physikalische Betrachtungen, Berlin 1860, S.20.
143 Erich Hau: Windkraftanlagen, Grundlagen, Technik, Einsatz, Wirtschaftlichkeit. Berlin/Heidelberg 2008^4, S. 26.
144 Kurt Bauer: Die sozialpolitische Bedeutung der Kleinkraftmaschinen, Berlin 1907, S. 31.
145 »Alles gut befunden, gebt mir Geld«; in: Der Spiegel 46/1949, S. 29f.
146 Rüdiger Stutz: »Saubere Ingenieursarbeit«: Moderne Technik für Himmlers SS – drei Thüringer Unternehmen im Bannkreis von Vernichtung und Vertreibung (1940-1945); in: Aleida Assman et. al. (Hrsg.): Firma Topf und Söhne – Die Hersteller der Öfen für Auschwitz. Ein Fabrikgelände als Erinnerungsort?, Frankfurt a.M. 2002, S. 33-71; hier S. 51ff.
147 Novalis: Fragmente und Studien; in: Novalis Werke, hrsg. v. Gerhard Schulz, München 2001., S. 385.
148 Zitiert in: Richard Hamblyn: Die Erfindung der Wolken. Wie ein unbekannter Meteorologe die Sprache des Himmels erforschte, Frankfurt a.M./Leipzig 2001, S. 210.
149 Ebda., S. 217.
150 Zitiert in: Andrew Wilton: Turner as Draftsman, Aldershot/Burlington 2006, S.103.
151 Zitiert in: Alessandro Nova: Das Buch des Windes. Das Unsichtbare sichtbar machen, München/Berlin 2007, S. 135.
152 Ebda., S. 48.
153 Ebda., S. 69.
154 Robert Hooke: A lecture of the preference of straits to Bunting Sails; in: R. Hooke: The Posthumous Works of Robert Hooke, London 1705, S. 563-567, hier S. 565.
155 Goethe, Wilhelm Meisters Wanderjahre, a.a.O.

156 Sara Weehler: Terra Incognita. Travels in Antarctic, London 1997, Kap. 6.
157 Hippocrates: Abhandlung von der Luft, den Wässern und den Gegenden, hrsg. v. Georg Ritter v. Högelmüller, Wien 1803, S. 6.
158 Ebda., S. 9.
159 Robert Burton: Anatomie der Melancholie, München 1991 (nach der 6. Auflage London 1651), S. 182.
160 Ebda., S. 185.
161 Eduard Reich: Die Ursachen der Krankheiten, der psychischen und moralischen, Leipzig 1867, S. 421.
162 XXVI. Klinischer Bericht über die im J. 1833 im Pesther Bürgerhospital bei St. Rochus, aufgenommenen und behandelten Kranken, v. Dr. Windisch, Director des Spitals; in: Jahrbücher der in- und ausländischen Gesamten Medicin, Bd. 3 (1834), S. 198-213; hier S. 199.
163 Christoph Wilhelm von Hufeland: Atmosphärische Krankheiten und atmosphärische Ansteckungen. Unterschied von Epidemie, Contagion und Infection, Berlin 1823, S. 14.
164 ebda., S. 20.
165 ebda., S. 21.
166 ebda., S. 31.
167 Vitruvius Pollio: zehn Bücher über Architektur, hrsg. v. Curt Fensterbusch, Darmstadt 1964, S. 81.
168 Zitiert in: Mascha Bisping: Die ganze Stadt dem Menschen? Zur Anthropologie der Stadt im 18. Jahrhundert; in : Die Grenzen des Menschen. Anthropologie und Ästhetik im 18. Jahrhundert, hrsg. v. Maximilian Bergengruen et. al., Würzburg 2001, S. 183-203, hier S. 193.
169 ebda., S. 194.
170 ebda., S. 193f.
171 Georg Friedrich Parrot: Georg Friedrich Parrot's zweckmäßige Luftreiniger, theoretisch und praktisch beschrieben, Frankfurt a.M. 1793, S. 17.
172 ebda. S. 14.
173 Paul de Kock: Die große Stadt. Neue Bilder aus Paris, Bd. 3, Leipzig 1843, S. 84.
174 Friedrich Meyer: Die bayrische Bierbrauerei in all ihren Theilen, Nürnberg 1847[4], S. 42.
175 Johann Heinrich Gottlob von Justi: Erweiß daß die Luft aus dem Wasser erzeuget werde, und mit demselben ganz einerley Wesen sey; in: J.H.G. v. Justi: Moralische und philosophische Schriften, Bd. 2, Berlin/Stettin/Leipzig 1760, S. 437-484, hier: S. 455.
176 Adolph Friedrich Höpfner: Der kleine Physiker oder Unterhaltungen über natürliche Dinge für Kinder, Bd. 5, Erfurt 1805, S. 2.
177 Von Justi, Erweiß, S. 455.
178 Friedrich Hildebrandt: Anfangsgründe der dynamischen Naturlehre, Bd. 2, Erlangen 1807, S. 585.
179 Zitiert in: Joachim Krausse: Ephemisierung, Wahrnehmung und Konstruktion; in: Bernhard J. Dotzler/Ernst Müller (Hrsg.): Wahrnehmung und Geschichte. Markierungen zur Aisthesis materialis, Berlin 1995, S. 135-164, hier S. 150.
180 Theodor W. Adorno: Ästhetische Theorie, Frankfurt a.M. 1973, S. 92.
181 Zitiert nach: John David Anderson: A History of Aerodynamics. And its Impact on Flying Machines, Cambridge 2001 (repr. v. 1997), S. 270.
182 zitiert in: Wolfgang Ribbe: Berlinische Lebensbilder, Bd.6: Techniker, Berlin 1990, S. 371.
183 William Shakespeare: Der Sturm, 1. Akt, 1. Szene; in: W. Shakespeare: Sämtliche Werke in vier Bänden, Bd. 2, Berlin o.J. 595-667; hier S. 598.
184 zitiert in: William K. Klingaman, Nicolas P. Klingaman: The Year without summer: 1816 and the volcano that darkened the world an changes history, New York 2013, S. 9.
185 ebda., S. 8.
186 Richard John Huggett: Geoecology. An Evolutionary Approach, London 1995, S. 253.
187 Lord George Gordon Byron: Darkness: in: The selected Poetry of Lord Byron, o.O. 2009, S. 187.

188 Edmond Halley: An Historical Account on Trade Wind and Monsoons, observable in the Seas between and near the Tropicks, with an attempt to assign the Physical cause of the said Winds; in Philosophical Transaction of the Royal Society of London (1753), S. 153-168; hier S. 164.
189 Immanuel Kant: Neue Anmerkungen zur Erläuterung der Theorie der Winde, in: I. Kant: Geographische und andere naturwissenschaftliche Schriften, Hamburg 1985, S. 91-105; S. 91.
190 ebda., S. 103.
191 Kant, Theorie der Winde, S. 103.
192 Joseph Conrad: Typhoon, New York 2007, S. 40.
193 Miguel de Cervantes: Der sinnreiche Junker Don Quixote von La Mancha, Bd.1, Stuttgart 1837, S. 81.
194 Lucius Annaeus Seneca: Ad Lucilium epistolarum moralium libri XX, (L. Annaei Senecae Opera, Bd. 1, ed. Karl Rudolph Fickert, Leipzig 1842), S. 295.
195 Moritz von Kotzebue: Der russische Kriegsgefangene unter den Franzosen, hrsg. v. August von Kotzebue (August von Kotzebue: Ausgewählte prosaische Schriften, Bd. 20, Wien 1842), S. 179f.

Literatur

Adelung, Johann Christoph: Grammatisch-kritisches Wörterbuch der Hochdeutschen Mundart, Band 4. Leipzig 1801
Adorno, Theodor W.: Ästhetische Theorie, Frankfurt a.M. 1973
Agricola, Georg: Von den Entstehungsursachen der unterirdischen Körper und Erscheinungen (Georg Agricolas Mineralogische Schriften, Theil 1, übersetzt von Ernst Lehmann), Freyberg 1806
Aischylos: Die Perser; in: Aeschylos ausgewählte Dramen, Stuttgart 1895
Allen, Valerie: On Farting. Language und Laughter in the Middle Ages, New York 2007
»Alles gut befunden, gebt mir Geld«; in: Der Spiegel 46/1949, S. 29f
Anderson, John David: A History of Aerodynamics. And its Impact on Flying Machines, Cambridge 2001 (repr. 1997)
Archiv für Natur, Kunst, Wissenschaft und Leben, Bd. 6 (1838)
Aristoteles: Topik; in: Aristoteles Schriften in 5 Bänden, Hamburg 1995, Bd. 2
Ders.: Meteorologie, (Aristoteles: Werke, Bd. 12) Darmstadt 1970
Attali, Jacquesi: Blaise Pascal. Die Biographie eines Genies, Stuttgart 2006

Bacon, Francis: The History of Winds; in: The Works of Francis Bacon, Vol. 12, London 1815, S. 2-124
Ders.: Bacon's Essays, London 1856
Bauer, Kurt: Die sozialpolitische Bedeutung der Kleinkraftmaschinen, Berlin 1907
Bayle, Pierre: Pierre Bayle nach seinen für die Geschichte der Philosophie und Menschheit interessanten Momenten, dargestellt durch Ludwig Feuerbach, Leipzig 1844
Beckmann, John: A History of Inventions and Discoveries, Vol. 4, London3 1817
Bien, Günther: Was heißt denn »widernatürlich«? Natur als soziale und moralische Norm; in: Zum Naturbegriff der Gegenwart, hrsg. v. J. Wilke, Bd. 2, Stuttgart 1994, Bd. 2, S.141-170
Birnbaum, Heinrich: Das Reich der Wolken. Vorlesungen über die Physik des Luftkreises und der atmosphärischen Erscheinungen, Leipzig 1859
Bisping, Mascha: Die ganze Stadt dem Menschen? Zur Anthropologie der Stadt im 18. Jahrhundert; in: Die Grenzen des Menschen. Anthropologie und Ästhetik im 18. Jahrhundert, hrsg. v. Maximilian Bergengruen et. alt., Würzburg 2001, S. 183-203
Börstinghaus, Jens: Sturmfahrt und Schiffbruch. Zur lukanischen Verwendung eines literarischen Topos in der Apostelgeschichte 27, 1-28, 6, Tübingen 2010
Burton, Robert: Anatomie der Melancholie, München 1991 (nach der 6. Auflage London 1651)
Butler, Samuel: Hudibras, Frey übersetzt von Dietrich Wilhelm Soltau, Königsberg 1798
Byloff, Fritz/Kramer, Siegfried (Hrsg.): Volkskundliches aus Strafprozessen der Österreichischen Alpenländer mit besonderer Berücksichtigung der Zauberei- und Hexenprozesse von 1455 bis 1850, Berlin/Leipzig 1929.
(Lord) Byron, George Gordon: Darkness: in: The selected Poetry of Lord Byron, o.O. 2009

Cervantes, Miguel de: Der sinnreiche Junker Don Quixote von La Mancha, Bd.1, Stuttgart 1837
Columbus, Christoph: Das Bordbuch 1492. Leben und Fahrten des Entdeckers der Neuen Welt in Dokumenten und Aufzeichnungen, hrsg. v. Robert Grün, Stuttgart 1986
Conrad, Joseph: Tyhoon, New York 2007
Crowdry, H.E.J.: Towards an Interpretation of the Bayeux Tapresty; in: The Study of the Bayeux Tapresty, ed. by Richard Gameson, Woodbridge 1997, S. 93-110

Delius, Heinrich Friedrich von: Abhandlung von Blaehungen als einer oefters verborgenen Ursache vieler schweren Zufaelle, Nürnberg 1762

Diogenes Laertius: Leben und Meinungen berühmter Philosophen, Hamburg 1998

Eisenlohr, Otto: Untersuchungen auf den Einfluss des Windes auf den Barometerstand, die Temperatur, die Bewölkung des Himmels und die verschiedenen Meteore nach dreiundvierzigjährigen zu Karlsruhe angestellten Beobachtungen, Heidelberg/Leipzig 1837
Ekschmitt, Werner: Der Aufstieg Athens, München 1978
Epigrammatum Anthologia Palatina, Paris 1871
Ernhoffer, Sigmund: Der Evangelische WetterHahn, o.O., 1587
Euler, Leonhard: Vom Nutzen der Höheren Mathematik; in: Leonardi Euleri Opera Omnia, o.O., 1913, S. 408-415

Fichte, Johann Gottlieb: Reden an die deutsche Nation, Berlin 1808
Foucault, Michel: Archäologie des Wissens, Frankfurt a.M. 1990[4]

Gehler, Johann Samuel Traugott: Physikalisches Wörterbuch, Bd. 10, Abtl. 2, Leipzig 1842
Geiss, Andrea: Die Funktion des Erzählers in Goethes Roman »Die Wahlverwandtschaften«, München 2004
Goethe, Johann Wolfgang von: Italienische Reise, in: Goethe: Neue Gesamtausgabe, Goethes poetische Werke, Bd. 9, (Autobiographische Schriften, zweiter Teil), Stuttgart o.J., S. 187-832
Ders.: Die Wahlverwandtschaften. Ein Roman (Gedenkausgabe der Werke, Briefe und Gespräche, hrsg. v. Ernst Beutler), Bd. 9
Ders.: Neapel und Sizilien, Kalendarium und Schema; in: Goethe: Neue Gesamtausgabe, Goethes poetische Werke, Bd. 9, (Autobiographische Schriften, zweiter Teil), Stuttgart o.J., S. 889-893
Ders.: Tagesregister einer Italienischen Reise; in: Goethe, Neue Gesamtausgabe, Bd. 9, S. 895-906
Ders.: Versuch einer Witterungslehre, in: J.W. Goethe: Schriften zur Geologie und Meteorologie (Gesamtausgabe der Werke in Zweiundzwanzig Bänden, Bd. 20), Stuttgart o.J., S. 911-937
Ders.: Instruktion für die Beobachter bei den Grossherzogl. Meteorologischen Anstalten; in: a.a.O., S. 966-993
Ders.: Wilhelm Meisters Wanderjahre (Goethes Poetische Werke, Vollständige Ausgabe, 7. Bd.) Stuttgart o.J., S. 709-1266
Goethe Handbuch, hrsg. von Bernd Witte u.a., Bd. 3, Stuttgart/Weimar 1997
Göz, Johann Adam: Geschichtlich-Literarischer Ueberblick ueber Luthers Vorschule, Meisterschaft und vollendete Reise in der Dolmetschung der heiligen Schrift, Nürnberg und Altendorf 1824
Grimm, Jacob u. Wilhelm: Deutsche Kinder- und Hausmärchen, Göttingen 1837
Grimm, Jacob: Deutsche Mythologie, Bd. 1, Göttingen 1844[2]
Ders.: Deutsche Mythologie, 3 Bde., Wiesbaden 2007 (Neudruck Berlin 1875-1878)

Halley, Edmond: An Historical Account on Trade Winds and Monsoons, observable in the Seas between and near the Tropicks, with an attempt to assign the Phisical cause of the said Winds; in Philosophical Transactions of the Royal Society of London (1753), S. 153-168
Hamblyn, Richard: Die Erfindung der Wolken. Wie ein unbekannter Meteorologe die Sprache des Himmels erforschte, Frankfurt a.M./Leipzig 2001
Hau, Erich: Windkraftanlagen. Grundlagen, Technik, Einsatz, Wirtschaftlichkeit. Berlin / Heidelberg 2008[4]
Heine, Heinrich: Zur Geschichte der Religion und Philosophie in Deutschland; in: H. Heine: Die Romantische Schule und andere Schriften über Deutschland (Heinrich Heine: Werke in fünf Bänden) Bd. 3, Köln 1995, S. 169 – S. 319
Ders.: Gedichte, Altenmünster 2012
Herodot: Historien, hrsg. v. Josef Feix, Bd. 2, Düsseldorf 2001[6]

Hildebrand, Friedrich: Anfangsgründe der dynamischen Naturlehre, Bd. 2, Erlangen 1807
Hippocrates: Abhandlung von der Luft, den Wässern und den Gegenden, hrsg. v. Georg Ritter v. Högelmüller, Wien 1803
Höpfner, Adolph Friedrich: Der kleine Physiker oder Unterhaltungen über natürliche Dinge für Kinder, Bd. 5, Erfurt 1805
Hire, Philippe de la: Des Herrn de la Hire Vom Falle der Körper in der Luft, in: Der Königlichen Akademie der Wissenschaften in Paris, Physikalische Abhandlungen Bd. 4 (1711-1715), Breslau 1750, S. 655-688
Hirsch, Eike Christian: Der berühmte Herr Leibniz. Eine Biographie, München 2000
Homer: Odyssee, München 1990
Hooke, Robert: A lecture of the preference of straits to Bunting Sails; in: R. Hooke: The Posthumous Works of Robert Hooke, London 1705, S. 563-567
Ders.: A Method for Making the History of the Weather; in: Thomas Sprat: The History of the Royal Society of London for the Improving of Natural Knowledge, London 1743, S. 173-178
Höfig, Willi: Rezension von: Wolfgang Mieder: Händel und Gretel; in: Informationsmittel (ifb). Digitales Rezensionsorgan für Bibliothek und Wissenschaft: http://ifb.bsz-bw.de/bsz267075731rez-1.
Hölderlin, Friedrich: Der Tod des Empedokles; in: F. Hölderlin: Sämtliche Werke in 6 Bänden, o.O., o.J., Bd. 4
Hufeland, Christoph Wilhelm von: Atmosphärische Krankheiten und atmosphärische Ansteckungen. Unterschied von Epidemie, Contagion und Infection, Berlin 1823
Huggett, Richard John: Geoecology. An Evolutionary Approach, London 1995, S. 253

Jacobs, Wilhelm G.: Fichte. Eine Biographie, Berlin 2012
Jaumann, Johann: Der Glanz der Erscheinung Jesu Christi. Eine Epiphania-Cantate, Augsburg 1802[2]
Justi, Johann Heinrich Gottlob von: Erweiß daß die Luft aus dem Wasser erzeuget werde, und mit demselben ganz einerley Wesen sey; in: J.H.G. v. Justi: Moralische und philosophische Schriften, Bd. 2, Berlin/Stettin/Leipzig 1760, S. 437-484

Kant, Immanuel: Neue Anmerkungen zur Erläuterung der Theorie der Winde, in: I. Kant: Geographische und andere naturwissenschaftliche Schriften, Hamburg 1985, S. 91-105
Kleist, Heinrich von: Heinrich von Kleists Briefe an seine Schwester Ulrike, hrsg. v. A. Koberstein, Berlin 1860
Ders.: Über die Luftschiffahrt des Herrn Claudius am 15. Oktober 1810; in: H.v. Kleist: Sämtliche Werke, Berlin 1997, S. 964ff.
Ders.: Aerologie, in: ebda., S. 967ff.
Klingaman, William K., Klingaman, Nicolas P.: The Year without summer: 1816 and the volcano that darkened the world an changes history, New York 2013
XXVI. Klinischer Bericht über die im J. 1833 im Pesther Bürgerhospital bei St. Rochus, aufgenommenen und behandelten Kranken, v. Dr. Windisch, Director des Spitals; in: Jahrbücher der in- und ausländischen Gesamten Medicin, Bd. 3 (1834), S. 198-213
Kock, Paul de: Die große Stadt. Neue Bilder aus Paris, Bd. 3, Leipzig 1843
Körner, Theodor: Buben und Männer; in: Theodor Körners Sämtliche Werke, Bd.1, Stuttgart 1818
Kotzebue, Moriz von: Der russische Kriegsgefangene unter den Franzosen, hrsg. v. August von Kotzebue (August von Kotzebue: Ausgewählte prosaische Schriften, Bd. 20), Wien 1842
Krause, Arnulf: Die Götter- und Heldenlieder der älteren Edda, Stuttgart 2004.
Krausse, Joachim: Ephemisierung, Wahrnehmung und Konstruktion; in: Bernhard J. Dotzler/ Ernst Müller (Hrsg.): Wahrnehmung und Geschichte. Markierungen zur Aisthesis materialis, Berlin 1995, S. 135-164
Krummacher, Friedrich Adolf: Festbüchlein, Bd.2 (Das Christfest), Reutlingen 1813

Leibniz, Gottfried Wilhelm: Monadologie/Lehrsätze der Philosophie, hrsg. v. Joachim Christian Horn, Darmstadt 2009
Lessing, Gotthold Ephraim: Der junge Gelehrte (1747), Stuttgart 1994
Ders.: Ein Mehreres aus den Papieren des Ungenannten; in: Theologiekritische Schriften, München 1976
Lichtenberg, Georg Christoph: Erinnerungen aus Lichtenbergs Vorlesungen über Erxlebens Anfangsgründe der Naturlehre Bd. 1, von Gottlieb Gamaus, Wien/Triest 1808
Ders.: Avertissement; in: Christoph Georg Lichtenbergs Vermischte Schriften, Bd. 3, Göttingen 1844, S. 185-188
Ders.: Über Physiognomik; in: Chr. G. Lichtenberg: Vermischte Schriften Bd.4, Göttingen 1853, S. 18-72
Ders.: Aphorismen, Schriften, Briefe, hrsg. v. Wolfgang Promies, München 1974
Luttringer, Klaus: Warum die Griechen ihrem Gott Aiolos die olympischen Weihen verweigerten; in: K. Luttringer: Robinson oder der Wind von Süden. Fünf flatterhafte Essays vom Verwehen aller Dinge, Würzburg 2010, S. 14-35

Meyer, Friedrich: Die bayrische Bierbrauerei in all ihren Theilen, Nürnberg 1847[4]
Michalzik, Peter: Kleist. Dichter, Krieger, Seelensucher, Berlin 2011
Mieder, Wolfgang: Hänsel und Gretel: Das Märchen in Kunst, Literatur Musik, Medien und Karikaturen, Wien 2007
Michel de Montaigne: Sur les Cannibales, in M.d. Montaigne: Les Essais, Liv.1, o.O., 2008, S. 255-270

Natani, L.: Materie, Aether und lebendige Kraft. Physikalische Betrachtungen, Berlin 1860
Negelein, Julius von: Germanische Mythologie, Paderborn 2011 (repr. Orig. 1906)
Nietzsche, Friedrich: Brief an Cosima Wagner vom April 1873 in: F. Nietzsche: Sämtliche Briefe (Kritische Studienausgabe Bd. 4, München 2003[2]), S. 143f.
Ders.: Der Fall Wagner (Kritische Studienausgabe Bd. 6, München 1988[2]), S. 9-54
Nova, Alessandro: Das Buch des Windes. Das Unsichtbare sichtbar machen, München/Berlin 2007
Novalis: Fragmente und Studien; in: Novalis: Werke, hrsg. v. Gerhard Schulz, München 2001

Paul, Jean: Titan, Frankfurt a.M. 1983
Parrot, Georg Friedrich: Georg Friedrich Parrot's zweckmäßige Luftreiniger, theoretisch und praktisch beschrieben, Frankfurt a.M. 1793
Platon: Theaitetos; in Platon: Sämtliche Werke, übers. V. F. Schleiermacher, Bd. 4, Hamburg 1958
Platon: Die Gesetze; in: Platon: Sämtliche Werke in zwei Bänden, Bd. 2, Essen o.J.
Pollionis, Marci Vitruvii: De Architectura libri decem, Gotha 1875
Ders.: Zehn Bücher über Architektur, hrsg. v. Curt Fensterbusch Darmstadt 1964
Prudentius, Aurelius: Aurelii Prudentii Hymnorum Cathemerinon, Clemetis viri. consular inter christianos facundissimi poetae, hymnorum Cathemerinon liber, o.J., o.O.

Rabelais, François: Gargantua und Pantagruel, Bd.2, Leipzig 1838
Raimann, Johann Nepomuk von: Handbuch der speciellen medizinischen Pathologie und Therapie für akademische Vorlesungen, Bd. 2, Wien 1829
Reallexikon des Klassischen Altertums für Gymnasien, hrsg. v. Friedrich Lübker, Leipzig 1855
Reich, Eduard: Die Ursachen der Krankheiten, der psychischen und moralischen, Leipzig 1867
Ribbe, Wolfgang: Berlinische Lebensbilder, Bd. 6, Techniker, Berlin 1990
Richter, Theodor Friedrich: Die Wasserwelt, oder das Meer und die Schiffahrt im ganzen Umfang, Bd. 1, Dresden/Leipzig 1836
Ruff, Margarethe: Zauberpraktiken als Lebenshilfe. Magie im Alltag vom Mittelalter bis heute, Frankfurt a.M. 2003

Samosata, Lukian von: Lügengeschichten und Dialoge, nach der Ausgabe von Christoph Martin Wieland von 1788/89, hier Ausgabe Nördlingen 1985
Scheutz, Martin: Alltag und Kriminalisierung. Diszipilinierungsversuche im steirisch-österreichischen Grenzgebiet, Wien 2001
Schröder, Friedrich: Hänsel und Gretel: Die Verzauberung durch die große Mutter, Stuttgart 2009
Scott, Ernest: The Life of Captain Matthew Flinders, Sidney 1914
Sealsfield, Charles: Neue Land- und Seebilder. Die deutsch-amerikanischen Wahlverwandtschaften, Bd. 2, Zürich 1839
Seneca, Lucius Annaeus: An Lucilius: Briefe über Ethik (Seneca: Philosophische Schriften, hrsg. v. Manfred Rosenbach, Bd. 4,) Darmstadt 2011²
Sennewald, Jens E.: Das Buch, das wir sind. Zur Poetik der »Kinder- und Hausmärchen, gesammelt durch die Brüder Grimm«, Würzburg 2004
Shakespeare, William: Der Sturm, in: W. Shakespeare: Sämtliche Werke in vier Bänden, Bd. 2, Berlin o.J., 595-667
Srinivasan, Archana: Biographies of Great Inventors, Chennai 2007
Strabons Erdbeschreibung in siebzehn Büchern, Ausgabe Berlin/Stettin 1831
Stutz, Rüdiger: »Saubere Ingenieursarbeit«: Moderne Technik für Himmlers SS – drei Thüringer Unternehmen im Bannkreis von Vernichtung und Vertreibung (1940-1945); in: Aleida Assmann et. al. (Hrsg.): Firma Topf und Söhne – Die Hersteller der Öfen für Auschwitz. Ein Fabrikgelände als Erinnerungsort?, Frankfurt a.M. 2002, S. 33-71 Sulzer, Johann Georg: Praktik der Beredsamkeit; in: J.G. Sulzer: Theorie und Praktik der Beredsamkeit, München 1786

Theophrast: De ventis, hier Ausgabe Notre Dame 1975
Tkaczyk, Viktoria: Cumulus ex machina. Wolkeninszenierungen in Theater und Wissenschaft; in: Spektakuläre Experimente. Praktiken der Evidenzproduktion im 17. Jahrhundert, hrsg. v. Helmar Schramm et. al., Berlin 2006, S. 43-77
Tulloch, John: Pascal, Vol.1, Edinburg /London 1878

Varro, Marcus Terentius: Libri tres de re rustica, Halle 1730
Vogl, Joseph: Kalkül und Leidenschaft. Poetik des ökonomischen Menschen, Zürich 2011⁴
Vorsokratiker, Die. Die Fragmente und Quellenberichte übersetzt und eingeleitet von Wilhelm Capelle, Stuttgart 1968

Wassermann, Jakob: Christoph Columbus. Der Don Quichote des Ozeans, Paderborn 2011
Weehler, Sara: Terra Incognita. Travels in Antarctic, London 1997
Wilton, Andrew: Turner as Draftsman, Aldershot/Burlington 2006
Wolfschmidt, Gudrun: Von Kompass und Sextant zu GPS – Geschichte der Navigation; in G. Wolfschmidt (Hrsg.): Navigare necesse est – Geschichte der Navigation, (Nuncius Hamburgensis – Beiträge zur Geschichte der Naturwissenschaften Bd. 14), Norderstedt 2008, S. 17-144

Zimmermann, W.F.A. (Hrsg.): Das Meer, seine Bewohner und seine Wunder. Seitenstück zu K.F.V. Hoffmann's Erde und ihre Bewohner, Bd.1, Stuttgart 1837

Bildnachweis

Aristoteles: De Caelo et Lyon, 1559: Seite 45
Association des descendants de Gustave Eiffel: Seite 140
Bergarchiv Clausthal: Buchholtz 1681, Riss Nr. 3382: Seite 105
Birnbaum, Heinrich: Das Reich der Wolken. Vorträge über die Physik des Luftkreises und die atmosphärischen Erscheinungen, Leipzig 1859: Seite 25
Conches, Wilhem von: Philosophia mundi: Seite 64
Doré, Gustave: Wie Gargantua einen Furz ließ; in: The Works of Rabelais, Derby, 1894: Seite 54
Figuier, Louis: Les merveilles de la science, Vol. 1, 1867: Seite 86
Halley, Edmond: Erste Windkarte 1686; aus: Philosophical Transactions of the Royal Society (1686) http://libweb5.princeton.edu/visual_materials/maps/websites/thematic-maps/quantitative/meteorology/halley-map-1686.jpg: Seite 150
Hau, Erich: Windkraftanlagen, Berlin/Heidelberg 2008[4]: Seite 109
Junker, Hermann: Goethe bei Capri einen Schiffsaufstand beschwichtigend, in: Gefahrvolle Fahrt, 1880: Seite 20
Libébana, Beatus von: Buchillustration zum Apokalypsen-Kommentar: Seite 120
Thulden, Theodor van: Les travaux d'Ulysse, Theodoor van Thulden. Paris, 1640: Seite 32
Wikimedia Commens: Fontispiz: Aeolus, der Windgott; Seiten 10, 11, 13, 14, 28, 34, 39, 42, 50, 52, 61, 63, 81 (ThoKay2005-02-17/Eigene Zeichnung), 91, 96, 99 (beide), 111, 117, 121, 123, 127, 131, 137, 143, 153, 157

Danksagung

In Verlagen und unter Autoren hält sich das Gerücht, Danksagungen würden nicht gelesen. Außer von denen, die hier Erwähnung finden. Das mag zutreffen, wäre aber schon Grund genug, hier einen solchen Dank zu formulieren. Der geht zunächst an Gerald Sammet, der mit großer Freude am Thema Wind und einer unermüdlichen Entdeckerfreude aus den Tiefen seiner privaten Bibliothek immer wieder mit neuen Fundstellen und Anregungen kam. Sodann ist Jörg-Dieter Kogel zu nennen, denn mit seiner Expertise zum Leben und Werk Johann Wolfgang von Goethes sowie Georg Christoph Lichtenbergs durfte ich mit mehr Sicherheit über die enge Verbindung beider Männer zum Wind schreiben. Schließlich bleibt noch den drei Menschen zu danken, denen das Buch nicht nur gewidmet ist, sondern die seine Entstehung auf ihre je eigene Art begleitet haben, weil sie stets Rückenwind verschafften: Bea, Thomas und Philipp.

Stephan Cartier, 1965 in Recklinghausen geboren, studierte Geschichte und Kunstgeschichte in Münster und Bochum. Er arbeitet als Redakteur bei Radio Bremen. Er veröffentlichte mehrere Bücher zur Natur- und Kulturgeschichte.